C. K. Stead

MEIN NAME WAR JUDAS

C. K. Stead

MEIN NAME WAR JUDAS

Roman

Übersetzung aus dem Englischen
von Edith Beleites

eichborn

FSC
www.fsc.org
MIX
Papier aus verantwortungsvollen Quellen
FSC® C014496

BEVOR ES BEI EUCH HELL WIRD

NEW ZEALAND
Ehrengast der Frankfurter Buchmesse 2012

Der Verlag dankt BEVOR ES BEI EUCH HELL WIRD, Neuseeland, Ehrengast der Frankfurter Buchmesse 2012, für die freundliche Unterstützung

Dieser Titel ist auch als E-Book erschienen

Eichborn Verlag in der Bastei Lübbe GmbH & Co. KG

Original 2006 by C.K.Stead
First published as »My Name was Judas« by Harvill Secker

Deutsche Erstausgabe

Lektorat Werner Irro
Umschlaggestaltung: Gisela Kullowatz
Umschlagmotiv: © panthermedia.net/Sascha Burkhard,
© getty-images/Shigeru Hoshino/RF
Satz: Fotosatz Amann, Aichstetten
Gesetzt aus der Stempel Garamond LT Pro
Druck und Einband: GGP Media GmbH, Pößneck

Printed in Germany
ISBN 978-3-8479-0509-7

5 4 3 2 1

Sie finden uns im Internet unter www.eichborn.de
Bitte beachten Sie auch www.luebbe.de

Kapitel 1

Heute Nachmittag ließ mich mein guter Freund und Schwager Theseus zu sich rufen, weil er mir etwas zeigen wollte. Ich machte mich sofort auf den Weg durch den steil ansteigenden Olivenhain, der mich auf seine Terrasse führte, wo man über die Dächer meines Hauses und die meiner Familie freie Sicht bis zum Meer hat. Dank einer seltenen Wetterlage konnte man gut bis zum Horizont sehen. Theseus hatte mir schon öfter von dem Blick erzählt, der sich bei so klarer Sicht bot, und jetzt war eine gute Gelegenheit, um mir zu zeigen, was genau er meinte. Ich sollte mir eine eigene Meinung bilden.

Ich bin im Landesinneren aufgewachsen, in Galiläa. Dort waren Tage mit klarer Sicht keine Seltenheit. In Tiberias etwa, wo mein Vater ein Haus hatte, konnte man über den See Genezareth bis zu den Golanhöhen sehen, oder im Norden bis zum Hermon, dessen schneebedeckter Gipfel sich gegen den blauen Himmel abzeichnete. Aber hier am Mittelmeer ist die Luft meist diesig, vor allem bei großer Hitze, wenn in der Ferne alles im Dunst verschwimmt und man oft nicht erkennen kann, wo das Meer endet und der Himmel anfängt. Dann zieht sich eine fein nuancierte Palette von Blautönen bis zum Horizont und verschluckt alles, was in der Ferne liegt.

Heute aber war die Luft klar, und als ich mit Theseus auf seiner Terrasse stand, konnte ich tatsächlich den Horizont sehen. Das hatte er mir zeigen wollen. Es sah aus, als hätte ein Maler eine unzweideutige Linie zwischen Himmel und Erde gezogen.

Nun, so Theseus, könne ich selbst sehen, was er mir vor einigen Tagen erzählt habe. Warum, fragte er, zeichne sich diese Linie so deutlich ab? Wenn wir so weit sähen, wie es das menschliche Auge nur vermochte, müsste die Sicht in der Ferne doch eigentlich abnehmen und alles konturlos werden. Das jedoch war nicht der Fall.

Deutlich zeichnete sich jene Linie am Horizont ab. Was hatte das zu bedeuten? Jedenfalls nicht, dass die Welt dort zu Ende war. Segelschiffe konnten viel größere Strecken zurücklegen, ohne ans Ende der Welt zu stoßen, wie wir wussten. Es schien, als könnten sie unendliche Weiten durchqueren. Theseus selbst hatte gelegentlich beobachtet, dass Schiffe bis zur Horizontlinie gesegelt und dann verschwunden waren. Wenn das passierte, sagte er, sehe es aus, als würden sie untergehen und in der Tiefe versinken. Er wiederholte das Wort. *Versinken*. Dieser Vorgang interessierte ihn über die Maßen. Denn es verhalte sich nicht etwa so, dass das menschliche Auge ab einem bestimmten Punkt versage, vielmehr nähmen die Schiffe einen Kurs, auf dem sie sich ab einem bestimmten Punkt dem Blick entzögen. *Wohin verschwanden sie dann?*

Unsere Sinne, sagte er, jetzt ganz in seinem Element, gäben uns die Antwort. Ich solle meinen Blick auf die Horizontlinie richten und ihr dann folgen, zuerst nach links, dann nach rechts, jeweils bis zum Ende. Ob mir die feine Krümmung auffalle, die kaum merkliche und doch wahrnehmbare Krümmung, die jene Horizontlinie in der Mitte höher erscheinen lasse als an ihren Rändern?

Ich sah genau hin und ließ den Blick zuerst nach links schweifen, dann nach rechts. Mein Sehvermögen war immer außerordentlich gut gewesen, aber ich war nicht mehr der Jüngste und traute meiner Wahrnehmung nicht recht. Doch ich sagte, ja, mir scheine, da sei eine leichte Krümmung auszumachen.

»Und das«, sagte Theseus, »ist schon die ganze Erklärung. Alles krümmt sich von uns weg. Wenn wir geradeaus schauen und diese deutliche Horizontlinie sehen, bedeutet es nichts anderes, als dass sich die Erdoberfläche vor uns wegkrümmt, *abwärts*, bis wir sie nicht mehr sehen können. Dieses Phänomen können wir nur wahrnehmen, wenn wir aufs Meer blicken und es so glatt ist wie heute, denn nur dann haben wir eine ebene Fläche vor uns. Vollkommen eben – nur dass sie sich krümmt!«

Darauf entspann sich der gleiche Disput (halbherzig auf meiner Seite, leidenschaftlich auf seiner), den wir bereits einige Tage zuvor geführt hatten, als wir unter dem Sternenhimmel gesessen und Wein getrunken hatten. Da hatte er mir zum ersten Mal erklärt, was sein Freund, ein Astronom, ihm anvertraut hatte: dass die Erdoberfläche gekrümmt sei und die Erde »deswegen« eine riesige Kugel sein müsse – unvorstellbar groß, aber eine Kugel.

Wie vor einigen Tagen meldete ich auch jetzt Zweifel an, schwieg dann aber.

»Ist denn die Sonne keine Kugel?«, insistierte Theseus. »Und der Mond? Warum also sollte die Erde nicht ebenso beschaffen sein?«

Waren Sonne und Mond wirklich Kugeln? Vermutlich hatte er recht, aber fremd war mir dieser Gedanke doch. Dabei war ich mir nicht einmal sicher, wie ich früher über diese Dinge gedacht hatte – falls ich darüber überhaupt nachgedacht hatte. Die Vorstellung von der Sonne als einer riesigen glühenden, flachen Scheibe, die abends im Westen in einer Meeresspalte versank, schien der Wirklichkeit zu entsprechen, aber wenn ich jetzt darüber nachdachte, merkte ich, wie unwahrscheinlich das war.

Andererseits war alles unwahrscheinlich und unvorstellbar – die Sonne, die Sterne, ja selbst die Erde.

Vor langer Zeit schon hatten Theseus und ich beschlossen, dass wir bei der Betrachtung der Welt nur Vorstellungen gelten lassen wollten, die dem gesunden Menschenverstand und genauer Beobachtung standhielten. Wir würden genau hinsehen und nichts unbeachtet lassen – Pflanzen, Tiere, die Jahreszeiten, das Wetter und vor allem das Verhalten unserer menschlichen Brüder und Schwestern. Aus der Summe unserer Beobachtungen würden wir unsere »Philosophie« entwickeln. Und genau das tat Theseus bei Betrachtung der Horizontkrümmung. Seine Schlussfolgerung, die Erde sei eine Kugel, war von seinem gelehrten Freund, dem Astronomen, bestätigt worden, und er hatte ihm gezeigt, wie der Beweis geführt werden konnte. Ich vermochte ihm nicht gänzlich zu folgen und war nicht vollends überzeugt, musste aber zugestehen, dass vermutlich ich irrte und es meinem Intellekt an Wendigkeit mangelte.

Doch richtig oder falsch war nicht die Frage. Es ging nur darum, unser Versprechen zu halten und nur das als »wahr« gelten zu lassen, was unsere Sinne und unser Verstand erfassen konnten.

Dabei negierten wir nichts Mystisches, Mysteriöses oder gar Magisches, aber wir deklarierten die Dinge nicht vorschnell so, nur weil andere es taten. Vielleicht gab es den einen Gott, der unsere Gebete erhörte und unsere Opfer akzeptierte, wie man es mich als Kind gelehrt hatte. Vielleicht gab es aber auch viele Götter, wie Theseus es gelernt hatte. Vielleicht waren wir von Engeln umgeben, vielleicht stiegen die Toten nachts aus ihren Gräbern. Aber vielleicht auch nicht. Was jene überirdischen Wesen betraf, würden wir erst an sie glauben, wenn wir ihre Anwesenheit und ihre Kraft spürten. Über die Jahrzehnte, die unsere Freundschaft nun schon andauerte, hatten wir festgestellt: Je weniger wir an diese Wesen glaubten, an die »andere Welt« und ihre Kreaturen, desto weniger Anlass gaben sie uns, ihre Existenz für wahrscheinlich zu halten. Nach und nach schwanden diese Licht- oder Schattenwesen aus unserem Leben, aus unserem Denken, aus der Luft, die wir atmeten, aus dem Himmel, dem Meer, den Felsen und dem Wüstensand – aus allem.

Es war, als lichtete sich ein Nebel, als würde ein Schleier gelüftet. Fremdartige Geräusche in der Nacht waren fremdartige Geräusche in der Nacht, für sie gab es Ursachen, die man entdecken konnte. Der Zorn Gottes, der nach dem Volksglauben als feuriger Wagen am Himmel erschien, konnte, wenn man ihn mit anderen Augen betrachtete, auch etwas weniger Ominöses sein – die Luftspiegelung eines Kamels, eines weißen Rosses oder nur das Zusammenspiel von Wolken und Sonne. Wenn mein Maultier tot umfiel, war es seiner Altersschwäche erlegen, nicht einem Fluch. Ein Komet am Himmel, eine Sternschnuppe? Nichts weiter als ein Komet und eine Sternschnuppe. Warum musste alles eine »tiefere Bedeutung« haben? Eine Opferkuh gebärt in dem Moment ein Kalb, als ihr die Kehle aufgeschlitzt wird? Ein solcher Vorgang hatte kürzlich in der näheren Umgebung Furcht und Panik ausgelöst. Es war eben Zeit zum Kalben gewesen, und man hätte die Kuh nicht als Opfertier auswählen dürfen. Die Scheune eines Nachbarn brennt nieder mit all seinen Kornvorräten? Nein, anders als er befürchtet, wehklagend und sich selbst kasteiend, ist es keine Strafe Gottes, weil er gesündigt und seine Gebete vernachlässigt hat. Viel wahrscheinlicher, das haben wir ihm aber nicht gesagt, steckte die Trunksucht und Unachtsamkeit seines Sohnes dahinter.

Wir hatten aufgehört, diese »Zeichen« deuten zu wollen, und misstrauten denen, die vorgaben, es zu können. Es waren ganz gewöhnliche Vorkommnisse, die mitnichten dazu dienten, uns irgendwelche »Botschaften« zu schicken.

Selbst der Blitz, der vor vielen Jahren meinen Ochsenkarren traf und alles vernichtete, als ich mit meinem spärlichen Besitz aus Tyros auszog, war für mich nichts als ein Naturereignis, zu keinem Zeitpunkt hatte ich Grund, es als etwas anderes zu betrachten. Falls Gott existierte und mir etwas sagen wollte, würde Er sich bequemen müssen, es direkt zu tun. Ich würde sogar zuhören. Ich versuchte ja sogar zuzuhören, wenn Er nichts sagte. Nie würde ich jedoch behaupten, ich hörte Seine Stimme im tiefsten Schweigen oder im plötzlichen Brand eines Ochsenkarrens.

Dennoch ist die Welt voller Mysterien. Warum ist das Leben, wie es ist – so erstrebenswert, so reich, so fehlerhaft, so widersprüchlich, so schmerzhaft? Warum endet es mit dem Tod, und warum glauben wir, danach komme noch etwas, obwohl nichts als unbewiesene Prophetenworte und alte Schriften dafür sprechen? Was ist »da draußen«, zwischen und hinter den Sternen?

Nicht diese Mysterien negierten wir, sondern die Erklärungen, die uns dafür aufgetischt wurden – erfundene Geschichten, die dazu dienen sollten, Kinder zu beruhigen oder einzuschüchtern. Wir aber waren Männer mit Verstand, die das Verborgene nicht fürchteten. Es gab schon genug zu fürchten, Sichtbares und Spürbares. Da bedurfte es keiner weiteren Einschüchterung durch Imaginiertes, Unsichtbares und nicht Spürbares. Mein Leben lang hatte ich meine Mitmenschen gefürchtet (und nicht nur den römischen Statthalter, obwohl ich den am meisten fürchtete), wilde Tiere, plötzliche Stürme, Dürren und Hungersnöte, Krankheiten und Missgeschicke meiner Kinder. Und den Tod natürlich. Das waren genug Ängste für einen einzelnen Mann, und ich war entschlossen, mir keine weiteren aufzubürden – es sei denn, die Vernunft gebot es.

Ich hatte Götter, Geister und Dämonen aus meinem Denken verbannt. Sollten sie eines Tages zurückkehren, würde ich mich mit ihnen befassen, aber es hatte ganz den Anschein, als akzeptierten sie ihre Verbannung – vorerst.

Das alles klingt einfacher, als es ist. Wenn ein Kind erkrankt, wird der liebende Vater natürlich niederknien und beten. Wenn das Kind dann stirbt, so wie zwei meiner Kinder, wird er sein Gewissen erforschen und nach eigenen Fehlern suchen, die dieses Unglück heraufbeschworen haben. Wenn mich eine todbringende Krankheit ereilt, werde ich beten. Aber nicht *für* etwas, nicht einmal für meine Genesung. Ich werde nur beten.

»Bitte …«

»Bitte was?«, fragt der große Gott dann vielleicht, sollte Er mich hören. Um was kann ich dann bitten, ich, der ich im Sterben liege? »Bitte« genügt also. Ich weiß, es ist nicht immer leicht, Vernunft walten zu lassen, aber man sollte sich stets darum bemühen.

Unsere Vereinbarung einzuhalten und den Aberglauben und die Fantasien unserer Kindheit abzulegen fiel Theseus leichter als mir. Doch auch er war mit Göttern und Dämonen aufgewachsen, an Gebote und tradierte Vorstellungen von Schuld und Sühne gewöhnt. Ich weiß, dass er bis heute kaum der Versuchung widerstehen kann, die Sterne nach seiner Zukunft zu befragen. Und manchmal, wenn wir fischen gehen, sehe ich, wie er die Lippen bewegt; dann weiß ich, dass er einen griechischen Gott anruft, vielleicht mit der Bitte um einen guten Fang, vielleicht mit der Bitte, keinen Sturm aufziehen zu lassen. Dennoch hatte er es leichter als ich, Vernunft und Skepsis walten zu lassen. Als gebildeter Grieche war er in andere Traditionen eingebettet als ich, der Jude. Oft brauchte ich seine Hilfe, und er hat sie mir über Jahrzehnte gewährt. Ich habe ihm viel zu verdanken.

Vor vierzig Jahren bin ich an diesen Küstenort südlich von Sidon umgesiedelt, um Judäa, Jerusalem und alles, was dort geschehen war, hinter mir zu lassen. Und das, was meine Heimat und die Heilige Stadt, wie wir sie nannten, mittlerweile repräsentierten. Ich wollte meiner Kindheit, meiner Abstammung, meiner Religion, meinen Irrungen entfliehen, meiner ganzen Vergangenheit, um noch einmal von vorn anzufangen, eigene Geschichte noch einmal zu durchleben und für sie vielleicht einen guten Schluss zu finden.

Wie mein Vater wurde ich Kaufmann, hauptsächlich handle ich mit Olivenöl, Datteln, Balsam und Salz, bei guter Ernte auch mit Weizen und Gerste. Ich wurde wohlhabend, heiratete (es war meine zweite Ehe; meine erste Frau starb in Galiläa, als ich erst Anfang zwanzig war). Heute sind meine Kinder, zwei Söhne und drei Töchter, erwachsen, und ich bin vielfacher Großvater. Ich bin siebzig, und die Psalmen besagen, dass der Mensch kaum älter werden kann.

Nie hätte ich gedacht, so lange zu leben, und seit meinem letzten Geburtstag lasse ich langsam los. Es gibt keinen Grund mehr, große Anstrengungen zu unternehmen oder an bestimmten Dingen festzuhalten. Mein Leben ist gelebt. Meine Geschichte, sorgsam rekonstruiert, ist erzählt. Es gab Irrtümer und Verluste, die gibt es immer, aber das Ergebnis ist durchaus zufriedenstellend. Alles, was jetzt noch kommt, falls noch etwas kommt, betrachte ich als Finale und, sofern es erfreulich und interessant ist, als Zugabe.

Tot bin ich aber noch nicht, ich liege auch nicht im Sterben. Noch bewegen mich das Irdische und meine Vergangenheit. Die jüngsten Nachrichten aus Jerusalem – Aufstände, Bürgerkrieg und der Aufmarsch von vier Legionen, immerhin 24 000 Fußsoldaten, unter dem Kommando von Titus, dem Sohn des neuen Kaisers, der die Juden für ihren Ungehorsam grausam bestrafen will – lenken meine Gedanken in eine Vergangenheit zurück, die ich eigentlich vergessen wollte.

Meine geliebte Frau Thea, Theseus' Schwester, starb vor drei Jahren. Es war eine schwere Prüfung für mich, und seither gerät meine »Philosophie«, mein Entschluss, ein rationaler Mensch zu sein, bisweilen ins Wanken. Mit feinem Spott über meine Haltung zu Geistererscheinungen und Auferstehungsgeschichten sagte sie manchmal: Sollte es doch ein Leben nach dem Tode geben, werde sie mich dann und wann aufsuchen und mir Dinge ins Ohr flüstern, die mich überraschen sollten. Vor dem Schlafengehen mache ich oft einen Spaziergang am Strand, und in der Dunkelheit spreche ich dann mit ihr. Ich sage ihr, dass ich sie liebe und so manches andere, was man sagen sollte, bevor es zu spät ist. Dann horche ich auf Antworten, doch leider schweigt meine Thea bis heute, und ich fürchte, sie wird auch weiterhin schweigen.

Meine Kinder fragen mich manchmal nach meiner Vergangenheit, aber es scheint ihnen nicht besonders wichtig zu sein. Sie wollen wissen, wie aus Judas Iskariot, der ich die ersten dreißig Jahre meines Lebens war, für die nächsten vierzig Idas von Sidon wurde. Ich antworte mit Fragmenten, Anekdoten, zufälligen Erinnerungen, nie habe ich ihnen die ganze Geschichte erzählt. Nicht weil ich mich der »Wahrheit« schämte. Es gibt gute Gründe, sie für mich zu behalten, obwohl ich weiß, dass meine Kinder das Geheimnis wahren würden. Aber ich ziehe es doch vor, mich ihnen als der zu präsentieren, der ich geworden bin, und nicht als der, der ich war, bevor ich die wichtigsten Lektionen meines Lebens lernte.

Nun aber ist es wohl Zeit, die ganze Geschichte zu erzählen.

Unser Erde:
Kugel oder Scheibe
– eine wichtige Frage.

Unter meinem Fenster
mein Enkel Hektor,
er fragt:

»Mami, warum
spricht Großvater
so komisch?«

Sie erklärt,
es sei der Dialekt
meiner Herkunft.

Kein Regen in Sicht,
den mein Obstgarten
dringend braucht.

Im Dunkel
der Vergangenheit
ein dürrer Feigenbaum,

den Jesus verflucht.
Später, so sagt man,
hänge ich daran.

Kapitel 2

Als ich Jesus kennenlernte, waren wir sechs oder sieben Jahre alt. Sein Vater war Zimmermann, meiner ein wohlhabender Kaufmann, sodass zwischen uns ein soziales Gefälle bestand, zumal mein Vater nicht nur wohlhabend war, sondern einer priesterlichen Familie entstammte, den Sadduzäern, die ursprünglich in der judäischen Stadt Kariot beheimatet waren. Als ich später ein Jünger Jesu war, betonten die anderen elf gern den Unterschied zwischen uns: sie, die bodenständigen Galiläer, und ich, der Mann aus Kariot, kurz »Iskariot«. Dass ich dort nie gelebt hatte, interessierte sie nicht. Wichtig war nur, dass ich anders war, nicht aus der Region stammte und einer privilegierten Familie angehörte. Auch das sprach gegen mich. Doch obwohl ich nicht der war, den Jesus am meisten liebte oder in dessen Gesellschaft er sich am geborgensten fühlte, war ich derjenige, den er am längsten kannte.

Der Vater meines Vaters und dessen Vater waren Rabbis gewesen, der Bruder meines Vaters war Priester im Tempel von Jerusalem. Meine Eltern waren stolz auf ihre gesellschaftliche Stellung, und doch hatte ich oft den Eindruck – Kinder spüren dergleichen, ohne dass man es ihnen ausdrücklich mitteilt –, dass mein Vater bei der Familie in Ungnade gefallen war, vermutlich weil er meine Mutter geheiratet hatte, die keiner Priesterfamilie entstammte. Sein größter Wunsch war, dass ich, sein einziges Kind, die verlorene Familienehre wiederherstellen sollte. Daher bestimmte er einen gelehrten Mann, Andreas, zu meinem Lehrer, und ich suchte ihn vier Mal pro Woche in seinem Haus auf, zusammen mit einem anderen Jungen, Thaddäus, dessen Eltern es sich ebenfalls leisten konnten, ihrem Sohn eine gute Bildung angedeihen zu lassen, sowie Jesus, dessen Eltern es sich keineswegs leisten konnten. Andreas hatte Jesus zufällig kennengelernt und angeboten, ihn unentgeltlich zu unterrichten, weil er eine ungewöhnlich schnelle Auffassungsgabe habe und hochintelligent sei – ein *Ilui*, wie Andreas sagte, ein kindliches Genie. Zudem war Jesus ein hübscher Junge mit angenehmen Umgangsformen. Manchmal dachte ich – ohne seine Intelligenz anzuzweifeln, die er täglich unter Beweis stellte –, dass er nicht nur wegen seiner Gelehrsamkeit einen Platz in unserer Mitte bekommen hatte, sondern auch wegen seines Charmes und seines guten Aussehens. Ich dagegen war ein ganz gewöhnlicher Junge, aufgeschlossen und geradeheraus, aber nicht von besonderer Anmut.

Wenn ich heute an unsere Schulzeit zurückdenke, sehe ich Andreas vor mir, wie er, den Arm lässig um Jesu Schultern gelegt, mit seiner hohen, aufgeregten Stimme dozierte, als wolle er seinen Lieblingsschüler nicht nur unterrichten, sondern auch beschützen. Wenn er sich darüber freute, dass wir etwas Schwieriges begriffen hatten, küsste er uns manchmal auf die Wange. Jesus küsste er öfter als Thaddäus und mich. Da er besser und schneller lernte als wir, waren diese Küsse durchaus verdient. Trotzdem spürten wir, dass Andreas ihn nicht nur deswegen mehr liebte als uns.

Zuerst lernten wir, unsere Muttersprache zu lesen und zu schreiben, später dann auch Hebräisch, damit wir die Heiligen Schriften und die Geschichte unseres Volkes studieren konnten. Wir verbrachten viel Zeit damit, lange Passagen aus diesen Texten abzuschreiben und auswendig zu lernen. Andreas war Syrer, seine Muttersprache Griechisch, aber er war ein großer Gelehrter und ein ausgezeichneter Linguist. Sein Aramäisch betrachtete er als dem unseren überlegen, weil er es in Jerusalem gelernt hatte. Unser galiläischer Akzent war in seinen Ohren »provinziell«, und er tadelte unsere »bäuerlichen Konsonanten«. Wenn wir laut vorlasen, mussten wir unsere Aussprache immer wieder korrigieren.

Auch hierbei gab es für Jesus immer wieder Küsse. Schon als Kind hatte er eine angenehme Stimme, und binnen kürzester Zeit konnte er die schwierigsten Texte von den Schriftrollen ablesen, mit erstaunlichem Verständnis und nahezu fehlerfrei. Er konnte auch sehr schön singen, aber das traf auf uns alle zu, oft sangen wir mit unserem Lehrer vierstimmige Volkslieder.

Auch ein wenig Griechisch brachte Andreas uns bei, und

manchmal erzählte er von Lebensgewohnheiten und Traditionen der Griechen. Vieles, was ich damals lernte, ist längst vergessen. Aber ich erinnere mich an eine Stunde über die Philosophie des Diogenes, deren Vertreter als Kyniker bezeichnet wurden, die »Hunde-Philosophen«. Eigentum und weltlichen Besitz lehnten sie ab, stattdessen huldigten sie der Armut, gingen in Lumpen. Wie Hunde ernährten sie sich von dem, was sie finden konnten, und ebenfalls wie Hunde wohnten sie nicht in Häusern, sondern im Freien. Andreas erzählte, einmal sei Diogenes vor den Toren Korinths barfuß auf einer staubigen Straße gegangen, einen Stock mit dem Bündel seiner wenigen Habseligkeiten über der Schulter, als er Alexander dem Großen begegnete. Dieser schickte sich an, die Welt zu beherrschen, was der Philosoph als »unnötig« bezeichnet haben soll, da er *seine* Welt, also *sich selbst*, bereits beherrsche. Brustschild und Helm des großen Königs glänzten, die Soldaten in seinem Gefolge trugen Speere und rot-schwarze Banner vor sich her. Alexander blickte von seinem prachtvollen Ross auf den Philosophen hinab, der in Lumpen vor ihm stand, und war von dessen wacher, intelligenter Erscheinung beeindruckt. Er fragte Diogenes, ob er etwas für ihn tun könne, er wolle einem Manne helfen, dessen Weisheit weithin berühmt sei.

»Ihr könntet beiseitetreten«, erwiderte Diogenes. »Ihr nehmt mir die Sonne.«

Ich erinnere mich an diese Geschichte nicht um ihrer selbst willen so gut, sondern wegen der Reaktion von Jesus. Er lachte schallend, den Mund weit geöffnet wie ein Bauer, und schlug mit der flachen Hand auf sein Schreibpult. Seine Augen hatten einen irren Glanz.

Sein Ausbruch war mir peinlich, und ich zischte ihm zu, dass es nicht nötig sei, sich derart aufzuspielen, nur um unserem Lehrer zu gefallen. Doch Andreas küsste ihn. »Jesus erkennt die Weisheit des Diogenes und erfreut sich an ihr«, sagte er. »Nimm dir ein Beispiel daran, Judas.«

Viele Jahre später, als wir zu Fuß durchs Land zogen, predigten und Armut und Askese übten, erinnerte Jesus mich einmal an diese Lektion.

»Wir sind die Kyniker von heute«, sagte er. »Hunde-Philosophen.«

Wir waren müde und erhitzt, und ich war nicht zum Scherzen aufgelegt. »Dann bist du wohl unser Diogenes«, sagte ich mit beißendem Unterton.

»Wenn du meinst«, erwiderte er. Es lag etwas Anmaßendes, Selbstzufriedenes in seiner Antwort, ein Ton, der später sowohl die römischen Machthaber als auch die jüdische Priesterschaft gegen ihn aufbringen sollte. In jenen frühen Tagen aber hatten seine Äußerungen stets etwas Humorvolles, einen Hauch Selbstironie.

Wir hatten gerade, wie so oft, darüber debattiert, wie wenig man zum Leben brauchte. Er hatte uns, seinen zwölf Jüngern, befohlen, nur eine Djellaba zu tragen und in unserem Schulterbeutel nicht viel mehr als einen Überwurf gegen die Abendkühle mitzuführen. Nicht einmal Wanderstöcke sollten wir benutzen, einer seiner typischen spontanen Einfälle, wobei dieser sich auf Dauer nicht durchsetzte. Warum, fragte er, sollten wir uns vor Wegelagerern schützen, wenn wir ja doch nichts bei uns hatten, das sich zu stehlen lohnte? Davon abgesehen sollten wir ohnehin jedem geben, was er von uns erbat, falls wir es besaßen. Es gab also nichts, was wir mit Stöcken hätten beschützen müssen.

Ich trug die eine erlaubte Djellaba und besaß nur den spärlich gefüllten Beutel, aber ich weigerte mich, meinen Wanderstock abzugeben. Er war mir wie ein Freund, denn er erleichterte das Gehen, wenn wir steinige, unwegsame Gegenden durchstreiften, und in der Wildnis gab er mir ein Gefühl von Sicherheit.

»Verlang nicht von mir, dass ich zwischen meinen beiden Freunden wähle«, sagte ich zu ihm, und er lachte auf diese ganz besondere Art, wie er es nur tat, wenn wir allein waren. Dieses Lachen signalisierte, dass ich mir ihm gegenüber mehr herausnehmen durfte als die anderen.

In diesem Moment waren wir allein – er schickte uns oft in Zweier- oder Dreiergruppen mit Aufträgen los – und befanden uns auf einem holprigen Weg, der nach Kapernaum führte. Dort sollten wir am Abend wieder mit den anderen zusammentreffen. Wir waren gereizt, weil wir an diesem Tag nicht auf offene Ohren gestoßen waren und keine neuen Anhänger gewonnen hatten, dafür hatten uns Jungen sogar mit Steinen beworfen. Als wir die Kuppe eines kleinen Hügels erreichten, sahen wir uns plötzlich einem Rudel Wildhunde gegenüber.

»Sieh da«, sagte Jesus. »Unsere Brüder, die Hunde-Philosophen.«

Es war ein netter Versuch, und tatsächlich wirkte Jesus keineswegs verängstigt, aber eine wundersame Verwandlung war nicht zu erwarten. Es waren und blieben Wildhunde, keine Philosophen, und sie waren hungrig.

Sie hatten Angst vor uns, wichen aber nicht von der Stelle. Sie duckten sich, knurrten und bleckten die Zähne. Es war förmlich zu sehen, wie sich das Leittier fragte: »Schaffen wir das? Die sind zwar nur zu zweit, aber vielleicht sind sie stark.«

Ich trat ihnen entgegen und schwang meinen Stock. Sie schreckten zurück, jaulten und stoben in alle Richtungen auseinander. Im Nu hatten sie sich über den ganzen Hügel zerstreut. Nur einer blieb zurück, er war schwer verletzt, und ich erlöste ihn durch einen gezielten Hieb auf den Kopf von seinen Qualen.

Als wir weitergingen, wartete ich darauf, was Jesus sagen und wie er mir danken würde, er aber sagte nichts. Schließlich konnte ich nicht länger an mich halten: »Du wolltest mir meinen Stock abnehmen.«

»Das stimmt.«

»Willst du es immer noch?«

»Ja.«

»Aber wenn ich ihn nicht gehabt hätte, wären wir jetzt vielleicht tot. In Stücke gerissen und aufgefressen.«

Er lächelte – eigentlich war es eher ein Grinsen – und sagte: »Aber du *hattest* deinen Stock ja noch.«

Als Kinder kamen wir gut miteinander aus und wurden schnell Freunde. Er war klug, aber auch ich war nicht dumm. Das Lernen machte uns Freude, wir unterhielten uns mit Wortspielen und wetteiferten im Auswendiglernen langer Passagen aus den Heiligen Schriften. Diese Texte haben sich wie Sedimentgestein in unseren

Köpfen festgesetzt. Auch heute sind sie mir noch präsent – nicht als Quell meines Glaubens, sondern als erbaulicher Zeitvertreib. Als Jesus predigend durchs Land zog, bediente er sich ihrer ausgiebig. Für mich war und ist die Sprache dieser Schriften Schönheit und Trost, für ihn aber war sie ein Machtvehikel.

Wir wurden also Freunde. Obwohl er später oft die Nähe und sogar Jüngerschaft von Männern mit – um es milde zu formulieren – durchschnittlicher Intelligenz suchte, war er als Kind scharfsinnig, konkurrenzbewusst, ungeduldig und schnell gelangweilt. Wäre ich so stumpfsinnig und langweilig gewesen, wie Thaddäus es unserer Meinung nach war, hätte Jesus sich niemals für mich interessiert. Dass ich besseres Spielzeug hatte als er und in einem schönen Haus wohnte, spielte dabei keine Rolle. Derlei sprach in seinen Augen eher gegen mich, aber er sah darüber hinweg, weil ich ihm geistig gewachsen, wenn nicht gar ebenbürtig war.

Besondere Freude machten uns mentale Übungen, die wir selbst erfanden. Unter anderem versuchten wir, uns wortlos zu verständigen, dem anderen also Gedanken mitzuteilen, ohne etwas zu sagen. Einer von uns konzentrierte sich etwa auf eine Farbe, eine Zahl zwischen eins und zwanzig oder ein Tier und versuchte, diesen Gedanken dem anderen zu schicken, der sich ebenfalls konzentrierte, die Augen geschlossen hielt und den Gedanken zu empfangen versuchte. Wir führten Buch darüber, wie oft eine Gedankenübertragung klappte, und verglichen die Anzahl geglückter Versuche mit der Wahrscheinlichkeit eines Treffers (im Falle der Zahlen natürlich 1:20), um zu prüfen, ob unsere Erfolge reiner Zufall waren. Dabei stellte sich heraus, dass unsere Erfolgsrate weit über der numerischen Wahrscheinlichkeit lag, und so glaubten wir, auf dem besten Wege zur Beherrschung der Gedankenübertragung zu sein.

Da wir einander geistig so eng verbunden waren, unternahmen wir auch sonst allerlei, womit Jungen gemeinhin den Tag verbringen. Wir durchstreiften die Gegend, lieferten einander Ringkämpfe und spielten in den Kornfeldern Verstecken. Wir erforschten Höhlen und erklommen Berge, wobei wir oft aufgaben oder uns verletzten, und Schimpftiraden und Strafen über uns ergehen lassen mussten, wenn wir uns wieder mal zu weit oder zu lange von zu Hause entfernt hatten. Wenn es heiß war, badeten wir in dem Fluss, der unser Tal durchströmt. Wie es sich für Jungen gehört, wurden wir Experten im Steinewerfen. In der Handhabung von Steinschleudern war ich Jesus mindestens ebenbürtig, wenn nicht überlegen, dafür hatte er den stärkeren oder geschickteren Wurfarm. Wir waren etwa gleich groß und gleich stark, aber beim Werfen verdrehte er sein Handgelenk unmittelbar vorm Abwurf auf eine Art, die ihm erlaubte, weiter zu werfen als ich. Auch sein Augenmaß war phänomenal. Ich habe gesehen, wie er einen kleinen Vogel traf, der in hundert Schritt Entfernung auf einem Baum saß.

Manchmal besuchte ich ihn zu Hause. Zusammen mit seinen Eltern und vier oder fünf jüngeren Brüdern und Schwestern wohnte er in einer engen Gasse in einem kleinen Haus mit Flachdach. Es war ein ärmlicher Haushalt, zu wenig Platz für zu viele Menschen – mit meinem Zuhause überhaupt nicht zu vergleichen. Es roch nach Essen, Körperausdünstungen und einem oder zwei Hunden. Der Vater von Jesus, Josef, war ein stämmiger, ruhiger Mann mit einem warmen Lächeln. Wenn er gerade nicht arbeitete, setzte er sich gern auf das Dach oder mit einem Stuhl auf die Straße und spielte auf einer Rohrflöte. Er hat nie viel geredet und schien sich klaglos seiner Frau unterzuordnen.

Jesu Mutter, Maria, war eine schlanke, aber starke Frau, die ihre Dominanz hinter einem schicklichen Auftreten verbarg. Sie tat jedoch nur so, als sei sie folgsam und bescheiden, wenn sie ihren Mann behandelte, wie es sich gehörte. Sie ließ ihn zuerst essen und griff selber erst zu, wenn er fertig war. Auf den ersten Blick war sie keineswegs »anders«. Und doch wurde man das Gefühl nicht los, dass sie auf eine merkwürdige Art die wahre Herrin im Haus war.

Wenn sie mich auf der Straße sah, packte sie mich an den Oberarmen, starrte mir ins Gesicht und sagte, was für ein »netter kleiner Bursche« ich sei. Sie hatte auffallend wässrige Augen, und wenn man ihr nahekam, sah es aus, als blickte man einer Wasserleiche ins Antlitz. »Jesu kleiner Freund ist hier«, rief sie, ob es jemand hören wollte oder nicht, wenn ich zu Besuch kam. »Wie geht es dir, Judas? Du siehst heute ganz reizend aus, mein Kleiner. Ist heute nicht ein schöner Tag? Wo hat deine Mutter bloß dieses schöne Hemd aufgetrieben? Oder hat sie es selbst genäht? Nein, natürlich nicht, so etwas macht bei euch ja die Dienerschaft, nicht wahr? Wie geht es deiner Mutter? Und deinem Vater? Ist er schon aus Tiberias zurückgekehrt?«

Ich brauchte keine dieser Fragen zu beantworten, denn kaum war eine ausgesprochen, folgte schon die nächste. Wenn sie damit fertig war, ging sie unverzüglich dazu über, von Jesus zu erzählen, ihrem »kleinen *Ilui*« (das Wort hatte sie von Andreas aufgeschnappt), ihrem glorreichen Erstgeborenen, dem Wunderkind. Was er an diesem Morgen alles getan hatte, was er gestern Abend gesagt hatte, was er für seine jüngeren Brüder gebastelt hatte.

Als wir uns noch nicht so gut kannten, wurde Jesus immer rot, wenn sie von ihm schwärmte. Es war ihm sichtlich unangenehm. Später gab er sich keine Mühe mehr, seine Ungehaltenheit zu verbergen. »Hör auf, Mutter!«, sagte er dann, aber sie schien ihn nicht zu hören. Sie lebte in ihrer eigenen Welt und gab zwar Äußerungen von sich, konnte die von anderen aber nicht aufnehmen. Als Kind war sie mir unheimlich. Erst viel später, als Jesus längst ein berühmter Prediger und Prophet war und gnadenlos all ihre Bemühungen um Nähe abwies und sich weigerte, ihre Liebe und ihren Rat anzunehmen, tat sie mir leid. Als Jesus in Jerusalem starb, war sie weit weg, in Nazareth, bei ihrer Familie.

Einmal, es muss wohl in unserem zweiten Schuljahr bei Andreas gewesen sein, lasen wir zusammen mit Thaddäus die Geschichte von der Geburt Mose – die Passagen im Buch Exodus, in denen geschildert wird, dass sich die Juden schneller vermehrten als die Ägypter, worauf der Pharao beschloss, den Juden das Leben schwer zu machen, um sie zu schwächen. Damit hatte er aber keinen Erfolg, die Zahl der Juden stieg weiter, und der Pharao ordnete an, alle ihre männlichen Neugeborenen zu töten. Um ihrem Kind dieses Schicksal zu ersparen, setzte die Mutter von Mose den Kleinen in einem Weidenkörbchen im Schilf des Nils aus, wo die Tochter des Pharaos ihn fand und mitnahm, um ihn dann wie ihr eigenes Kind aufzuziehen.

Uns gefiel die Geschichte von dem geretteten Kind, das später der Stammvater unseres Volkes werden sollte, aber Jesus reagierte besonders stark darauf. Als ich ihn das nächste Mal besuchte und seine Mutter wieder diese konfuse Rede über ihren glorreichen Erstgeborenen hielt, bezeichnete sie ihn als ihren »kleinen Moses«. Ich war verwundert, und als ich mit Jesus allein war, fragte ich ihn, wie sie das gemeint habe. Er zuckte mit den Schultern und sagte, das wisse er nicht, wahrscheinlich habe sie sich gar nichts dabei gedacht. »Du kennst sie ja«, sagte er. »Sie redet und redet, und man weiß nicht, wovon.« Aber ich glaube, er wusste sehr wohl, warum sie das gesagt hatte, und wollte es bloß nicht zugeben.

Viele Jahre später fiel mir diese Episode wieder ein, genauer gesagt gegen Ende unserer gemeinsamen Zeit, kurz vor Jesu triumphalem Einzug in Jerusalem. Damals zeichneten sich unter uns zwölf erste Unstimmigkeiten ab (darauf komme ich noch zurück), und Jesus schürte sie noch, indem er dem Grundsatz »Teile und herrsche« folgte, unabsichtlich, wie ich meine, rein intuitiv, wie es oft seine Art war. Oft nahm er zwei oder drei von uns beiseite und vertraute ihnen Dinge an, die den anderen vorenthalten blieben. Das führte zu Neid und Eifersucht, und alle buhlten um seine Gunst. Inzwischen waren wir ihm alle hörig, jeder auf seine Art, und er spielte seine Macht aus, indem er uns mal einzeln, mal alle zusammen mit seiner Zuneigung beglückte. Er verstand es, einem das Gefühl zu geben, dass er einen liebte, und Gegenliebe hervorzurufen. Dann wieder verblüffte er uns mit seiner bestechenden Logik oder konfrontierte uns mit seiner Ungeduld, seinen Wutausbrüchen, seinen Tiraden und bisweilen auch mit der Drohung, er werde den einen oder anderen aus unserer Gemeinschaft ausschließen oder gar uns allen den Rücken kehren.

Ich ließ mich von ihm nicht so stark einschüchtern wie die anderen, und selbst noch an seinen letzten Tagen, als er äußerst gereizt reagierte, wenn er seine Autorität infrage gestellt sah, war es mir gelegentlich möglich, ihn zu kritisieren. So sagte ich ihm einmal, als er Jakobus und Johannes – die Brüder, die er manchmal als »Söhne des Donners« bezeichnete – sowie Bartolomäus beiseitegenommen und sich mit ihnen allein beraten hatte, dass die

Bevorzugung Einzelner negative Auswirkungen auf unsere Gemeinschaft hätte.

Jesus hörte mich an, still, ernst und mit gesenktem Kopf. Als ich schneller als gewollt meine Rede beendete – ich hatte mich auf ein Donnerwetter gefasst gemacht, stattdessen nahm er mir mit seiner unerwarteten Geduld den Wind aus den Segeln –, sah er zu mir auf und lächelte amüsiert. »Höre ich da Eifersucht?«

»Ja, vielleicht«, gab ich zu. »Aber es spielt keine Rolle, wie du es nennst. Denk lieber mal darüber nach.«

»Hättest du dich auch beschwert, wenn du einer von den dreien gewesen wärst?«

»Wahrscheinlich nicht. Aber dann wäre keiner da gewesen, der dich warnt, weil die anderen ja nichts sagen.«

Er nickte, immer noch amüsiert. »Dann danke ich dir für die Warnung, Judas.«

Ich wollte schon gehen, als er sagte: »Ist dir eigentlich bewusst, dass du eine Sonderstellung einnimmst und die anderen dich darum beneiden?«

Ich sah ihn fragend an.

»Du bist der Einzige, der mich schon als Kind kannte.«

Ich wandte mich zum Gehen.

»Judas!« Er griff nach mir und boxte mir an den Arm, so wie wir es als Schuljungen oft getan hatten.

Ich sah ihn an. Sein Lächeln war unwiderstehlich. Es war nicht das Lächeln »Zusammen schaffen wir das, Brüder«, das er aufsetzte, wenn er uns als Gruppe ansprach, nicht das Lächeln »Du bist mein Fels; vergiss niemals, dass ich auf dich baue«, das er für Petrus reserviert hatte, nicht das geduldige, verzeihende Lächeln, mit dem er Thomas zu betrachten pflegte, und auch nicht das des gütigen Mentors, das er Bartolomäus zuteilwerden ließ. Nein, das Lächeln, mit dem er nur mich bedachte, war spitzbübisch, herausfordernd und konspirativ. Es signalisierte eine Begegnung auf Augenhöhe, die Einmütigkeit zweier überlegener Persönlichkeiten, welche die Dinge nicht zu ernst nahmen. Als wollte er sagen: Komm schon, Judas! Du bist doch der Einzige mit Übersicht. Du weißt, wie wir diese Partie spielen müssen, wenn wir gewinnen wollen.

Es war ein Blick, der mir schmeichelte und mich – wie immer – mit ihm versöhnte. Wenn ich an Momente wie diesen denke, bedaure ich meinen Wankelmut, zugleich macht mich die Erinnerung an unsere Nähe und Freundschaft ganz sentimental. Abgesehen von meiner Familie, zu der ich auch meinen Schwager zähle, ist Jesus wohl der Einzige, den ich je geliebt habe.

Jedenfalls sollten wir anderen nicht wissen, was er zu Johannes, Jakobus und Bartolomäus gesagt hatte, als er mit ihnen auf den Hügel mit den Ziegenherden gegangen war. Bartolomäus freilich, der Jüngste in unserem Bunde, fühlte sich so geschmeichelt, dass er nicht für sich behalten konnte, was sich dort zugetragen hatte. Zuerst machte er nur Andeutungen, ließ hier und da eine Bemerkung fallen und begann Sätze mit: »Wenn du versprichst, es für dich zu behalten …« Schon bald führte seine Indiskretion dazu, dass die zwei Brüder mit Fragen bombardiert wurden – natürlich nur, wenn Jesus nicht in der Nähe war. Und bald kursierten verschiedene Versionen der Geschichte, die Jesus den dreien erzählt hatte, zusammengesetzt aus den Versatzstücken, die sie nach und nach preisgegeben hatten.

Es ging um seine Geburt. Die Geschichte, die ich hier wiedergebe, entspricht nicht nur meiner Erinnerung an jene längst vergangene Zeit, sondern ebenso den Predigten von Evangelisten, die durch Sidon ziehen, um Jesu Botschaft zu verbreiten. Sie lautet so:

Obwohl Jesus fast seine ganze Kindheit in Nazareth verbrachte, stammte sein Vater nicht von dort, genau wie meiner. Josefs Heimat war Bethlehem, eine Kleinstadt in Judäa, südlich von Jerusalem. Als Maria zum ersten Mal schwanger war, wurde ein Dekret erlassen, demzufolge alle Männer in Judäa zusammen mit ihren Familien an ihren Geburtsort zurückkehren mussten, um dort eine neuartige Steuer zu entrichten, die der damalige Kaiser Augustus eingeführt hatte. Es war Winter, als sich das junge Paar auf den Weg machte, er zu Fuß, sie auf einem Esel. Vor den Toren Bethlehems nahmen sie bei einem Bauern Quartier, in dem Teil des Hauses, wo die Tiere überwinterten. Dort, im Gestank einer Kuh, zweier Ziegen und einiger Schafe, kam Jesus zur Welt.

Zur selben Zeit erregten merkwürdige Zeichen und Erscheinungen die Gemüter, insbesondere ein sehr heller, neuer Stern am östlichen Himmel. Weise Männer, Berater von König Herodes, berichteten dem Herrscher von diesen Erscheinungen und deuteten diese sogleich in der Weise, dass sie die Geburt eines neuen Königs anzeigten, des »Königs der Juden«. Herodes tat so, als sei er erfreut, in Wahrheit aber war er alarmiert. Zwar war er sich nicht sicher, ob er das Ganze ernst nehmen sollte, aber in der Vergangenheit hatten seine Berater mit ihren Prophezeiungen immer richtiggelegen. Dieses Neugeborene stellte also eine Bedrohung für ihn dar. Auch wenn es seine Autorität fürs Erste nicht infrage stellte, war es ein Faktor in der Thronfolge. Also fragte er, wo dieses Kind zu finden sei. Die Weisen berieten sich mit Priestern und Propheten und kamen zu dem Schluss, dass es sich in Bethlehem befinden müsse, denn davon war in alten Prophezeiungen die Rede. Außerdem schien sich der neue helle Stern am östlichen Himmel in diese Richtung bewegt zu haben.

Unter strenger Geheimhaltung stellte Herodes einen Trupp Soldaten zusammen und befahl ihnen, alle Säuglinge zu finden und zu töten, die kürzlich in und um Bethlehem geboren worden waren. Gleichzeitig erschien Josef im Traum ein Engel, der ihn vor dem geplanten Massaker warnte (in einer anderen Version wurde er von dem Engel direkt aufgesucht, ohne Traum, in wieder einer anderen war es ein Traum ohne Engel). Jedenfalls floh er mit Maria und dem Kind nach Ägypten und kehrte erst ein, zwei Jahre nach Herodes' Tod nach Nazareth zurück.

Eine hübsche Geschichte, damals wie heute. Aber damals wie heute fällt es schwer, sie zu glauben. Mich zumindest hat sie sehr irritiert, zum einen, weil sie höchst unplausibel ist, zum anderen, weil Jesus sie nur den drei Auserwählten erzählte.

Als ich wieder einmal mit ihm allein war – es war an einem Tag, als uns keiner zuhören wollte, was nur noch selten vorkam, seit Jesus sich bei der Landbevölkerung großer Beliebtheit erfreute –, befanden wir uns auf halber Höhe des Tabor und blickten in östlicher Richtung auf die fruchtbaren Äcker, die sich bis zum See Genezareth und zum Jordan erstreckten. Da ich angesichts unseres Misserfolgs schlecht gelaunt war, beschloss ich, Jesus herauszufordern. Also fragte ich ihn, warum er eine so bizarre Geschichte über seine Geburt erzählt habe.

»Warum? Weil es wahr ist. Warum hätte ich es sonst tun sollen?« Sein Ton war nicht trotzig, eher herrisch. Er wollte mir zu verstehen geben, dass ich kein Recht hätte, ihn dergleichen zu fragen.

»Ich habe noch nie etwas von einer römischen Steuer gehört, die nur entrichtet werden konnte, wenn man an seinen Geburtsort zurückkehrte.«

Er hielt meinem Blick stand und verzog keine Miene.

»Das ist doch unrealistisch!«, insistierte ich. »Mein Vater beispielsweise hätte sich zu dem Zweck nach Kariot begeben müssen.«

Jesus zuckte mit den Schultern und blickte über das Tal. »Vielleicht hat er das ja getan. Dein Vater war doch ständig unterwegs.«

Da hatte er recht. Also versuchte ich es anders. »Hätte es in Bethlehem je ein Massaker unter den männlichen Säuglingen gegeben, hätten wir davon bestimmt schon gehört.«

»Glaubst du, Herodes hätte es öffentlich bekannt gemacht?«

Ich seufzte und fragte weiter: »Warum hast du es nur den dreien erzählt?«

»Weil sie dafür bereit waren.«

»Bereit, dir zu glauben?«

»Bereit, die Wahrheit zu erkennen.«

Ich sah ihn herausfordernd an. »Du glaubst diese Geschichte doch selber nicht!«

Er sagte: »Wenn ich eine Geschichte von einem Diener und seinem Herrn erzähle oder von dem Besitzer eines Weinbergs oder von einem Hirten, der auf einem Hügel seine Schafe hütet – ist diese Geschichte dann wahr oder nicht?«

»Ah!« Ich dachte nach. »Dann ist es also ein Gleichnis?«

Er warf mir einen Blick zu, der mich verunsichern sollte, und das gelang ihm auch. »Für dich ist es ein Gleichnis, wenn du es so sehen willst«, sagte er. »Für Jakobus und Johannes ist es eine historische Tatsache. Beides erfüllt seinen Zweck.«

Welchen Zweck? Ging es um die alten Prophezeiungen, die besagten, in Bethlehem werde eines Tages der Messias geboren?

Ließ er sich von den Leuten einen Floh ins Ohr setzen, die bei seinen Predigten aus der Menge heraus schrien, er sei der Menschensohn, der Wundertäter, der Christus, der Gesalbte, der das jüdische Volk erlösen werde? Sich darauf einzulassen und sogar entsprechende Gerüchte zu streuen fand ich gefährlich, denn es würde weitreichende Konsequenzen haben.

Ich änderte meine Taktik. »Wenn wir anderen es nicht erfahren sollten, warum hast du es dann ausgerechnet Bartolomäus erzählt?«

Er nickte. »Das war ein Fehler. Ich hätte nur Johannes und Jakobus einweihen sollen.«

Später machten wir im Licht der Abendsonne Rast. Ich wollte ihn von dieser Messias-Idee abbringen oder ihm wenigstens entlocken, in welcher Rolle er sich sah, aber ich griff das Thema nicht wieder auf. Es war einer jener Momente, in denen mir immer klarer wurde, dass unser gemeinsames Unternehmen gescheitert war – oder ich zumindest nicht mehr daran glaubte.

Inzwischen enthält die Geschichte von seiner Geburt ein weiteres Element, von dem ich erst vor wenigen Jahren hörte. Ein Prediger auf Missionsreise in Sidon erzählte mir davon, und erst kürzlich hörte ich einen zweiten davon sprechen. Demnach sei Maria, als sie mit Jesus schwanger war und auf ihrem Esel nach Bethlehem ritt, noch *Jungfrau* gewesen. Jesus sei nicht von Josef, dem Zimmermann und Vater von Jesu jüngeren Geschwistern, gezeugt worden, sondern von Gott selbst, von Seinem Heiligen Geist.

Gut, dass ich in unserer gemeinsamen Zeit noch nichts davon gehört hatte und nicht genötigt wurde, *das* zu glauben. Ich kann mir nicht vorstellen, dass es mir gelungen wäre, höflich zu bleiben.

Doch all das lag noch in ferner Zukunft.

Noch vergnügten wir uns mit Kinderspielen und ließen uns von Andreas unterrichten. Was immer wir taten und dachten – stets hing der Gott Israels wie eine dunkle Wolke über uns. In unseren Häusern, auf der Straße und bei den Gesprächen, die Arm und Reich miteinander führten. Unterschiedslos und unentrinnbar. Er begegnete uns in den Geschichten aus der Vergangenheit und hatte auch in der Gegenwart nichts von seinem Schrecken verloren. Er war in der Luft, im Wind, in Winterstürmen und in der unerbittlichen Sommerhitze. Eine allgegenwärtige, rächende Macht, die leicht zu erzürnen war, grausam strafte und vollmundige Heilsversprechungen machte, die nie eingelöst wurden. Diese Macht duldete keine Sünde und keine Respektlosigkeit. Den nötigen Respekt brachten wir auf, aber die Sünde … Sie trat uns nie von Angesicht zu Angesicht gegenüber, und doch war sie immer präsent. Auch wenn wir sie nicht sehen konnten, lauerte sie hinter der nächsten Ecke – *unsere* Sünde, seine und meine. Sie gehörte zu uns wie unsere Namen, Jesus und Judas, und es gab kein Entrinnen.

Wir lebten in ewiger Furcht vor ihr und ihren Folgen.

Schakale bellen
in der Nacht.
Sie bringen

Kindheit zurück,
als jeder Schatten
einen Schatten warf.

In jedem Schatten
ein Geist. Die Wüste
belebt von Toten.

Furcht herrscht
im Heim, verlangt Gebet
und Strafe. Zwei

kleine Jungen,
verschreckt im Bett,
erflehen Vergebung,

nicht wissend, wofür,
nur der diffusen
Schuld gewiss.

Kapitel 3

In meiner Kindheit gab es wenig, was ich lieber tat, als Jesus und seine Familie zu besuchen. Ich hatte keine Geschwister, und obwohl ich recht schamhaft und schüchtern war, fand ich das vertraute Beisammensein schön, auch die Streitereien und Streiche. Ich lachte, wenn jemand furzte und alle behaupteten, sie seien es nicht gewesen, während sie so taten, als brächte der Gestank sie um. Ich war ein verwöhntes Einzelkind, und das Leben in Gemeinschaft tat mir gut.

Maria sorgte für feste Gebets- und Andachtszeiten, und Josef befolgte sie auf seine stille Art. Er schien aber nicht mit dem Herzen dabei zu sein, sondern die Rituale nur zu absolvieren, um Maria einen Gefallen zu tun. Damals gab es in Nazareth keine richtige Synagoge, so gingen wir am Sabbat in das Haus des Rabbis. Dass Jesus »spiritueller« gewesen wäre als wir anderen, ist mir nicht aufgefallen. Ganz anders sein Cousin Johannes. Wenn wir beteten, kniff er die Augen heftiger zusammen als alle anderen, atmete schwer, knirschte mit den Backenzähnen, murmelte die Texte halblaut mit und nickte so inbrünstig, dass Adern und Sehnen seines Halses hervortraten und ihm der Schweiß auf der Stirn stand. Als ich Jesus einmal darauf ansprach, lachte er und sagte etwas, das ich ihn später noch oft sagen hörte, als Johannes und er beide längst Propheten und religiöse Anführer waren: »Armer Johannes! Für ihn ist alles schwere Arbeit.« Schon als Kind fand ich das unpassend und überheblich. Wie Jesu Gelächter über die Diogenes-Geschichte. Es war mir peinlich und gab mir das Gefühl, ihm moralisch überlegen zu sein. Auch als Erwachsener, der Johannes als Prediger ernst nehmen sollte, hatte ich noch Probleme damit.

Meine Mutter bezweifelte, ob Jesus der richtige Umgang für mich war. Hätten wir nicht denselben Lehrer gehabt und hätte

Andreas sich nicht immer so lobend über ihn geäußert, hätte sie mir den Umgang mit ihm wohl rundheraus verboten. Anfangs versuchte sie mich davon zu überzeugen, dass ich mehr Zeit mit Thaddäus verbringen sollte, und als das nicht fruchtete, sagte sie, ich solle Jesus doch mal zu uns nach Hause einladen, damit sie ihn näher kennenlernen könne. Als er dann kam, hat er sie natürlich voll und ganz für sich eingenommen. Sie sagte zwar, er sei ein bisschen »verlottert«, aber sonst fand sie ihn ganz reizend, »von Natur aus liebenswürdig«.

Nach seinem ersten Besuch stand ihm unser Haus immer offen, und wenn er zu uns kam, blieb er oft über Nacht. In heißen Nächten, wenn die Luft nach Jasmin duftete, schliefen wir im Garten, in dem kleinen roten Zelt, das mein Vater mir geschenkt hatte. Wir stellten es zwischen einer Zypresse und dem Springbrunnen auf, sodass wir mit dem Geräusch von plätscherndem Wasser einschliefen. Jesus sagte, in heißen Nächten begebe sich seine ganze Familie mit Matten und Schlafsachen auf das Flachdach, genau wie die Leute aus den Nachbarhäusern, sodass man es in der ganzen Straße schnarchen und flüstern hören könne, und manche Leute unterhielten sich sogar von Dach zu Dach. Ich hätte das gern einmal erlebt, aber ich wusste, dass meine Mutter es niemals erlauben würde. Ich glaube, auch Jesus wusste, dass sich der reiche kleine Junge nicht mit dem Pöbel gemeinmachen durfte, und so lud er mich gar nicht erst zum Übernachten ein.

Unser Haushalt unterschied sich von seinem in jeder Hinsicht. Wir wohnten in einer großen Villa im römischen Stil. Hinter dem Haus befand sich der ummauerte Garten mit dem Springbrunnen, vor dem Haus lag eine erhöhte Terrasse mit rot-schwarzem Mosaikboden. Zu einer Seite blickte man auf Weinberge, Olivenhaine und Gemüsefelder, zur anderen auf das Tal mit dem Dorf. Wenn wir in dem Zelt übernachtet hatten, frühstückten wir auf dieser Terrasse und blickten ins Tal, wo sich die Frauen mit ihren Wasserkrügen und Schöpfkellen wie bunt gefiederte Vögel um den Brunnen am Marktplatz scharten, während die Männer mit Rebmessern und Hacken in die Weinberge, Haine und Felder zogen, um ihr Tagwerk zu beginnen.

Zum Frühstück gab es immer das Gleiche – einen Eintopf aus Linsen und Bohnen, mit Olivenöl beträufeltes Brot und zum Abschluss Käse und Obst. Das Essen bei uns war besser als bei Jesus zu Hause. Er wusste es zu schätzen und war dankbar dafür. Im Gegensatz zu seinem Cousin Johannes war er ein guter Esser, auch später noch, trank gern Wein und hielt nicht viel vom Fasten. Nahrungsmittel seien zum Essen da, sagte er immer, und es sei nur ein kleiner Schritt von der Selbstverleugnung zur Verschwendung.

Meine Mutter hat immer bedauert, dass ich ein Einzelkind war. Manchmal weinte sie, weil sie nicht mehr Kinder hatte und auch keine mehr bekommen würde. Man hat mir nie erklärt, woran das lag, aber offensichtlich hatten sich meine Eltern auseinandergelebt. Mein Vater besaß ein zweites Haus, ein noch größeres, in Tiberias, am Ufer des Sees, und führte seine Geschäfte von dort aus. Wenn er bei uns in Nazareth war, blieb er merkwürdig distanziert. Er war streng, aber nicht unfreundlich. Als ich vierzehn oder fünfzehn war, habe ich ihn einmal unangekündigt in Tiberias besucht. Eine Beduinin öffnete mir die Tür, und nachdem sie mich zu meinem Vater geführt hatte, zog sie sich in ein Nebenzimmer zurück. Ich sehe heute noch die wunderschönen Mandelaugen unter ihrem Schleier vor mir, als sie aus dem Zimmer ging und die Tür so diskret schloss, dass man es nicht hörte.

Wer war sie? Das wollte ich gern wissen. Mein Vater sagte, sie sei eine Dienerin, aber ich kannte seine Dienerschaft, und sie gehörte nicht dazu. Ich sagte, sie sehe nicht aus wie eine Dienerin, sei auch nicht wie eine gekleidet und benehme sich nicht so. Er erwiderte, ich solle nicht vergessen, dass er mein Vater sei und ich ihm Respekt schulde, solche Fragen gehörten sich nicht. Ich hatte mich schon öfter gefragt, warum er sich nicht von meiner Mutter scheiden ließ und lediglich von ihr getrennt lebte. Doch wenn die neue Frau an seiner Seite eine Araberin war, lag auf der Hand, dass er sie im Hintergrund halten wollte und seine bereits bestehende Ehe als Schutzschild brauchte. Als Kind bedeutete »Familie« für mich also hauptsächlich: ich, meine Mutter, unsere Diener und der Gärtner.

Jesus kam gern zu uns. Er liebte unser gekacheltes Badehaus.

Er liebte das rote Zelt, das Frühstück und den Blick auf den Ort. Wir legten uns gern am Rand der Terrasse auf den Bauch, schauten in die Landschaft und stellten uns vor, da unten tobe eine Schlacht, bei der wir die Römer vernichtend schlugen. Ganz überraschend marschierten sie in unserer Fantasie in Nazareth ein, eine ganze Legion. Ihre Rüstungen und Helme funkelten in der Sonne, während ihre Trommeln und ihre Marschschritte von den Hügeln widerhallten. Unsere Einheiten lagen im Hinterhalt, an den Hängen beidseits des Tals, um im rechten Moment loszustürmen, die Römer einzukesseln und sich in eine Schlacht zu stürzen, bei der Mann gegen Mann kämpfte, bis die Römer geschlagen waren. Wenn alles vorbei war, würden wir die Verwundeten durch das Schwert erlösen. Den wenigen Überlebenden, die nicht verwundet waren, würden wir Waffen und Rüstung abnehmen, ja sogar die Kleidung, und sie als Sklaven für uns arbeiten lassen.

Als kleine Jungen war unser Verhältnis zu den römischen Soldaten, denen wir auf der Straße begegneten, ambivalent. Zwar waren sie überall präsent, aber in unserer Region waren sie zu jener Zeit nicht aufdringlich. Nachdem Herodes, der König von Palästina, gestorben war, hatten die Römer das Land in vier Provinzen aufgeteilt, jede mit einem eigenen Befehlshaber. In unserem Landesteil, Galiläa, hatte Herodes' Sohn das Sagen, Herodes Antipas. Als Kind hörte ich niemanden ein gutes Wort über die beiden Herodes sagen, nicht einmal meinen Vater, der einräumte, dass die neuen Städte, die sie erbaut hatten, sehr ansehnlich, zeitgemäß und eines stolzen Volkes würdig seien. Auch Einladungen zu Festen im Palast des neuen Provinzfürsten in Tiberias nahm er an. Doch diese sogenannten Könige der Juden waren Marionetten der Römer und wurden nicht wirklich respektiert.

Vor den Toren Nazareths, an der Straße nach Tiberias, befand sich ein römisches Basislager, und manchmal rasteten dort Legionen auf dem Weg von oder nach Jerusalem. Meist aber war dort nur eine kleine Schutztruppe untergebracht. Bei größeren Truppenbewegungen lungerten Jesus und ich oft an den Toren des Lagers herum. Manchmal scheuchten die Soldaten uns fort, manchmal ignorierten sie uns, und manchmal gaben sie uns kleine Geschenke – Süßigkeiten oder ein Stück Kuchen und einmal sogar jedem von uns eine Münze. Es kam auch vor, dass sie mit uns sprachen. Dann fragten sie nach unseren Namen und was dieses oder jenes auf Aramäisch heiße. Soldaten, die schon lange in unserer Gegend stationiert waren, hatten oft schlechte Laune und verachteten uns Einheimische. Für sie waren wir undankbarer, ungewaschener Pöbel und potenzielle Rebellen. Die Neuankömmlinge, vor allem die jüngeren, waren freundlicher.

Unsere Eltern und auch Andreas sagten uns immer wieder, dass wir ihnen aus dem Weg gehen und uns von ihrem Lager fernhalten sollten, aber das war eine der Regeln, die für uns Kinder nur dazu dienten, gebrochen zu werden.

Manchmal wurden die Einwohner von Nazareth aufgefordert, Soldaten bei sich einzuquartieren, einen oder mehrere, je nach Größe ihrer Häuser, und niemand wagte es, sich dieser Aufforderung zu widersetzen. So waren auch bei uns einmal zwei Soldaten einquartiert. Sie waren nett und höflich und wussten den Komfort zu schätzen, den sie bei uns vorfanden. Ich glaube, meine Mutter hat sich in einen von ihnen verliebt (ein Offizier natürlich), aber sie versuchte es geheim zu halten. Ich mochte den Mann, bis ich eines Tages sah, wie er einen Bauern schlug, der auf der Straße vor dem Lager sein Missfallen erregt hatte.

Als Jesus und ich größer wurden und begriffen, dass wir, obwohl wir Juden waren, nach Gesetzen leben mussten, die weit entfernt in Rom gemacht wurden, von Leuten, die einem anderen Volk und einem anderen Glauben angehörten, empörten wir uns über unseren minderwertigen Status, zumal wir zu dem Zeitpunkt bereits durchschauten, worauf sich die Macht der Römer gründete: unmenschliche Grausamkeit. Wir fürchteten die Römer und mieden jeglichen Kontakt mit ihnen, weil wir uns nicht durch erzwungene Respektsbezeugungen erniedrigen wollten.

Jesu Vater, Josef, war ein fleißiger Mann, der sich aus öffentlichen Angelegenheiten heraushielt. Nie hätte er sich zu Äußerungen über die Römer hinreißen lassen. Dennoch war ich mir sicher, dass er sie ablehnte, ja sogar hasste. Ich wusste, dass er das Römerlager mit erbaut hatte, nicht gegen Bezahlung (die gab es nämlich nicht) und auch nicht, um die Gunst der Römer zu gewinnen, sondern weil man ihm keine Wahl gelassen hatte. Es hatte ihn viel Zeit und Geld gekostet, wie Jesus mir erzählte. Aber als ich darauf erwiderte, sein Vater müsse die Römer hassen, machte er ein trotziges Gesicht und schwieg.

Mein Vater war da ganz anders. Die Römer, so erklärte er mir immer wieder, hätten Ordnung in unser Land gebracht. Mit ihnen habe die Zivilisation bei uns Einzug gehalten, Bildung, Wohlstand und sogar Moral. Vor allem aber hätten sie die Wirtschaft in Schwung gebracht und den Handel vorangetrieben. Sie hätten die Seewege von Piraten befreit und die Landstraßen von Wegelagerern – ein Unterfangen, das steter Wachsamkeit bedürfe. »Eine Herrschaft, die den Bürgern sichere Straßen garantiert, ist eine gute Herrschaft«, pflegte er einen berühmten Mann zu zitieren (wahrscheinlich einen Römer). Ohne die Römer, so versicherte er mir, wäre unsere Region von der Welt abgeschnitten, und er selbst hätte kein so erfolgreicher Kaufmann werden können. »Gerade jetzt ist eine Karawane mit meinen Waren unterwegs«, sagte er einmal zu mir und war so erregt, dass ich annahm, es müsse sich um ein äußerst riskantes Unternehmen handeln. »Nach Amman. Glaubst du, ich könnte nachts ein Auge zumachen oder darauf bauen, dass meine Investition sich auszahlt, wenn römische Legionen nicht für sichere Straßen sorgten?«

Der eine oder andere Römer mochte wohl ungehobelt, arrogant und gewalttätig sein, das räumte er ein. Doch alles in allem verlangte er, dass ich sie achtete, weil sie Respekt verdienten. »Dass du kein stinkender Bauernbursche bist, hast du nur ihnen zu verdanken«, sagte er.

Ich jedoch sah keinen Grund für Dankbarkeit. Ich wusste, dass sie das Volk Israel und seinen Gott nicht respektierten. Andreas hatte einmal gesagt, dass reiche Juden unter der römischen Herrschaft immer reicher würden und arme immer ärmer. Davon erwähnte ich zu Hause aber nichts, weil ich fürchtete, mein Vater würde mich aus dem Unterricht nehmen, wenn er den Eindruck hätte, dass man mich dort an das heranführte, was er »Politik« nannte.

Ein Erlebnis meiner Kindheit prägte mein Verhältnis zu den Römern stärker als alle anderen. Es bestätigte meine Vorurteile, könnte man sagen, und daran hat sich bis zum heutigen Tag nichts geändert. Wir waren von klein auf daran gewöhnt, dass die Römer Kriminelle aus den niederen sozialen Schichten hinrichteten, indem sie sie kreuzigten. Es war eins dieser Dinge, die man als Kind nicht hinterfragt, vor allem, wenn die Erwachsenen einem zu verstehen geben, dass man darüber besser nicht spricht. Dennoch musste ich hin und wieder darüber nachdenken. Aber Kreuzigungen sind so grausam, dass ich diese Gedanken schnell wieder verscheuchte.

Jesus und ich waren wohl sieben oder acht, als wir von der Festnahme einer Bande von Wegelagerern hörten, die Reisenden vor Nazareth aufgelauert und sie ausgeraubt hatten. Einige Räuber waren im Zuge der Festnahme getötet, zwei andere gefangengenommen und zum Tode verurteilt worden. Auf einem brachliegenden Acker zwischen dem Römerlager und dem Fluss sollten sie gekreuzigt werden. Der Ort war mit Bedacht gewählt, weil er von der Hauptstraße aus gut zu sehen war und alle Einwohner das Spektakel mitbekommen sollten. Es sollte eine Warnung an alle Räuber und Diebe sein und zugleich ein Signal an die Nazarener und alle Reisenden, dass Recht und Gesetz sich durchsetzten.

Als wir nach der bevorstehenden Kreuzigung fragten, bekamen wir nur knappe Antworten. Jesu Vater war sichtlich erregt, aber er weigerte sich, mehr dazu zu sagen, als dass wir dem Ereignis fernbleiben sollten. Meine Mutter verlangte dasselbe von mir. Es seien böse Männer, die vermutlich ihre gerechte Strafe bekämen. Jedenfalls sollten wir auf keinen Fall im Laufe der nächsten vier, fünf Tage in die Nähe der Kreuzigungsstätte gehen.

Unweit des brachliegenden Ackers stand eine verfallene Hütte, und Jesus sagte, er wisse, wie wir dahin gelangen könnten, ohne gesehen zu werden. Zuerst müssten wir durch das Flussbett waten, das um diese Jahreszeit fast ausgetrocknet war, dann durch ein Gebüsch kriechen, das niemandem gehörte. Er sagte, wir sollten am nächsten Tag gleich nach dem Unterricht hingehen, uns in der Hütte verstecken und abwarten, was passieren würde.

Als wir ankamen, war der erste Räuber bereits ans Kreuz geschlagen worden und wand sich vor Schmerzen. Der zweite versuchte noch zu entkommen und wehrte sich, aber römische Soldaten hielten ihn fest, boxten und traten ihn, während andere die Nägel durch seine Hände und Füße trieben. Der bereits Gekreuzigte ächzte, stöhnte und rang nach Atem, der andere schrie und fluchte, auch noch, als das Kreuz aufgerichtet und in das Erdloch hinabgelassen wurde, das als Verankerung diente.

Auf dem Rückweg ins Dorf war mir vor Entsetzen ganz übel, und ich hatte Gänsehaut. Der leiseste Windhauch traf mich wie ein eiskalter Wintersturm, und im nächsten Moment hatte ich das Gefühl, die Sonne würde mich bei lebendigem Leibe verbrennen. Ich konnte kaum atmen. Ich war voller Angst und Ekel. Aber auch Mitleid. Ich stellte mir vor, dass ich in der Nacht zurückkehren und die Männer von den Kreuzen holen würde. Alle Römer, die mir in die Quere kämen, würde ich töten. Dann würde ich die Wunden der Räuber salben und die Männer in die Freiheit entlassen. Ich wusste, dass es eine alberne Fantasterei war, aber sie half mir, die Realität zu ertragen, die unmenschliche Brutalität, mit der man die Minuten und Stunden verstreichen ließ, in denen die Männer an ihren Kreuzen hingen und langsam, ganz langsam starben.

In dieser Nacht weckte ich meine Mutter und die Dienerschaft durch lautes Schreien, aber als sie an mein Bett kamen, tat ich so, als könne ich mich nicht an den Albtraum erinnern, der mich so geängstigt hatte.

Jesus und ich hatten verabredet, am nächsten Tag zu der Kreuzigungsstätte zurückzukehren, aber ich weigerte mich. Jesus ging allein. Was er mir später zu berichten hatte, hörte ich mir zwar an, aber das bereute ich bald. Er hatte gesehen, wie römische Soldaten den Männern mit Eisenstangen die Beine brachen. Heute weiß ich, dass es sich dabei um eine Methode zur Beschleunigung des Todes handelte. Mit gebrochenen Beinen »standen« die Männer nicht mehr auf ihren festgenagelten Füßen, sondern hingen nur noch an den ebenfalls festgenagelten Händen. In dieser Haltung konnten sie kaum noch Luft bekommen, und der Luftmangel führte langsam zu Herzversagen.

Für uns waren diese Männer keine Diebe, keine Kriminellen,

keine Bösen. Für uns waren sie Opfer. So schreckliches Leid zu sehen erzeugt Mitleid. Was immer diese Männer getan hatten, war nichts im Vergleich zu dem, was ihnen angetan wurde. Wir waren voller Hass gegen die Römer, aber auch voller Angst.

Als ich Jerusalem vor vielen Jahren nach Jesu Hinrichtung verließ, war ich zutiefst angewidert – von den Ereignissen, dem ganzen Getue um die »Heilige Stadt« und von mir selbst. Ich kam hierher nach Sidon, um die Vergangenheit hinter mir zu lassen, ein neues Leben anzufangen und eine neue Identität anzunehmen. Deswegen betrachtete ich es als ein gutes Omen und einen Segen, als der Ochsenkarren mit meinen wenigen Habseligkeiten vom Blitz getroffen wurde und verbrannte. Meine Vergangenheit lag zur Gänze hinter mir, als selbst das Wenige, das ich in mein neues Leben hatte hinüberretten wollen, zerstört war.

Und doch kann man seiner Vergangenheit nie ganz entkommen. Über die Jahre bin ich immer wieder Reisenden begegnet, die Neues aus meiner alten Heimat berichteten. Obwohl ich stets auf Distanz blieb, kann ich eine gewisse Neugier nicht verhehlen. Vor allem das Fortbestehen der Jesussekte habe ich mit Befremden verfolgt, den Eifer der Missionare und ihre mit den Jahren wachsende Überzeugung, Jesus sei tatsächlich der Messias, zu seinen Lebzeiten habe er Wunder vollbracht und nach dem Tode sei er auferstanden.

Wenn sie die alten Geschichten erzählen, wird ab und zu auch mein Name genannt, »Judas Iskariot«. Ich gelte als Verräter und Bösewicht. Am Ende dieser Erzählungen sterbe ich – manchmal durch meine eigene Hand (dass ich mich an einem dürren Feigenbaum erhängt habe, scheint die Lieblingsvariante zu sein), manchmal durch einen schrecklichen Unfall, bei dem ich auf einem Acker stürze, den ich von dem Lohn für den Verrat Jesu gekauft habe. Dort werde ich von einer Pflugschar zerrissen, und mein Blut und meine Eingeweide ergießen sich über den Ackerboden, der daraufhin unfruchtbar wird und es für alle Zeiten bleibt.

Ich höre zu, ich lächle, ich sage nichts.

Ein Kind
bannt Arges
durch Fantasie,

ein Mann jedoch
muss Wahrheit
ertragen.

Bisweilen nachts
Erinnerung an
Nägel in Holz,

getrieben erst
durch Fleisch.
Ich flüchte

mich in alte
Texte, Psalmen, das
Hohelied Salomon –

nicht aus
Pietät oder Gottesglaube,
sondern weil

von hässlicher Wahrheit
nur Schönheit
ablenkt.

Kapitel 4

Jesus und ich kämpften miteinander, wie Jungen und junge Tiere es tun: nur solange es Spaß machte, ohne einander zu verletzen oder ernstlich zu ärgern. Meistens jedenfalls. Und wenn doch einer wütend wurde, dann nicht für lange. Meine Mutter klagte darüber, dass meine Sachen immer schmutzig waren, wenn ich mit Jesus gespielt hatte. Natürlich habe ich ihr nicht gesagt, dass wir im Gerstenfeld gekämpft hatten, denn ich fürchtete, sie könnte es uns verbieten.

Nur ein einziges Mal wurde der Kampf ernst und schmerzhaft und hinterließ ein ungutes Gefühl. Bis heute erinnere ich mich daran. Andreas hatte seinen drei Schülern zur Feier des Schuljahresendes ein besonderes Essen kredenzt, und so war es schon dunkel geworden, als Jesus und ich uns auf den Heimweg machten. Trotzdem nahmen wir nicht den direkten Weg, sondern einen, der uns zu einer Höhle führte. Diese Höhle einmal im Dunkeln aufzusuchen hatten wir schon länger vorgehabt, aber es war verboten, weil Banditen dort womöglich ihre Beute und Waffen versteckten. Ein derartiges Geheimnis zu entdecken konnte uns das Leben kosten.

Ich kann nicht mehr im Einzelnen rekonstruieren, wie es dazu kam, dass ich diesen Fehler machte, aber ich weiß noch, dass wir gerade den Höhleneingang erreichten, als es passierte. Wir riefen in die Höhle hinein, horchten auf das Echo, das uns Angst einjagte, und warfen Steine hinein, so weit wir konnten. Wir machten uns gegenseitig Mut und feuerten uns an, und dann sagte Jesus etwas, das mich an eine Bemerkung einer unserer Dienerinnen erinnerte. Ohne groß nachzudenken, wiederholte ich, was sie gesagt hatte.

Die Frau wohnte nicht bei uns, sondern verrichtete nur tagsüber ihre Arbeit; sie stammte aus derselben Straße wie Jesu Familie und kannte diese recht gut. Wenn sie Jesus bei uns antraf, begrüßte sie ihn immer mit einem vertrauten, aber leicht abfälligen Lächeln – ganz anders als die respektvoll zurückhaltende Art, in der sie mich begrüßte. Jesus jedoch verhielt sich ihr gegenüber immer sehr reserviert. Einmal hörte ich sie zu unserer Köchin sagen, »dieser Bursche da, Jesus«, sei nicht Josefs Sohn. Vielmehr sei sein Vater ein römischer Soldat. Sie nannte sogar seinen Namen: Panthera. Josef, fuhr sie fort, habe Maria geliebt, als sie ein junges Mädchen war, aber sie habe ihn zurückgewiesen und sich lieber mit dem Römer vergnügt. Als dieser Römer dann von ihr genug hatte und das Kind nicht anerkennen wollte, das sie im Leibe trug, sei Josef ihr immer noch so zugetan gewesen, dass er bereit war, sie zu heiraten und Jesus als sein eigenes Kind anzunehmen.

Mir hätte klar sein müssen, dass Jesus gekränkt sein würde, wenn ich diese Geschichte wiederholte. Vielleicht dachte ich, wenn ich die Sache ganz beiläufig erwähnte, würde er merken, dass ich mir nichts dabei dachte und das Ganze ohnehin nicht glaubte. Oder, und das ist wahrscheinlicher, ich plapperte einfach so drauflos, wie Kinder es nun einmal tun. Aber wie auch immer – Jesus reagierte mit blinder Wut. Er griff mich an, schlug mir ins Gesicht, packte mich bei den Hüften und rang mich zu Boden. Es war ein so gewaltiger Ausbruch, dass ich nur eins im Sinn hatte: mich schnell zu befreien und Abstand zu gewinnen. Ich hatte keine Zeit, mich zu orientieren, und wusste nicht, in welche Richtung ich laufen sollte. So war ich unbeabsichtigt ein paar Schritte in die Höhle gerannt, als er mich einholte.

Dieser Vorgang wiederholte sich zwei, drei Mal, und es dauerte nicht lange, bis wir ein gutes Stück in das schwarze, steinige Loch eingedrungen waren. Unsere Schreie und unser Stöhnen hallten von den Wänden wider, und es klang, als befänden sich noch zwei andere Jungen in der Höhle, ein völlig verängstigter und einer, der so wütend war, als könnte er töten. Immer wieder versuchte ich zu sagen, wie leid es mir tat, dass ich ihn nicht beleidigen wollte und ohnehin nicht glaubte, was die Dienerin gesagt hatte. Er aber ließ mich nicht zu Wort kommen. Er wollte mir wehtun. Einmal, als er mich wieder zu Boden gerungen hatte, zischte er mir ins Ohr, er werde mich töten und meine Leiche in der Höhle liegen lassen, damit ich verrottete oder von Schakalen gefressen würde.

Ich leistete keine Gegenwehr, dafür hatte ich zu große Angst. Ich versuchte lediglich zu entkommen und mich in Sicherheit zu bringen. Irgendwie gelang es mir, aus der Höhle zu fliehen, aber er holte mich ein, rang mich wieder zu Boden und setzte sich auf meine Brust. Er nahm meinen Kopf, schlug ihn wieder und wieder auf den Lehmboden und sagte, ich sei ein eingebildetes, nutzloses Reiche-Leute-Kind, der Sohn eines eingebildeten, nutzlosen reichen Vaters und einer unfruchtbaren Mutter. Mein Vater, sagte er, kollaboriere mit den römischen Besatzern, er breche die göttlichen Gebote und halte den Sabbat nicht heilig. Er, Jesus, werde mich vernichten, mich steinigen, bis nichts mehr von mir übrig sei und ich in meinem Blut daliegen würde.

Inzwischen spielte er mit mir Katz und Maus, und obwohl ich glaubte, dass ich seine Attacken überleben würde, ging der Terror vorerst weiter. Mir tat alles schon so weh, dass ich nicht kämpfen konnte. Es war furchtbar demütigend. Ich erniedrigte mich, flehte und bettelte um mein Leben. Er aber kostete diesen Moment des Triumphes voll aus, zwang mich, Kameldung von der Straße zu essen und seine Sandalen abzulecken. »Iss!«, schrie er, drehte mich um, mit dem Gesicht zur Erde, und zitierte eine Textstelle, die wir bei Andreas gelesen hatten, in etwas veränderter Form: »Die Feinde Israels werden in den Dreck getreten. Staub sollen sie schlucken wie die Schlange und alles, was am Erdboden kreucht. Alle, die je über Israel geherrscht und über Israels Schande frohlockt haben, sollen sterben – Blödmann! *Stirb!*«

Am nächsten Tag hatten wir keinen Unterricht, aber ich suchte Jesus und fand ihn auf dem Feld, wo wir oft spielten. Ich weiß nicht, ob er mich treffen und seinen Triumph vor meinen Augen feiern wollte oder ob er dort vor mir sicher zu sein glaubte, weil ich mich an diesem Tag bestimmt nicht blicken lassen würde. So oder so hatte er gesiegt, und nun war es an mir, wütend zu sein. Die Demütigung machte mir am meisten zu schaffen, viel mehr als die Wunden und blauen Flecken. Die Angst, die mich im Dunkeln hilflos gemacht hatte, war mit dem Tageslicht verflogen. Ich wollte Rache.

Ohne Vorwarnung griff ich ihn an, und er wehrte sich nur halbherzig. Ich warf ihn zu Boden und beschimpfte ihn. Er sei eine Eiterbeule am Hintern eines Beduinen, ein Muttersöhnchen und Streber, er röche wie ein Schafscherer unter den Achseln und ein Krug Kamelpisse dazu. Er hielt sich die Arme vors Gesicht, als ich seinen Kopf und seine Brust bearbeitete und darüber nachdachte, ob ich dasselbe von ihm verlangen sollte wie er von mir – Dung essen, Steine ablecken, Füße küssen. Aber ich fürchtete seine erneute Rache, wenn ich es zu weit trieb.

»Ich hab doch nie geglaubt, was diese einfältige Frau erzählt«, sagte ich, obwohl ich vermutete, dass etwas daran sein musste und seine Wut darauf hindeutete, dass sogar eine Menge daran war. »Ich will dich nie wiedersehen.«

Ich stand auf, trat ihm ein letztes Mal in die Rippen, warf ihm eine Handvoll Sand in die Augen und ging. Als ich ein gutes Stück von ihm entfernt war, warf er einen Stein nach mir, der mich am Rücken traf. Ich ging weiter, als hätte ich nichts gemerkt. Ich hatte meine Ehre wiederhergestellt. Unsere Freundschaft war beendet.

Nun begannen aber die Ferien, und ich hatte niemanden zum Spielen, zumindest niemanden, der so interessant war wie Jesus. Ein paar Tage langweilte ich mich mit Thaddäus und seiner Schwester Judith. Ich bereute den Bruch mit Jesus, wusste aber nicht, wie ich ihn rückgängig machen sollte. Ich stellte mir vor, wie er mit seinen Schwestern und Brüdern und den anderen Kindern aus seiner Straße auf den Flachdächern spielte. Er brauchte mich nicht. Ich zerquetschte ein paar Tränen und warf Steine ins Tal, wo Männer in den Olivenhainen arbeiteten.

Meine Mutter merkte, dass ich nichts mit mir anzufangen wusste, und ahnte wohl, dass Jesus und ich uns entzweit hatten. Vielleicht suchte sie ihn sogar. Aber ob nun absichtlich oder zufällig – sie traf ihn auf der Straße, verwickelte ihn in ein Gespräch und lud ihn zu uns ein. Er kam auch gleich mit, und wir spielten zusammen, als sei nichts geschehen. Der Kampf und was ihn verursacht hatte, wurde nie wieder erwähnt, damals nicht und auch nicht, als wir Meister und Jünger waren.

Dennoch habe ich ein paar Dinge, die er im Zorn gesagt hatte, nie vergessen. Von da an wusste ich, dass er meine Familie für Kollaborateure hielt, für Verräter an den Geboten der Thora, denen kein Respekt gebührte. Ich nehme an, dass er und seine Eltern uns tatsächlich so sahen, genau wie später die anderen Jünger.

Als Jesus und ich zehn waren, nahm mein Vater uns zum Passahfest mit nach Jerusalem. Es hieß, Jesu Vater habe diese Reise früher gelegentlich angetreten, um das Passahfest so zu begehen, wie es vorgeschrieben war, aber in den letzten Jahren habe er Maria nicht mit den vielen Kindern allein lassen wollen, außerdem habe er es sich nicht leisten können, tagelang seiner Arbeit fernzubleiben. Josef und Maria waren hocherfreut, dass ihr Erstgeborener den Tempel sehen, dort beten und das sogenannte Jungenopfer darbringen würde, das damals in unserem Alter üblich war.

Ich glaube, meinem Vater ging es nicht um die Gottesdienste und Gebete, vielmehr wusste er, dass er einen Ruf zu verlieren hatte, wenn er nicht die Form wahrte, und darüber hinaus galt es, die familiären Kontakte (sofern noch vorhanden) zu pflegen. In diesem Jahr, fand er, sei es überdies Zeit für mich, meinen Onkel, den Priester, kennenzulernen. Jesus nahm er mit, damit ich nicht allein war. So brauchte er sich unterwegs nicht selbst um mich zu kümmern.

Ich war schon früher in Jerusalem gewesen, konnte mich aber kaum daran erinnern, mir kam die Stadt ganz neu und aufregend vor. Für Jesus, der außer seinen Aufenthalten in Sepphoris und gelegentlich auch Tiberias keine größeren Städte kannte, war es ein noch größeres Abenteuer. Beide staunten wir über die Größe des Tempels, seine immensen Mauern, hohen Säulen, monumentalen Treppen und weiten Innenräume, die Menschenmenge, den Lärm, das Geschrei und Gewühl rund um die Stände der Geldwechsler, das Dröhnen der Trompeten, das Blöken, Quieken und Zwitschern von Opfertieren, den Gestank von tierischen Exkrementen, Rauch, frisch vergossenem Blut und brennendem Fleisch, den Singsang der Betenden, das Echo der Hymnen und Psalmen, die von Leviten gesungen wurden. Je weiter wir in das Gebäude eindrangen, desto düsterer, unheimlicher und ernster wurde die Atmosphäre, regelrecht bedrohlich.

Die Stände der Geldwechsler befanden sich innerhalb der Tempelmauern im Innenhof. Hier konnten Griechen ihre Drachmen, Römer ihre Denare und Sesterzen und Pilger aus anderen Ländern ihr Geld in unsere Landeswährung umtauschen. Griechisches und römisches Geld wurde überall in der Stadt als Zahlungsmittel angenommen, lediglich die Tempelsteuer musste in der Landeswährung entrichtet werden. Später erfuhr ich, dass bei diesem Geldwechsel enorme Gewinne erzielt wurden und dass die Stände, wie alles andere, das den Tempelgeschäften diente, den priesterlichen Familien gehörten. Es war einer jener Missstände, die Jesus in seinen letzten Jahren, als seine Lehre strenger wurde, scharf anprangerte, aber als Kind betrachtete er das alles mit den gleichen naiven und staunenden Augen wie ich.

Abgesehen von dem prächtigen Tempel gefiel uns der Basar am besten, auf dem wir uns frei bewegen durften. Wir hatten ein paar Münzen bekommen, die wir ausgeben konnten, danach sollten wir meinen Vater zu einer bestimmten Zeit an einem bestimmten Ort wiedertreffen. Ohne meinen Vater verfolgten wir den Wachwechsel vor der Antoniaburg, wo die römische Garnison stationiert war. Er faszinierte uns so sehr, dass wir mehrmals hingingen, wenn die Soldaten auf dem gepflasterten Platz vor Herodes' Palast aufmarschierten, salutierten und einander Befehle zubrüllten. Auch der römische Statthalter Ambibulus sollte in diesem Gebäude residieren. Schnell prägten wir uns die Straßenverläufe und die Namen einiger Stadttore ein, etwa das Fischtor, das Schafstor und das Ephraimtor, an dem Verbrecher hingerichtet wurden.

Als wir das Jungenopfer darbringen sollten, kaufte mein Vater, schimpfend über den horrenden Preis, eine Taube für jeden von uns und führte uns zu der marmornen Bank, wo ein gelangweilt dreinblickender Levite mit einem Messer stand. Offenbar betrachtete er die ihm zugewiesene Arbeit als unter seiner Würde. Ich ging als Erster auf ihn zu und überreichte ihm meine Taube mit dem Gebet, das man uns beigebracht hatte. Im nächsten Moment hatte sie schon keinen Kopf mehr und lag blutend und zuckend auf dem Stein.

Mein Vater hatte Jesus eine Hand auf die Schulter gelegt und führte ihn ebenfalls zu dem Leviten. Dort blieb er stocksteif stehen, die Taube mit beiden Händen an seine Brust gedrückt, sodass seine Ellenbogen wie Flügel von ihm abstanden, als sei er der Vogel und das Messer, das gerade gewetzt wurde, für seinen Hals bestimmt. Der Levite griff nach der Taube, aber Jesus stand noch so weit von ihm entfernt, dass er den Vogel nicht zu fassen bekam. »Was ist, Junge«, fragte er. »Hast du dein Gebet vergessen?«

Mein Vater gab Jesus einen sanften Stoß. Jesus öffnete den Mund und sprach die ersten Worte des geforderten Gebets: »Herr, nimm aus diesen unschuldigen Händen das bescheidene Opfer deines Geschöpfes und Dieners an –« Dann brach er ab und nahm langsam die Hände auseinander, immer weiter, als vollführe er ein magisches Ritual. Die Taube fiel zu Boden, erholte sich schnell und flog mit lautem Flügelschlag, der wie Applaus klang, über den Leviten, der sich erschrocken duckte. Auf einer Deckenstrebe hoch über uns ließ sie sich nieder. Wir sahen alle hinauf. Die Taube sah auf uns herab, flog wieder los, dem weiten Tor entgegen und in den hellen Sonnenschein hinaus, der den gigantischen Innenhof des Tempels durchflutete.

Niemand sagte etwas. Mir gefiel das Ganze – vielleicht sogar uns allen. Alle drei sahen wir Jesus an. »Jahwe hat es mir befohlen«, sagte er sehr leise.

»Jahwe?«, fragte der Levite. »Meinst du wirklich, Jahwe nähme von dir Notiz, Junge?«

Ich fragte mich damals, wozu wir denn das Jungenopfer darbringen sollten, wenn Er gar nichts davon mitbekam. Jesus antwortete nicht.

»Was hat Er dir befohlen?«, hakte der Levite nach.

»Er sagte: ›Lass meine Taube fliegen!‹«

Der Levite starrte den Zehnjährigen an. Ich hatte den Eindruck, dass er sich heimlich amüsierte, obwohl er ja eigentlich erbost sein sollte. Dann schickte er uns mit einer Handbewegung fort. »Macht, dass ihr wegkommt«, sagte er. »Andere Jungen wollen auch noch an die Reihe kommen.«

Mein Vater sagte nichts. Wenn ich es richtig sah, lächelte er.

An diesem Nachmittag brachte mein Vater mich zu meinem Onkel, dem Priester, der in der Nähe des Tempels wohnte, und Jesus blieb sich selbst überlassen. Es war der Onkel, der, wie ich meinen Vater einmal hatte klagen hören, nicht zu meiner Beschneidung gekommen war, weil er »dringende Geschäfte« zu erledigen hatte. Zu der Zeit muss er Mitglied des Hohen Rates der Juden gewesen sein, des Sanhedrin, und als solcher vielbeschäftigt, deswegen glaube ich, dass mein Vater die Absage zu Unrecht als beleidigend empfand.

Wir trafen uns an diesem Nachmittag in einem großen Raum mit roten Wänden, weißen Säulen und einer hohen, reich verzierten Decke. Ein riesiger Teppich mit roten und schwarzen Ornamenten bedeckte den größten Teil des Fußbodens. Elegante Liegesofas, geschnitzte Zedernschachteln, niedrige Marmortische, Steinkrüge und Keramikfiguren standen überall herum.

Ich fand, dass mein Onkel eher einem römischen Offizier als einem jüdischen Priester glich. Er war hochtrabend und schien sich furchtbar wichtig zu nehmen. Je mehr mein Vater von mir erzählte und meine eher bescheidenen Vorzüge ins Unendliche übertrieb, desto weniger schien sich mein Onkel für mich zu interessieren. Ich lächelte höflich und sprach nur, wenn ich dazu aufgefordert wurde, wobei ich darauf achtete, meine »bäuerlichen Konsonanten« zu kaschieren. In Anwesenheit seines pompösen Bruders schien mein Vater förmlich zu schrumpfen. Er tat mir richtig leid, und ich beschloss, meinen Onkel nicht zu mögen und ihn niemals um einen Gefallen oder eine Vergünstigung zu bitten.

Aber noch etwas anderes bewegte mich. Sosehr ich meinen Onkel verabscheute, sosehr gefiel mir die stilvolle Umgebung, die stille Schönheit und Eleganz seines Hauses. Damals hielt ich all das für römisch, aber heute weiß ich – ich lebe unter Griechen –, dass es eher hellenistisch war. Ohne es mir bewusst zu machen, dachte ich daran, wie wunderbar es sein müsste, so zu leben, umgeben von so viel Schönheit.

Als wir zu den Tempelstufen zurückkehrten, wo wir mit Jesus verabredet waren, war er nicht dort. Wir suchten ihn und fanden ihn schließlich im Tempel, wo er sich mit einem jungen Leviten unterhielt, der ebenfalls während des Jungenopfers zum Tempeldienst eingeteilt war. Der Levite lächelte uns an und beglückwünschte meinen Vater zu seinem klugen Sohn, der die hebräischen Texte aus den Heiligen Schriften wie ein Tempelpriester rezitieren könne.

»Wäre er mein Sohn«, erwiderte mein Vater, »hätte ich ihn gelehrt, zur verabredeten Zeit am verabredeten Ort zu sein.«

Mein Glaube in jenen Tagen war derselbe wie der meines Vaters und galt dem Gott Israels und dem Wort Seiner Propheten, wie es in den Heiligen Schriften niedergelegt ist. Ich habe von der Gottesfurcht meiner Kindheit gesprochen und will nun hinzufügen, dass sie mit dem Älterwerden verblasste. Ich denke, jeder von uns, der es unbedingt braucht, hat einen Gott individueller Prägung. Meiner hatte mehr mit Aberglaube als mit Mystik zu tun. Die Macht, an die ich glaubte, war das Schicksal, das Unvermeidliche, das Kommende – eine Macht, die ich unmöglich steuern oder auch nur beeinflussen konnte. Ich unterwarf mich ihr vollkommen und streifte vor ihr meinen ganzen Stolz ab wie ein frisch gewaschenes Hemd, das man zum Trocknen auf die heißen Ufersteine legt. Ich erkannte diese Macht an, ohne etwas von ihr zu erwarten. Doch falls es auch nur die geringste Möglichkeit gab, durch sie vor Schmerz und Missgeschick bewahrt zu werden sowie meine Liebsten und Nächsten vor Unbill zu schützen, war es opportun, diese Macht anzuerkennen.

Was Gebete betraf, so verrichtete ich sie, weil es vorgeschrieben war, ohne tieferes Verständnis oder Überzeugung. Für mich selbst erbat ich nie Wohlergehen oder Geschenke. Ich war ein Junge aus wohlhabendem Hause und hatte ein gutes Herz, nur selten hatte ich das Verlangen nach *Dingen*. Meist betete ich für meine Mutter, die, wie ich wusste, oft unglücklich war. Ich betete darum, dass sie frohen Mutes werden, dass ihr Gutes widerfahren und sie sich mit meinem Vater aussöhnen möge.

Auch für meinen Vater betete ich, wenn auch nicht so inbrünstig. Ich betete auch für meinen Hund. Ich betete für jenen elenden Wegelagerer am Kreuz, dass ihm die Gnade zuteilwerde, seine Schmerzen nicht zu spüren und möglichst schnell zu sterben.

Wie Jesus betete und wie er sich Gott vorstellte, wusste ich damals kaum. Ich erinnere mich an einen Besuch in der Synagoge von Sepphoris, wo er ganz blass wurde und in eine Art Starrkrampf fiel. Seine Augen rollten nach hinten, und seine Lider zuckten. Es war wie ein epileptischer Anfall, aber es ging schnell wieder vorbei, und als ich ihn hinterher danach fragte, sagte er, es sei nichts gewesen. »Ich hab nur etwas ausprobiert«, sagte er und warf dabei den Kopf so geziert in den Nacken, dass mir klar war: Er log.

Einmal habe ich ihn gefragt, wie er Gott sieht. Wir lagen am Hang eines terrassierten Hügels und sahen den Bauern beim Beschneiden der Olivenbäume zu. Er dachte einen Moment darüber nach. Dann sagte er: »Ich kann nicht sagen, dass ich Ihn *sehe*. Oder höre. Oder anders ausgedrückt: Falls ich Ihn doch sehe und höre, ist Er ein blendendes Licht und ein Rauschen wie ein Wüstensturm. Aber eher ist Er für mich etwas, das in oder mit mir geschieht. Ich werde größer und immer größer, bis ich die Summe aller Dinge und zugleich nichts bin.«

Er setzte sich auf und warf einen Stein in die staubigen graugrünen Bäume. »Ein fürchterlicher Zustand.«

Nur einmal habe ich damals eine Ahnung davon bekommen, wie er sich entwickeln würde. Es war in den Ferien, wir hatten uns unter eine Menge gemischt, die sich am Rande Nazareths versammelt hatte, um einem Wanderprediger zuzuhören. Der Prediger hielt einen Stein in die Höhe und sagte, dieser Stein sei ein Wunder. Er lispelte stark, und es hörte sich an wie: »Diescher Schtein ischt ein Wunder. Er ischt ein heiliger Tekscht. Er ischt die Wahrheit. Er ischt Gott.«

Wir fanden das sehr komisch, und die Gläubigen jagten uns weg, weil unser Gekicher sie störte.

Als wir über die Felsen ins Dorf zurückkletterten und unterwegs noch einige Höhlen erkundeten, imitierte mal der eine, mal der andere von uns den Wanderprediger. Ich fand einen guten Stein und hielt eine Rede darüber, dass er der lebendige Gott sei, aber ich war zu albern, und mir fiel nicht viel ein.

Dann war Jesus an der Reihe. Damals hielt er nicht gerne Reden, schüchtern und voller Selbstzweifel kam er manchmal sogar ins Stottern, und genauso fing auch diese Rede an. Aber je mehr er sich hineinsteigerte, desto mehr schien er davon überzeugt zu sein, der Stein in seiner Hand sei tatsächlich Gott. Er vergaß sogar, sich über den Wanderprediger lustig zu machen und sein Lispeln zu imitieren. Seine Rede wurde immer flüssiger und regelrecht begeisternd. Er zitierte das alte Schrifttum und trug die Texte mit Betonung vor. Seine Augen bekamen einen merkwürdigen Glanz, seine Stirn wurde ganz blass. Er sah hinreißend aus. Die Worte strömten aus seinem Munde wie ein rauschender Gebirgsbach.

»Siehst du, wie dieser Stein von innen heraus leuchtet?«, fragte er, und einen Moment lang glaubte ich fast, es zu sehen. »Er ist ganz weiß. Farblos. Was keine Farbe hat, ist ein Mysterium der Nicht-Farbigkeit, des Nichts – eines Nichts, das mehr ist als die Materie selbst, mehr als alles Hab und Gut der Menschen. *Das*, meine Freunde, ist das weiße Licht der Ewigkeit. Das heilige Feuer. Meine Brüder …«, hier machte er eine wirkungsvolle Pause und sprach anschließend so leise weiter, dass ich ihn kaum noch hören konnte, »geliebte Brüder, *es ist der Herr.*«

Ich lachte schon eine Weile nicht mehr, und er auch nicht. Ich war den Tränen nahe und wusste nicht, was ich sagen sollte. Seine Rede war nicht nur nicht komisch gewesen, sie hatte es gar nicht sein sollen.

»Amen«, sagte ich schließlich. Dann gingen wir schweigend nach Hause.

Am Anfang war
das Wort, der
Satz, der Text,

der aus der
Taube ein Sinnbild
der Seele machte

und den Stein,
den er hielt,
göttlich leuchten ließ.

Er bekehrte sich
als Erster zu sich selbst
und sah sich

brennen, umschlossen
von der weißen Glut
von Nomen und Verb.

Kapitel 5

Meine Söhne sind Handwerker, aber auch Geschäftsleute. Und Griechen. Ihre Mutter war Griechin, wir leben in einer griechischen Gemeinde und sprechen sowohl zu Hause als auch sonst Griechisch. Ich beherrsche es fließend, denke und träume auf Griechisch, wenn auch mit aramäischem Akzent. Auch das Hebräisch, das ich bei Andreas gelernt habe, und die langen religiösen Texte, die ich als Kind auswendig lernte, sind nicht vergessen, und nachts, wenn Erinnerungen, Ängste und unwillkommene Fantasien mich wach halten, rezitiere ich sie oft leise, bis sie den Platz der verstörenden Gedanken einnehmen und mir einschlafen helfen.

Im Laufe der letzten vierzig Jahre habe ich fast vergessen, dass ich eigentlich Jude bin. Ich habe nicht nur den Glauben meiner Väter abgelegt, sondern auch den einfachen Lebensstil meiner Kindheit. Deswegen bin ich nach Sidon umgesiedelt. Ich wollte den Schmerz überwinden, den der Tod meiner ersten Frau und unseres ungeborenen Kindes mir bereitete. Und die Phase meines Lebens, in der ich Jesus folgte. Zudem wollte ich auch meinem Volk den Rücken kehren, weil es mich als Verräter brandmarkte. So wurde aus Judas Iskariot, dem Manne, der Jesus verraten hat, Idas von Sidon, der treu sorgende Familienvater.

Nun, da ich siebzig bin und weiß, dass mir der Tod näher rückt, beschäftigt mich die Vergangenheit jedoch in zunehmendem Maße, und manchmal überkommt mich eine merkwürdige Wehmut. Ich wünschte, ich könnte mit einem Freund über die alten Zeiten sprechen, aber so jemanden gibt es nicht, und so lade ich, seit Thea nicht mehr lebt, durchreisende Anhänger der Jesussekte gern zu mir zum Essen ein. Natürlich sage ich ihnen nicht, wer ich bin – oder besser gesagt einst war, nämlich einer der zwölf Auserwählten des Jesus von Nazareth.

Der Name, den ich annahm, als ich vor langer Zeit hierherkam, lautet Idas, der meiner Söhne (nach dem Willen ihrer Mutter) Autolykus und Antigonus. Beide habe ich ein nützliches Handwerk erlernen lassen; einer wurde Bootsbauer, der andere Mosaikleger. Beide haben es zu wahrer Meisterschaft in ihrem jeweiligen Gewerbe gebracht und erfreuten sich schon bald eines so guten Rufs, dass sie Arbeiter beschäftigen und anderen Unternehmen Kommissionsaufträge erteilen konnten. Statt mit den eigenen Händen zu arbeiten, konnten sie sich darauf konzentrieren, ihre weit verzweigten Geschäfte zu leiten. Beide haben es zu Wohlstand gebracht, genau wie meine Schwiegersöhne, und dafür bin ich dankbar.

Seit einigen Jahren herrscht in unserer Gegend Mangel an guten Handwerkern, vor allem an Mosaiklegern. Deshalb ging Antigonus (»Tig«, wie er in der Familie genannt wird) nach Jerusalem, um sich unter den Hunderten von Handwerkern umzusehen, die nach der Fertigstellung von Herodes' neuem Palast arbeitslos geworden und gegen gute Bezahlung bereit waren, sich anderswo niederzulassen.

Tig fand die Männer, nach denen er suchte, und zwei von ihnen leben heute bei uns. Allerdings musste er sich länger in Jerusalem aufhalten, als ihm lieb war, denn er wurde in der Stadt eingeschlossen. Bei der Gelegenheit hat er mehr über die dortigen Aufstände erfahren, als hierzulande bekannt war.

Seit Jahren befindet sich die Stadt in Aufruhr, und es herrscht Bürgerkrieg. Die Revolte richtet sich gegen die Römer, während der Bürgerkrieg zwischen reichen und armen Juden ausgetragen wird. Die Reichen üben Wohlverhalten und Zurückhaltung gegenüber den Römern, die Armen verlangen Gerechtigkeit und sogar Unabhängigkeit von Rom. Um die Verhältnisse noch zu komplizieren, sind die Armen in militante Gruppierungen aufgespalten, die sich gegenseitig bekämpfen.

Die Probleme begannen damit, dass der römische Statthalter Florus verlangte, einen Teil des Tempelgolds, das dort in Kellergewölben lagerte, als Steuer an den römischen Kaiser abzuführen. Zunächst wurde das Gold verweigert, doch dann beugten sich die

Priester dem Druck und der Gewalt der Römer. Das jedoch war ein Sakrileg, das die Juden in ihrem Stolz traf. Es kam zu Aufständen, die Menschen marschierten mit Parolen durch die Straßen, die sich sowohl gegen die Priester als auch gegen die Römer richteten: »Kein Herr – nur Gott!«

Florus befahl seinen Truppen, gegen die Aufständischen vorzugehen, viele wurden verwundet, manche getötet. Dann ließ er zusätzliche Truppen aus Cäsarea nach Jerusalem verlegen, und um deutlich zu machen, dass er und nur er die Stadt beherrschte, verlangte er von den Einwohnern, die neue Brigade mit dem sogenannten Großen Salut zu begrüßen.

Dieser Große Salut ist ein Zeremoniell – durchaus schön anzusehen, wenn einem dabei nicht der Stolz gebrochen wird – bei dem die Stadt die römischen Truppen begrüßt, und die Truppen erwidern die Ehrung, indem sie die Stadt begrüßen. In diesem besonderen Fall aber ordnete Florus zur Strafe an, dass die Stadt der Truppe salutieren, diese den Salut aber nicht erwidern solle.

Tig war dabei, als die römischen Soldaten zu den bedrohlichen Klängen von Trommeln durch die Straßen marschierten. Überall entlang des Weges waren Priester und Mitglieder der einflussreichsten jüdischen Familien auf erhöhten Podien in den vordersten Reihen der Zuschauermenge platziert, sodass man sehen konnte, wie sie sich verbeugten, applaudierten und Palmwedel schwangen, wie man es von ihnen erwartete, während die Soldaten reglos geradeaus starrten und die Huldigungen nicht einmal wahrzunehmen schienen. Die Zuschauer in den hinteren Reihen wurden immer unruhiger, schimpften und fluchten und konnten sich schließlich nicht mehr beherrschen. Sie begannen, ihren Protest laut herauszuschreien, und Tig schrie mit: »Kein Herr – nur Gott!« Manche hatten verfaulte Früchte und Eier mitgebracht und bewarfen die Soldaten damit. Die Römer in ihren glänzenden, klirrenden Rüstungen wurden von oben bis unten beschmutzt und gaben ein jämmerliches Bild ab, das den ganzen Effekt der Parade verdarb.

Priester und Sanhedrin auf ihren erhöhten Zuschauerplätzen drehten sich zu den einfachen Leuten um und forderten sie auf, das zu unterlassen. Sie mahnten zur Ruhe und Ordnung und warnten vor den Konsequenzen. Daraufhin wurden auch sie beworfen. Die Menge lachte, pfiff und johlte. Junge Männer begannen loszulaufen und Zäune umzustoßen, Zweige von Bäumen abzubrechen, Fahnenmasten aus den Verankerungen zu ziehen und Kutschen zu beschädigen, manche rissen sogar Fliesen und Pflastersteine aus dem Boden. Würdenträger und Priester wurden aus dem Weg gestoßen und Wurfgeschosse jedweder Art auf die nun im Rückzug begriffenen Soldaten geschleudert.

Für Tig, der wie wir alle die römischen Besatzer ablehnt, sich aber nichts anmerken ließ, war es ein aufregendes Erlebnis, das ihn zugleich ängstigte.

Dieses Mal gelang es den Römern nicht so leicht, den Protesten Einhalt zu gebieten. Sie sammelten sich vor der Antoniaburg und stürmten dann in die Stadt zurück, um das Volk zu bestrafen, das sich aber in alle Winde zerstreute. Im ersten Moment hatte es den Anschein, als sei die Ordnung wiederhergestellt, in Wahrheit aber begann das Volk jetzt, ganze Stadtteile unter seine Kontrolle zu bringen. Binnen einer Woche mussten die Römer lernen, dass sie diese Viertel meiden sollten, außer sie kamen in Kampfformation. Eine Gruppe von Rebellen (»Terroristen«, wie Florus sie bezeichnete), die sich die Dolchträger nannten, schickte einzelne Männer mit Messern, die sie unter den Hemden versteckt hielten, an belebte Plätze, wo sie ihre Klingen still und stumm einem Soldaten zwischen die Rippen stießen, der auf dem Basar etwas einkaufte, einem Händler, der sich von den Römern bestechen ließ, einem Bürger, der als Informant verdächtigt wurde, oder gar einem Priester, der als Kollaborateur galt. Wenn derlei passierte, wichen die Umstehenden erschrocken zurück, nur das Opfer lag zuckend auf dem Boden und verblutete langsam.

Gerüchten zufolge wurden wohlhabende Kollaborateure und bezahlte Spione gefasst und vor ein Volkstribunal gestellt, irgendwo im Labyrinth der Unterstadt, wo die Armen wohnten, und dort exekutiert. Anschließend wurden die Leichen in die Gräben außerhalb der Stadtmauern am Fuße des Ölbergs geworfen.

Tig reiste so bald wie möglich ab, aber unterwegs wurde er an den zahlreichen römischen Kontrollpunkten aufgehalten, und nur die Tatsache, dass er Grieche war, keinerlei Verbindung zu jüdischen Einwohnern von Jerusalem und kein Interesse an ihrer Revolte hatte, ermöglichte ihm die Weiterreise. Die Handwerker, die er eingestellt hatte, sollten jeder für sich zu uns reisen, sobald sich ihnen die Gelegenheit bot. Einer von ihnen ist bis heute nicht gekommen. Zwei andere, jeder mit einer interessanten Geschichte, haben es irgendwann geschafft, die Stadt zu verlassen, und arbeiten seither in unseren Werkstätten. Sie sagen, der Aufstand sei kaum mit Gewalt zu beenden, und von allein abebben werde er auch nicht. Doch wie soll er von Erfolg gekrönt werden, solange die Juden untereinander uneins sind, die Reichen die Armen bekämpfen, eine Gruppierung die andere?

Seit damals erreichen uns nur noch sporadisch Neuigkeiten. Einmal hieß es, Agrippa II., der jüngste Nachfolger Herodes', wolle zwischen Römern und Volk vermitteln, aber daraus scheint nichts geworden zu sein. Als Nächstes hörten wir, Cestius Gallus, der römische Statthalter von Syrien, sei mit einem großen Heer unterwegs nach Jerusalem. Doch kurz darauf wurde von ihrem Abzug berichtet, sie hatten nichts, aber auch gar nichts in Jerusalem bewirken können. Dann versuchte es Vespasian. Von ihm hieß es, er habe die meisten Dörfer und Städte Judäas und Galiläas unter seine Kontrolle gebracht und gerade den Angriff auf Jerusalem starten wollen, als der Tod Kaiser Neros aus Rom gemeldet wurde. Man wusste nicht, wer ihm nachfolgen und welche Strategie der neue Kaiser verfolgen würde.

Also wurde der Angriff abgeblasen.

Heute ist Vespasian selbst Kaiser. Er ist nach Rom zurückgekehrt und hat seinen Sohn Titus mit einem großen Heer nach Jerusalem entsandt. Es hat die Stadt eingekesselt und belagert sie seither.

Ich versuche mir einzureden, mir sei egal, was weiter geschieht, aber längst vergessene Gefühle leben auf, wenn ich daran denke, was ich dort erlebt habe – meine panische Angst vor Kreuzigungen, meine Abscheu gegen den grausamen, selbstgerechten Anspruch Roms, die ganze Welt zu beherrschen und sich die Menschheit untertan zu machen. Sogar meine alte Begeisterung für die Stadt und ihren Tempel leben wieder auf. Hätte ich die Angewohnheit zu beten, das Wohlergehen Jerusalems stünde ganz oben auf der Liste meiner Fürbitten, aber ich bin davon überzeugt, dass Gott, falls es Ihn denn gibt, auch dagegen taub wäre.

Gestern kam wieder ein Anhänger der Jesussekte durch unseren Ort. Ein älterer Mann, vielleicht sogar in meinem Alter oder etwas jünger. Er ist blind und wird von einem jüngeren Mann begleitet und umsorgt. Wie neuerdings alle Anhänger dieser Sekte bezeichnet er sich als »Christ«. Diesen Namen haben sie angenommen, weil sie glauben, dass Jesus tatsächlich der Gesalbte, auf Griechisch Christus, der Messias war, den die Heiligen Schriften von alters her ankündigen. Der alte Mann hatte auf dem Marktplatz vor einer kleinen, aber sehr aufmerksamen Menge gepredigt und die alte Argumentation wiederholt: Jesu Autorität und Göttlichkeit sei nicht allein durch die Schönheit und Ernsthaftigkeit seiner Lehre bewiesen, sondern vor allem durch die Wunder, die er vollbracht habe, besonders durch das größte von allen: dass er Tote auferwecken konnte.

Ich lud diesen Prediger und seinen Gehilfen zum Essen ein und bot ihnen einen Schlafplatz an; beide nahmen an, wenn auch recht undankbar, wie ich fand. Sie schienen es für das Mindeste zu halten, das ihnen zustand. Ich frage mich, ob ich damals als Jünger Jesu auch so war. Ich hoffe nicht, aber vielleicht liegt Undankbarkeit in der Natur des Evangelisten, weil er sich für jemanden hält, der den Menschen ein großes Geschenk macht.

Er sagte, ich solle ihn Ptolemäus nennen, diesen griechischen Namen habe er sich selbst gegeben. Ansonsten war er mit Selbstauskünften sparsam. Ich fragte ihn, was es Neues über Jerusalem zu berichten gebe, aber er wusste nur, dass die Belagerung noch andauerte und man in Kürze mit einem Angriff rechnete. Das Schicksal der Stadt schien ihm ziemlich gleichgültig zu sein. Er sagte, vielleicht sei es Gottes Wille, Jerusalem zu zerstören, da die Stadt Seinen Sohn zum Tode verurteilt hatte. Er sei jedoch entsetzt gewesen, als er hörte, dass Jesu jüngerer Bruder, Jakobus, der Anführer der Jesussekte in Jerusalem, kürzlich gekreuzigt worden sei.

Ich war schockiert. Mein Hals zog sich zusammen, und Tränen stiegen mir in die Augen. Ich war froh, dass mein Gast mich nicht sehen konnte. Falls sein junger Begleiter es sah, ließ er sich jedenfalls nichts anmerken. Ich hatte Jakobus als einen aufgeweckten jungen Burschen in Erinnerung. All die Jahre hatte ich nichts mehr von ihm gehört, so wusste ich auch nicht, dass er sich den Anhängern seines Bruders angeschlossen hatte.

Heute Morgen bin ich mit den ersten Sonnenstrahlen aufgewacht und auf den Balkon gegangen. Das Meer war ruhig und färbte sich langsam blau, als die Sonne über die östlichen Hügel stieg. Das beruhigende »Schasch« war zu hören, das Geräusch, mit dem die Wellen bei ruhiger See ans Ufer rollen. Unten auf der Straße bauten die Marktbeschicker ihre Stände auf und unterhielten sich leise miteinander. So früh am Morgen nehmen sie Rücksicht auf die Anwohner der umliegenden Häuser, die um diese Zeit fast alle noch schlafen. Dann drang aus der Ferne plötzlich das »Slaff-Slaff-Slaff«, das ich schon so oft gehört hatte – ein Trupp Römer, der sich im Eilschritt näherte, begleitet von nur einem Trommler, der das Tempo vorgab. Das Geräusch kam immer näher, und bald kamen die Soldaten in Sicht. In südlicher Richtung marschierten sie durch die Hauptstraße auf Cäsarea zu und boten mit ihrer Disziplin, ihrer Uniformität und ihrer ameisengleichen Einfügung ins Kollektiv, wie immer einen imposanten Anblick.

Ich musste wieder an den jungen Jakobus denken; ich stelle ihn mir immer noch so jung vor, wie er war, als ich ihn kannte. Der Nachtschlaf hatte mich die Nachricht von seiner Hinrichtung vergessen lassen, aber jetzt kehrte der Schmerz zurück. Dass er den gleichen grausamen Tod gefunden hatte wie sein Bruder! Mir wurde bewusst, wie sehr ich die da unten hasste, die fremden Herrscher, die unser ganzes Leben kontrollierten. Hätte ich über die Jahre nicht gelernt, mich zu beherrschen, oder hätte ich mit einem raschen Abschied von dieser Welt geliebäugelt, hätte ich mich über die Balkonbrüstung gebeugt, die Soldaten verflucht und ihnen vor die Füße gespuckt.

Ptolemäus nennt er sich
und bringt
(sagt er) das Wort.

Und die mit den
Waffen und Rüstungen
bringen den Segen Roms.

Die Wahl: Ein kurzes
Leben mit guten Straßen,
gutem Wein und Essen

oder ewiges Leben,
lobpreisend
den Großen, den

Höchsten. Gott, glaubte
ich an Dich, so
würde ich beten: »Hilf mir,

diesen nimmersatten
Jägern von Seele
und Macht zu entkommen!«

Kapitel 6

Neulich Nacht hatte ich einen Traum, vermutlich nur eine ungewöhnlich lebendige Erinnerung an Jesus. Jesus und ich, wir waren um die sechzehn, hatten gerade das monumentale Tor von Tiberias mit seinen zwei Rundtürmen durchschritten und gingen auf dem *cardo*, der Hauptstraße, an farbenfrohen Fresken und Mosaiken vorbei. Im Traum empfand ich den Anblick als genauso erfrischend und aufregend wie damals. Zugleich merkte ich, dass Jesus meine Begeisterung nicht teilte. Zumindest tat er so, als lasse ihn das alles kalt. Ich glaubte zu wissen, warum. Er wollte mich als Romanophilen bloßstellen, als kolonisierten, abtrünnigen Juden.

Wir spazierten die Straße entlang und fühlten uns erwachsen und unabhängig, ja, wir waren mit uns zufrieden, mit unseren neuerdings so kräftigen Körpern und tiefen Stimmen. Eine Bettlerin mit einem kranken Kind im Arm streckte ihre Hand aus und wollte Geld. Anders als die meisten anderen, die schmutzig und gebrechlich waren, war sie eine regelrechte Schönheit, und ich gab ihr eine Münze.

»Gib ihr mehr«, sagte Jesus.

»Gib du ihr doch mehr«, sagte ich.

Er holte seine Geldbörse hervor und stülpte das Innere nach außen. Sie war leer.

»Wie üblich«, sagte ich.

»Richtig«, sagte er. »Weil ich nicht so ein Knauser bin wie du. Ich habe dem Leprakranken vor dem Stadttor mein letztes Geld gegeben.«

Andauernd bezichtigte er mich des Geizes. Ich musste mir auf die Zunge beißen, um nicht zu sagen, dass das, was er als Knauserei bezeichnete, lediglich ein verantwortungsbewusster Umgang mit den mir zur Verfügung stehenden Mitteln war. Es gehörte nicht viel dazu, verschwenderisch zu sein, wenn man so gut wie nichts besaß.

Ich gab der Frau noch eine Münze, eine größere, und sie schenkte mir ein Lächeln, von dem mir beinahe schwindelig wurde.

Im Weitergehen sagte Jesus zu mir: »Du hast ihr Geld gegeben, weil sie so schön ist. Als der Leprakranke bettelnd auf uns zukam, bist du schnell weitergegangen.«

Das stimmte, aber ich stritt es ab. »Ich habe ihr Geld gegeben, weil sie ein krankes Kind hat.«

»Lügner«, sagte er. »Lieber wäre dir, das Kind stürbe und du könntest sie zu deiner Mätresse machen.«

Das war so nah an der Wahrheit, dass es mich wütend machte. Immerzu dachte ich in jener Zeit an Frauen und an körperliche Liebe. Jesus schien sich für derlei überhaupt nicht zu interessieren, aber hätte er meine geheimsten Fleischeslüste erraten, wenn er dem anderen Geschlecht gegenüber taub war?

»Kamelscheiße! Schließe nicht von dir auf andere«, zischte ich. »Du hast es ausgesprochen, nicht ich.«

»Aber gedacht hast du es«, sagte er. »Sonst würdest du dich jetzt nicht so aufregen.«

So war er. Doch es wäre zu einfach, ihn als notorischen Besserwisser zu bezeichnen. Zwar machte er mir andauernd Vorhaltungen, aber es steckten kluge Beobachtungen dahinter. Es war eine Art Spiel, der Versuch, permanent meine Gedanken zu lesen oder Andreas' und Thaddäus' Gedanken. Und zwar mit der gleichen Genauigkeit, wie er schwierige Texte las, aus Freude am Aufspüren verborgener Wahrheiten.

Mit der Pubertät wuchsen wir beide zu… man könnte sagen: jungen Intellektuellen heran. Aber es gab Unterschiede zwischen uns. Was uns einte, war die Scham über Israels Unterwerfung gegenüber Rom, und wir wussten – das heißt, so hatte man es uns beigebracht und wir glaubten es –, dass der Gott Israels diesen Zustand nicht ewig dulden würde. Eines Tages würde er »Genug!« rufen, und alle, die Schmach über das auserwählte Volk gebracht hatten, würden tausendfache Schmach erleiden. Unsere Feinde würden in den Dreck getreten und müssten Staub schlucken wie die Schlangen und alles, was am Erdboden kreucht … Und so weiter.

Mittlerweile, und ganz im Widerspruch dazu, begann ich, gewisse Aspekte der römischen und griechischen Zivilisation zu schätzen: ihre Kunstwerke, die Architektur, die Keramiken, die edlen Gewänder, den Schmuck sowie – etwas, das für mich neu und aufregend war – ihre Poesie und das Theater. Tiberias, am Ufer des Sees Genezareth, wo mein Vater meist wohnte und wo er den größten Teil seiner Geschäfte abwickelte, war vom Provinzfürsten Herodes Antipas erbaut worden und noch nicht ganz fertig. Die Stadt sollte, wenn auch nicht ganz so groß, ein Pendant zu Cäsarea sein, der Stadt, die Antipas' Vater am Mittelmeer erbaut hatte. Die Straßen gingen in rechten Winkeln von der Hauptachse, dem *cardo*, ab. Dieser war breit und schnurgerade, und beide Straßenseiten waren von Granitsäulen gesäumt. Die Kanalisation befand sich unter dem Straßenpflaster, sodass die Abwässer nicht offen durch die Stadt flossen. Schmucke Holzbuden mit Schilf- oder Palmdächern beherbergten Marktstände und schützten Käufer wie Händler vor der Sonne. Die Häuser waren weiß gekalkt, hatten Dächer aus roten Ziegeln und großräumige, gepflasterte Innenhöfe. Die Brunnen waren tief und ihr Wasser kühl, frisch und unerschöpflich.

Eines Tages besuchte Andreas mit uns dort das Theater, und auch zu den Spielen nahm er uns mit. Die Spiele, das waren große Volksfeste, bei denen junge Männer sich in Ringkämpfen und Wettrennen, Diskus- und Speerwerfen sowie Weitsprung nach griechischer Art miteinander maßen. Eigentlich hätten wir nicht dabei sein dürfen, denn diese Spiele waren heidnischen Göttern gewidmet, aber der Fürst selbst war der Schirmherr, und mein Vater hatte keine Bedenken gegen unsere Teilnahme; nur meine Mutter, fand er, brauche nicht unbedingt etwas davon zu wissen.

Jesus hat seinen Eltern mit Sicherheit nichts davon erzählt. Josef und Maria waren die neuen Städte Galiläas unheimlich, zumal sie ihrer Meinung nach mit Steuergeldern erbaut worden waren, die der bäuerlichen Landbevölkerung abgepresst wurden. Außerdem stellten sie in ihren Augen wahre Lasterhöhlen dar. Trotzdem erlaubten sie Jesus die Reise, weil Andreas sagte, sie sei Teil einer zeitgemäßen Erziehung. Maria betrachtete den Unterricht, den Jesus durch Andreas erhielt, als ein Gottesgeschenk, einen Segen und eine himmlische Fügung, die ihrem Erstgeborenen eine große Zukunft bescheren würde.

Das Theater hatte es uns sofort angetan. In den folgenden zwei Jahren besuchten wir es oft, manchmal nur Jesus und ich, manchmal zusammen mit Andreas, der gelegentlich auch Thaddäus mitbrachte. Die Schauspieler trugen Masken und deklamierten den Text in einem hohen, laut tönenden Singsang. Auf diese Weise wirkten ihre Worte bedeutsamer als die jedes Rabbis – bisweilen einschüchternd, dann wieder betörend. Wenn Komödien gespielt wurden, stellten die Masken manchmal Tierköpfe dar, und ein oder zwei Mal trug der Schauspieler, der einen Fruchtbarkeitsgott darstellte, einen enormen Phallus. Keiner von uns konnte die Stücke Wort für Wort verstehen, da sie auf Griechisch gespielt wurden, aber im Großen und Ganzen konnten wir uns einen Reim darauf machen, zumal die Geschichten als solche immer klar wurden und ihre Schlüsse – Tod bei Tragödien, Hochzeit bei Komödien – keine Fragen offen ließen. Wir erwarteten keine Überraschungen, sondern folgten gebannt, wie sich aus vertrauten Situationen durch einen Irrtum oder ein einziges Missverständnis Schritt für Schritt ein Drama entwickelte, das zu einem bitteren (oder bittersüßen) Ende führte.

Wenn wir dann in Nazareth zurück waren, dachten wir uns auf Aramäisch eigene Stücke aus und spielten sie selbst. Sie wurden zu einem festen Bestandteil unseres Unterrichts bei Andreas. Unsere Version von König Davids Leben fanden wir besonders gelungen. Noch besser aber war unser Stück über die Abenteuer Daniels, eine Komödie (wegen des guten Ausgangs) mit dem Titel *Babbelon*. Jeder von uns vieren musste mehrere Rollen spielen.

Es stellte sich heraus, dass Andreas der geborene Komödiant war. Sein Nebukadnezar war fantastisch. Jesus spielte den Daniel, Thaddäus und ich Meschach und Schadrach, die von Nebukadnezar in den Feuerofen geworfen werden sollten, zusammen mit Abed-Nego, dargestellt von einem Schal meiner Mutter, den wir so ans Fenster drapierten, dass man ihn flattern sehen und denken konnte, eine weitere Person stünde dahinter.

Im nächsten Akt versuchte Jesus als Daniel auf Belsazars Fest die Schriftzeichen an der Wand zu interpretieren. Ich war Belsazar, dann wechselte ich in die Rolle des Darius, der Daniel in die Löwengrube warf, weil er sich nicht an dessen Gebot hielt, dreißig Tage lang auf Gebete zu verzichten. Thaddäus war der Löwe, der Daniel beschnüffelte und ableckte und schließlich brüllte, als sei er hungrig, dann aber zu seiner eigenen Überraschung völlig appetitlos war und sich friedlich mit Daniel zur Nacht bettete.

Im letzten Teil des Stücks lief Jesus dann zu Hochform auf, wenn Daniel eine Vision hatte, in der ihm etwas Mysteriöses, Wichtiges, Unverständliches offenbart wurde. Diese Stelle hatten wir nicht ausformuliert, sondern nur grob skizziert, um Jesus freie Hand zu lassen. Bei jeder Aufführung wurde sein Monolog länger, extravaganter, düsterer und schöner. Jesus sprach so beseelt, dass wir die »drei großen Könige Persiens und einen vierten, noch größeren« förmlich vor uns sahen, wir sahen den Zusammenbruch des »mächtigsten Königreichs« und wie es in alle vier Winde zerstreut wurde, wir sahen »den König des Nordens und den König des Südens« in die Schlacht ziehen, die Zehntausende das Leben kosten würde.

Nichts konnte unseren Daniel bremsen. Er redete und agierte wie eine Naturgewalt. Wenn ihm der Engel erschien und die Schläfer auf der Erde erwachten, manche zu ewigem Leben, manche zu ewiger Verdammnis, senkte Jesus dramatisch die Stimme, und ein Schleier legte sich über seine Augen. An der Stelle, wo der Prophet über den Fluss blickte und »einen Mann in Leinen gewandet« sah, fragte Jesus so herzergreifend: »Wann sollen denn diese großen Wunder geschehen?«, dass er, um es mit den Worten der alten Schriften auszudrücken, »leuchtete wie des Himmels Glanz«.

Diese Szene endete immer damit, dass wir anderen eine Weile sprachlos dastanden und dann applaudierten. Jesus, sagte Andreas und küsste ihn, habe gewiss eine große Zukunft als Schauspieler vor sich.

Trotz dieses Erfolgs war es aber ausgerechnet das Stück über

Daniel, das Jesus dazu brachte, sich von der Poesie und dem Theater abzuwenden. Und zwar von heute auf morgen, über Nacht. Er sagte, er habe einen Traum gehabt, in dem Gott zu ihm gesprochen und gesagt habe, dass Er unsere Schauspielerei verachte. Wir hätten einen heiligen Text verhöhnt. Wir hätten Geschichten dargestellt, in denen Er selbst, Gott, wenn auch unsichtbar, gesprochen habe. Wir hätten Ihn zu einer Theaterfigur gemacht. Glaubten wir wirklich, das sei Ihm, der Tag und Nacht über uns wache, gleichgültig?

Jesus begann sofort zu büßen. Er betete und fastete. Und wies fortan alles von sich, was auch nur im Entferntesten mit Theater, Poesie, Verkleidung, vorgetäuschtem Leben und Sterben zu tun hatte. Theaterstücke, sagte er, seien Unwahrheiten. Alles, was dort gesprochen werde, sei falsch. Schauspieler und Stückeschreiber seien notorische Vortäuscher. Und Menschen, die sich diese Stücke anschauten und genau wüssten, dass ihnen Unwahrheiten vorgespielt würden, seien Heuchler.

Wütend und enttäuscht stellte ich ihn zur Rede. Das Theater hatte uns viel Freude gemacht, sowohl beim Schreiben als auch beim Spielen. Mit wem sollte ich diese Leidenschaft nun weiter pflegen?

Er sagte, ich solle die Finger davon lassen.

Anfangs fragte ich mich manchmal, ob er nicht vielleicht recht hatte. Hatten wir Gott nicht tatsächlich beleidigt? Würde Er mich strafen, wenn ich weitermachte? Würde mich aus heiterem Himmel ein Blitz treffen? Würde sich der Erdboden vor mir auftun und mich verschlucken?

Doch dann fielen mir immer wieder Texte ein, kongeniale Mischungen unserer eigenen Worte mit Zitaten aus den Heiligen Schriften, oder ich begleitete Andreas zu weiteren Aufführungen, und immer wieder spürte ich, wie ich von der Sprache des Theaters ergriffen und so beglückt wurde, dass es unmöglich eine Beleidigung von irgendetwas oder irgendwem sein konnte, schon gar nicht einer höheren Macht, die über allem stand.

Gott hörte auf, eine moralische Instanz für mich zu sein. Er mutierte zu einem unbestimmten, väterlichen Etwas im Himmel, das so duldsam war wie mein leiblicher Vater – und genau wie er nicht aus Liebe, sondern aus Gleichgültigkeit. Ich konnte mir nicht vorstellen, dass Er sich wirklich Zeit für mich nahm oder dafür interessierte, was ich tat, solange ich nicht offen blasphemisch, gewalttätig oder kriminell wurde.

Also ging ich weiterhin ins Theater, aber ich hatte nun niemanden mehr, mit dem ich Stücke schreiben und sie inszenieren konnte. Ich glaube, zu dieser Zeit begann ich, Gedichte zu schreiben. Diese Gedichte entstanden zunächst nur in meinem Kopf, vor allem wenn ich nachts allein spazieren ging. Sie brannten sich in mein Gedächtnis ein. Einmal, als ich mit Andreas allein war, erzählte ich ihm davon. Er bat mich, ihm eins vorzutragen, dann noch eins und ein drittes … Er ermutigte mich, mit dem Dichten fortzufahren (und küsste mich sogar!), aber ich hatte das Gefühl, dass er Griechisch oder vielleicht sogar Latein für eine angemessenere Sprache der Poesie hielt als Aramäisch.

Wir unterhielten uns auch über die Abkehr Jesu vom Theater. Andreas war darüber sehr traurig. Er machte sich Sorgen um die Zukunft seines Lieblingsschülers und sagte: »Über Jesus liegt ein Schatten. Wenn es ihm nicht gelingt, dem zu entfliehen, wird sich dieser Schatten wie ein Leichentuch über ihn legen.«

Eine andere lebhafte Erinnerung aus unserer Jugendzeit ist ebenfalls mit Tiberias verbunden, ich kann allerdings nicht mehr sagen, ob es vor oder nach unseren Differenzen in Sachen Theater war. Wir hatten das Schwefelbad besucht, einen unserer Lieblingsorte, und saßen am Nachmittag vor dem Bad im Freien, um uns von der Anstrengung zu erholen. Wir genossen die frische Brise, die um diese Tageszeit oft von Westen herüberwehte, und warteten auf jemanden, vielleicht Andreas, vielleicht meinen Vater. Das Bad lag in der Nähe eines lehmfarbenen Gebäudes mit weißer Kuppel, in dem durchreisendes einfaches Landvolk einkehren konnte. Der nahe See lag um diese Zeit im Schatten und schimmerte dunkelgrün, während die braunen Hügel an seinem östlichen Ufer im hellen Sonnenschein lagen. Jesus und ich saßen Rücken an Rücken. Ich träumte vor mich hin und sah, wie die Palmzweige im Wind wogten, als winkten sie uns zu. Plötzlich waren Schritte zu hören, die Schritte vieler Männer, die auf dem Lehmboden schnell näher kamen. Als wir Stimmengewirr hörten, richteten wir uns auf und blickten zur Straße.

Es handelte sich um einen beduinischen Trauerzug, und er führte so nah an uns vorbei, dass wir die erregten Gesichter sahen. Aber auch die Leiche eines jungen Mannes, die auf einem Brett in Schulterhöhe von anderen jungen Männern getragen wurde, die seine Brüder hätten sein können. Die Leiche sah lebendig aus, als sei der junge Mann bei bester Gesundheit. Er war braungebrannt und hatte lange, kräftige Gliedmaßen unter dem Totengewand. Die Menge, die ihn begleitete, bewegte sich schnell, fast im Laufschritt, und erinnerte an das Marschtempo der durchziehenden römischen Brigaden. Die Leute unterhielten sich miteinander, und immer wieder lobpreisten sie Gott. Es herrschte keine Trauerstimmung, niemand weinte oder wehklagte. Das Ganze erinnerte eher an ein Fest. Vielleicht lag dafür ein besonderer Grund vor, vielleicht akzeptierten die Leute aber auch nur den Tod und sahen ihn nicht als einen Schicksalsschlag, sondern als Gottes Willen, den sie nicht infrage stellten.

In dem Moment, als die Leichenträger in der Mitte der Menge an uns vorbeikamen, verlangsamte sich der Zug, weil sich die Straße an dieser Stelle verengte, und wir konnten das Gesicht des jungen Toten aus nächster Nähe sehen. Außer dass es völlig reglos war, hatte es nicht die Aura des Todes.

Als dann alle an uns vorübergezogen waren, saßen Jesus und ich eine Weile schweigend da, noch ganz ergriffen von der Begegnung mit dem Tod. Ich sah ihn an und war von seinem entrückten Gesichtsausdruck überrascht. Seine Augen glänzten und schienen etwas zu sehen, das nicht von dieser Welt war.

»Ich hätte ihn fast berühren können«, sagte er.

»Ja, sie waren so nah«, bestätigte ich. »Ein merkwürdiges Gefühl, nicht wahr?«

Aber er schien mich gar nicht zu hören. Stattdessen sprach er mit sich selbst. »Ich hätte es tun sollen. Ich hätte sein Gesicht berühren sollen.«

Das schien mir keine gute Idee zu sein, und ich sagte es ihm.

Er blickte über den See. »Er wäre wieder lebendig geworden. Ich habe sie gespürt – diese Kraft. Er wäre ins Leben zurückgekehrt.«

Ich verstand nicht, was er meinte. Es war unheimlich und peinlich. Aber ich sagte nichts. In dem Moment nicht und später auch nicht.

Für mich war's Theater,
wenn tote Könige
agierten und Propheten

aus ihren Gräbern
stiegen. Alles hatte
seine Zeit. Hier und jetzt

sangen Vögel,
knospten Weinreben.
Und unsere

Leiber konnten zu
anderen werden. Alles
jedoch musste sterben,

und der Tod war stumm.
Nicht aber für
meinen Freund, der

das Schweigen brechen,
das Dunkel erhellen
wollte. Das Ende war

für ihn kein Ende.
Er sah sich als
Spender neuen Lebens.

Kapitel 7

Von uns drei Schülern wurde Thaddäus als Erster erwachsen. Er war durch und durch »normal«, aber ich hätte ihn damals wohl – nicht ganz fair – als »gewöhnlich« bezeichnet; doch das mag jeder selbst entscheiden. Nach einem Wachstumsschub war Thaddäus plötzlich hoch aufgeschossen, hübsch anzusehen, athletisch. Er hatte viele Freunde, war pragmatisch, zuverlässig und umgänglich. Obwohl er viel konnte und selbstbewusst war, ging er keine Risiken ein. Nie kam etwas Originelles aus seinem Munde, aber auch nichts Dummes oder Bösartiges.

Eines Tages sagte ich zu Jesus, Thaddäus habe eigentlich größere Wertschätzung verdient, als ich ihm entgegenbrachte. Seine Reaktion war harsch. »Thaddäus besitzt keine Leidenschaft. Er ist ein Fußsoldat.«

Er selbst entwickelte sich zu dieser Zeit immer mehr zu einem brillanten, wenn auch undurchsichtigen jungen Mann. Er war sich seiner intellektuellen Überlegenheit bewusst, seines fragwürdigen Sozialverhaltens jedoch nicht. Er hatte eine spitze Zunge, und selbst Leute, die ihm nichts Böses wollten, waren von seinen schneidenden Bemerkungen oft gekränkt. Wenn er sich in seiner Umgebung jedoch sicher fühlte und seinen Gesprächspartnern vertraute, war er klug, amüsant, tiefgründig und mitteilsam, ohne zu verletzen. Schon zu dieser Zeit stand er auf Seiten der Armen und Unterdrückten, und wenn es um ihre Belange ging, konnte er sehr engagiert und streitbar sein.

Als das nächste Schuljahr nahte, beschloss mein Vater, mir eine höhere Bildung angedeihen zu lassen, als Andreas sie mir bieten konnte. Er fand einen Tutor in Sepphoris, zwei Stunden Fußmarsch von Nazareth entfernt, bei dem ich wohnen konnte. Thaddäus und seine Schwester Judith zogen ebenfalls nach Sepphoris, wo Thaddäus die Leitung des Getreidehandels übernehmen sollte, der seinem Onkel gehörte. Dieser hatte nach dem Tod seiner Frau einen Zusammenbruch erlitten, Judith sollte ihm nun den Haushalt führen und seine Kinder beaufsichtigen.

Andreas hätte Jesus weiter unterrichten können, da zwei neue Schüler zu ihm kamen, die für ihren Unterricht bezahlten, doch Jesus lehnte das ab. »Ich habe Andreas schon viel zu lange in Anspruch genommen«, sagte er. »Und ich kann ihn auch künftig nicht bezahlen.«

Wir befanden uns auf dem Heimweg, nachdem wir uns von Andreas verabschiedet hatten – dieses Mal tränenreich, weil unsere Zeit mit ihm vorbei war.

»Er hätte dich gern als Schüler behalten«, sagte Thaddäus zu Jesus. »Hast du gesehen, wie traurig er ist? Der arme Kerl betet dich an.«

»Ein weiterer Grund, die Sache zu beenden«, erwiderte Jesus. »Es ist Zeit, zu neuen Ufern aufzubrechen.«

»Zu welchen Ufern?«, fragte ich, und er erwiderte großspurig, aber mit selbstironischem Lächeln: »Die nächste Stufe auf der Leiter.«

»Welche Leiter? Die Jakobsleiter?« Das war typisch Thaddäus.

Jesus lachte. »Wer die Jakobsleiter erklimmen will, muss auch bereit sein, auf dem Jakobskissen zu schlafen.«

Ich wusste, dass es die Bezeichnung für einen Stein war. Trotzdem blieb unklar, was Jesus damit meinte, er verriet nichts weiter über seine Pläne. Am nächsten Tag war er verschwunden. Das war seine Art des Abschiednehmens: einfach verschwinden. Es schmerzte, aber so war er nun einmal. Man erwartete von ihm gar nicht erst, »nett« zu sein.

So verschwand er aus unserem Leben und aus Nazareth. Mit Ausnahme eines kurzen Besuchs auf meiner Hochzeit sollte ich ihn einige Jahre nicht wiedersehen.

Wenn ich während meiner Schulzeit in Sepphoris nach Nazareth zurückkehrte, um meine Mutter zu besuchen, schaute ich manchmal auch bei Josef und Maria vorbei und fragte, ob sie etwas von Jesus gehört hätten. Die Antwort war immer dieselbe: nein.

»Nichts«, sagte Josef und schüttelte traurig den Kopf.

Doch Maria lächelte dann still und gab mir das Gefühl, sie wüssten, wo Jesus war, und dass zumindest sie, Maria, mit seinem Lebenswandel einverstanden sei.

Eines Tages fiel mir ein, dass ich auch Andreas nach Jesus fragen könnte. Er begrüßte mich mit einer herzlichen Umarmung und bat mich ins Haus, wo er mir Feigen und Oliven auf Weinblättern und einen Becher leichten Weins zur Stärkung anbot. »Ah, unser brillanter Jesus«, sagte er. »Unser Lieblingsschüler. Wie haben wir ihn geliebt, nicht wahr, Judas? Und wie wir ihn vermissen!«

Ich stimmte ihm zu, wenn auch peinlich berührt.

»Ich habe nichts von ihm gehört«, fuhr Andreas fort. »Ich erkundige mich öfter nach ihm, aber seine Mutter will mir nichts sagen, sondern lächelt nur vor sich hin wie ein hoffärtiges Kamel, als wolle sie sagen: ›Ich weiß etwas, das du nicht weißt.‹ Jesu Vater mag ich gern, aber er hat nicht viel zu lachen. Wie auch, wenn man mit so einer Person verheiratet ist?«

»Sie ist wirklich merkwürdig«, bestätigte ich.

»Aber ich glaube, ich weiß, wo Jesus ist. Ich vermute nämlich, dass er meinem Rat gefolgt ist.« Er zögerte, ehe er weitersprach. »Du weißt nichts davon, nicht wahr? Nein. Er wollte nicht, dass es jemand erfährt.«

Er blickte nach rechts und nach links, um sich zu vergewissern, dass auch ja niemand zuhörte. Dann beugte er sich vor und legte mir eine Hand aufs Knie. »Ich habe ihm geraten, ans Tote Meer zu gehen. Nach Qumran.«

Ich war überrascht, ja schockiert. Nach Qumran hatte sich eine Sekte zurückgezogen, die als die Essener bekannt war. Ich wusste nicht viel über sie, nur dass es sich um einen Männerorden handelte, der gegen die Tempelpriester rebellierte. Er galt als unzugänglich, mystisch und der Geheimhaltung verpflichtet. Mein Vater bezeichnete die Mitglieder als Fanatiker.

»Ich dachte, dort könnte er – sofern die Bruderschaft ihn als Gast duldet – mehr lernen, als ich oder jeder andere Lehrer ihm beibringen kann. Aber es ist natürlich nicht ohne Risiko.«

Das Problem sei, dass die Bruderschaft früher oder später von ihm verlangen werde, ihrem Orden beizutreten. Davor habe er, Andreas, Angst, denn wer diesen Schritt einmal vollzöge, könne ihn nie wieder rückgängig machen. Es sei eine Entscheidung fürs Leben.

»Und das wäre eine schreckliche Verschwendung«, sagte Andreas.

Er habe Jesus vor den strengen Regeln gewarnt, die dort galten, aber es seien hochgelehrte Leute, die seinen scharfen Verstand gewiss zu schätzen wüssten. Jesus solle ihnen einfach sagen, er sei sich noch nicht sicher, ob er zum Ordensmann berufen sei.

»Halte sie hin«, habe er ihm gesagt. »Halte sie hin, und lerne derweil, so viel du kannst. Mit etwas Raffinesse wirst du es schon schaffen.«

Ich sagte, das sei ein guter Rat gewesen.

»Das hoffe ich, Judas. Aber es ist auch ein Glücksspiel. Jeden Monat, der ohne eine Nachricht von ihm vergeht, frage ich mich, ob wir ihn je wiedersehen werden.«

Er fragte nach meinen Gedichten und drängte mich, ihm einige vorzutragen. Ich rezitierte zwei oder drei, die ich erst kürzlich geschrieben hatte, und er lobte sie, was ich gehofft und gebraucht hatte. Aber er sagte noch mehr beziehungsweise stellte mir eine Frage: »Bist du verliebt, Judas?«

»Verliebt? Nein.« Ich wusste nicht, was er meinte. »Nicht dass ich wüsste.«

Er nickte wissend, sagte aber nichts mehr.

Als er mich zur Tür brachte, fragte er in leicht angesäuertem Ton: »Und wie ist dein neuer Tutor, mein Junge? Führt er dich in geistige Höhen?«

»Frag lieber nicht«, sagte ich. »Wenn man den besten Lehrer hatte, den es gibt, kann jeder Nachfolger nur eine Enttäuschung sein.«

»Das meinst du doch nicht im Ernst?« Andreas legte mir eine Hand auf die Schulter.

»Doch«, sagte ich, und ich glaube, er spürte, dass ich es auch so meinte.

»Mein lieber Junge! Man sollte niemals auf Schmeicheleien hereinfallen, aber ich glaube dir.« Er umarmte mich zum Abschied, und eine Träne fiel auf meine Wange, als er mich küsste.

Es stimmte wirklich, mein Vater hatte bei der Wahl meines neuen Tutors keine glückliche Hand bewiesen. Er hieß Baruch, und entweder war sein Ruf als großer Gelehrter völlig unbegründet, oder Baruch hatte seine beste Zeit hinter sich. Als ich ihn kennenlernte, war er jedenfalls kaum Mittelmaß. Er kannte sich weniger gut mit den Heiligen Schriften aus, war weniger mit Philosophie und Geschichte vertraut als Andreas. Mit der Zeit bekam ich den Eindruck, dass er womöglich weniger wusste als ich. Ich kannte mehr Texte auswendig als er und konnte korrekter zitieren. Sein Griechisch war voller grammatikalischer Fehler, und selbst Hebräisch sprach er nicht besonders gut. Er war nicht gewitzt, dafür zeichneten sich seine Unterrichtsstunden durch übertriebene Pedanterie aus. Ein Thema, das er immer wieder behandelte, waren »Erkennungsmerkmale des neuen Messias«. Dieser Messias, sollte er denn eines Tages kommen, würde eine Reihe strenger Prüfungen zu bestehen haben, ehe mein Tutor bereit wäre, ihm Echtheit zu bescheinigen.

Ich war froh, dass Jesus nicht von ihm unterrichtet wurde. Er wäre nicht nur ungeduldig geworden, sondern hätte sich wahrscheinlich so sehr über den Mann aufgeregt, dass die Absprachen, die ich mit ihm traf, nicht funktioniert hätten.

Ich übte mich nämlich in Diplomatie. Ich tat so, als sei ich ein eifriger Schüler und Baruch ein guter Lehrer. Schon bald ließ er mir freie Hand – ganz den Wünschen eines jungen Mannes in meinem Alter entsprechend. Trotzdem machte seine Pedanterie mir das Leben schwer, vor allem am Sabbat, aber auch bei der Reinlichkeit und den Mahlzeiten. Für ihn war wichtig, dass alles in der richtigen Reihenfolge geschah, zur rechten Zeit und mit den immer gleichen Ritualen, ohne die geringste Abweichung.

Baruchs Frau, Ruth, bemutterte mich wie eine Glucke und mästete mich regelrecht, aber als Einzelkind war ich derlei gewohnt und wusste, wie ich die gute Frau auf Distanz halten konnte, ohne sie zu kränken. Ruth erzählte mir einmal, sie habe sieben

Kinder geboren. Fünf waren im Kindesalter gestorben, drei davon innerhalb einer einzigen Woche, als eine fürchterliche Plage ihre Wohngegend heimsuchte, weil ein Nachbar sich der unsäglichsten Gotteslästerung schuldig gemacht habe. Alle nachfolgenden Gebete und Opfergaben hätten nicht ausgereicht, um den beleidigten und auf Rache sinnenden Gott zu besänftigen. Ich verstand, dass der Tod der drei Kinder, die zu der Zeit ihre einzigen Nachkommen gewesen waren, ihr schreckliche Angst gemacht hatte. Danach hatte sie lange das Gefühl, ganz in der Nähe braue sich wieder ein vernichtender Sturm zusammen oder eine feindlich gesonnene Legion sei im Anmarsch. Auch wenn es keine handfesten Anzeichen für so ein Unglück gab, fühlte sie es doch herannahen, und das Einzige, was sie tun konnte, um nicht allzu hart davon getroffen zu werden, war, den Haushalt mit äußerster Sorgfalt zu führen, schwer zu arbeiten und viel zu beten.

Ihre nachgeborenen Kinder, beides Jungen, waren inzwischen zu jungen Männern herangewachsen und wohnten in Jerusalem. Als ich fragte, was sie dort taten, sagte sie, sie seien im Tempel beschäftigt und hätten dafür zu sorgen, dass die Lampen immer genug Brennstoff hatten, dass die Fußböden im Obergeschoss geschrubbt und stets sieben Sorten Weihrauch vorrätig und angezündet waren. »Sie sagen, der Duft ist so stark und süß«, sagte sie, »dass sogar die Ziegen auf dem Ölberg davon niesen müssen.«

Ich war mir nicht sicher, ob das ein Witz sein sollte, fragte aber lieber nicht nach. Sie war sehr stolz auf ihre Söhne. Jetzt verrichteten sie zwar noch niedere Arbeiten, aber eines Tages würden sie Rabbis sein, dessen war sie sich gewiss. Außerdem könnten beide ganz wunderbar singen.

Ich war nun ihr Ersatzsohn. »Deine arme Mutter würde es mir niemals verzeihen, wenn du in unserem Hause krank würdest«, sagte sie und nötigte mir Mahlzeiten auf, die sie extra für mich zubereitete – Eintöpfe aus Linsen und Bohnen, Lammbraten mit frischen Kräutern, Fischsuppen, Salate und Brot aus Mais und Gerste, das sie im eigenen Ofen buk. »Damit du groß und stark wirst«, sagte sie. »Du bist viel zu dünn, Judas. Wenn mal was ist, hast du nichts zuzusetzen.«

Dieses Manko hatten sie und Baruch nicht. Obwohl sie bescheidene Esser zu sein schienen, waren sie von stattlicher Statur. Ich dagegen verschlang Unmengen und blieb dünn.

Ich vermutete, dass mein Vater ihnen sowohl für Kost und Logis als auch für meinen Unterricht beträchtliche Summen zahlte, denn Baruch beklagte sich niemals über die Sonderportionen, die ich bekam, während er sonst ein Knauser war und alles seinen gewohnten Gang gehen musste. Was ihn jedoch zunehmend zu stören schien, war die Tatsache, dass er mir so gut wie nichts Neues beibringen konnte und mein Vater, wenn er davon erführe, mich zu einem anderen Tutor schicken würde. Er würde dann seiner schönen Einnahmen beraubt sein.

Was mein Vater bezweckte und von mir erwartete, wurde nie ausgesprochen. Ich nehme an, ihm ging es immer noch darum, mir die Anerkennung seiner priesterlichen Familie zu verschaffen. Doch solange er nichts sagte, machte ich einfach nach eigenem Gutdünken weiter und kümmerte mich nicht um seine Ansprüche.

In dieser Zeit gewann ich Thaddäus' Schwester Judith lieb. Sie sah ihrem Bruder zwar ähnlich, aber in meinen Augen unterschied die beiden, dass sein gutes Aussehen lediglich von Gesundheit, ausgewogener Ernährung und einem soliden Stammbaum zeugte, während sie darüber hinaus eine ganz außerordentliche Anmut besaß.

Judith sah wie eine ägyptische Königin aus, eine junge Kleopatra, sie hatte ebenmäßige Gesichtszüge, große dunkle Augen, einen aufrechten Gang und sprach mit einer sanften, eher tiefen Stimme. Wenn ich mit ihr sprach, hörte sie aufmerksam zu und neigte den Kopf, als lausche sie auf Untertöne, eine verborgene Botschaft, die bedeutender war als die Worte, die ich sprach. Es lag viel Liebreiz in dieser Geste, selbst wenn es vielleicht nur so aussah, als hielte sie für besonders wichtig, was ich sagte. Ihre Augen leuchteten. Sie hatte volle Lippen, und ihr Lächeln war warm und großzügig. Wenn sie sprach, schlich sich manchmal ein heller Ton, ein Kiekser, in ihre sonst tiefe Stimme, und dann schien es, als sei sie dem Lachen nahe.

Lange war mir nicht bewusst, was mit mir geschah, fast zwei Jahre lang. Sie war die Schwester eines Freundes. Doch mit der Zeit wurde mir ihre Freundschaft wichtiger als die von Thaddäus. Wenn wir zusammen waren, unterhielten wir uns miteinander, sonst nichts. Aber wir unterhielten uns oft und lange. Wenn ich nicht bei ihr war, dachte ich an sie. Alles, was ich tat, und das meiste, was ich dachte, musste ich ihr unbedingt mitteilen, wie es mir schien.

Nach einer gewissen Zeit begann ich sie zu unterrichten, heimlich, denn wir wussten nicht, ob derlei erlaubt war. Sie hatte keinen offiziellen Unterricht erhalten, aber sie hatte viel von ihren Brüdern aufgeschnappt. Ich brachte ihr Hebräisch bei, indem ich ihr abgeschriebene Sprüche zu lesen gab, die sie dann auswendig lernte. Da sie den Haushalt führte, Schlüsselgewalt hatte und das Geld verwaltete, konnte sie es so einrichten, dass wir stundenlang ungestört waren.

Als ich später auf diese Zeit zurückblickte, war mehr als offensichtlich, dass ich mich längst in sie verliebt hatte, und ich fragte mich, warum es mir damals nicht klar war. Ich dachte nicht nur ständig an sie und wollte bei ihr sein, bald kamen noch deutlichere Symptome hinzu. Ich wurde unruhig, konnte schlecht schlafen, hatte unzüchtige Träume, spürte übersteigerte Momente und gleich darauf Weltuntergangsstimmung. Aber mir fehlte das entscheidende Wort für meine Zustände. Anders als Menschen, die mit der griechischen Kultur aufwachsen, die ich seither pflege und die so reich an Geschichten über die Liebe zwischen Mann und Frau ist, Mann und Muse, Mensch und Halbgott, kannte ich solche Geschichten nicht und war auf diesem Auge blind. Geschichten aus meiner Kultur, bei denen es um Liebe ging, bezogen sich auf das Verhältnis von Mensch und Gott. Man sollte den Herrn lieben und so leben, dass Er einen ebenfalls liebte. Zumindest in der mir bekannten hebräischen Literatur tauchte der Begriff »Liebe« ausschließlich in diesem Zusammenhang auf. Mit Frauen zeugte man Kinder, und man nahm die Mahlzeiten ein, die sie einem zubereiteten. Heute denke ich, dass Andreas' Unterricht in diesem Punkt zu kurz gegriffen hatte.

Wahrscheinlich war in den Theaterstücken, die ich in Tiberias gesehen hatte, mehr als genug enthalten, das mich etwas über die Natur und den Wahnsinn der Liebe hätte lehren können. Doch sosehr diese Stücke mich auch berührt hatten, war es mir nie in den Sinn gekommen, sie auf mein eigenes Leben zu beziehen. Vielleicht hätte ich sie eher auch auf mich bezogen, wären sie in meiner Muttersprache dargeboten worden.

Judith wusste, dass ich mich in sie verliebt hatte, Frauen sind so. Sie wusste auch, wie sie mir später anvertraute, dass sie in mich verliebt war, doch sie war bereit zu warten, bis mir endlich ein Licht aufginge – und sollte es ewig dauern.

Ich brauchte lange, aber nicht ewig. Es fiel mir wie Schuppen von den Augen, als wir zusammen das Hohelied lasen. Ich weiß gar nicht, warum wir es lasen, aber es hatte durchschlagende Wirkung, einem Erdrutsch nicht unähnlich. Was mich am meisten beeindruckte, als wir uns den Text erarbeiteten, war die Tatsache, dass hier mit der Stimme einer Frau gesprochen wurde. Derlei war mir in den Heiligen Schriften noch nie zuvor begegnet. Auch ein Mann kam im Hohelied zu Wort, aber nur indirekt, wenn die Frau ihn zitierte. Beide drückten ihre Liebe mit einer unvergleichlich kraftvollen Sprache aus, ganz unverhohlen, ohne Scham oder Schüchternheit. Es war die Sprache einer Liebe, die mit Gott nichts zu tun hatte.

»Der Geliebte spricht zu mir: ›Steh auf, meine Freundin, so komm doch! Denn vorbei ist der Winter, verrauscht der Regen. Auf der Flur erscheinen die Blumen; die Zeit zum Singen ist da. Die Stimme der Turteltaube ist zu hören in unserem Land. Am Feigenbaum reifen die ersten Früchte; die blühenden Reben duften. Steh auf, meine Freundin, so komm doch!‹«

Wir lernten ganze Passagen auswendig und fanden oder erfanden Gründe, um sie zu zitieren oder, falls uns das besser gelegen kam, falsch zu zitieren.

»Mit Küssen ihres Mundes bedecke sie mich. Süßer als Wein ist ihre Liebe.«

»Ich suchte ihn und fand ihn nicht. Ich durchstreifte nachts die Stadt, die Gassen und Plätze. Da fanden mich die Wächter, und ich fragte sie: ›Habt ihr ihn gesehen, den meine Seele liebt?‹«

»Oh meine Taube, an jenem geheimen Ort, auf den Stufen zu den oberen Räumen, zeig mir dein Gesicht, lass mich deine Stimme hören, lass mich deinen Mund küssen.«

Wir gingen planvoll vor. Wenn wir vorgaben, an unterschiedlichen Orten etwas besorgen zu müssen, gewannen wir wertvolle Stunden, manchmal halbe Tage, um ungestört allein zu sein, weit entfernt von Haus, Familie und Freunden. Einmal vesperten wir im Freien, und dieses Mal passten die Zeilen in unseren Köpfen besonders gut zu Ort und Zeit. Sie sagten uns, was zu tun war.

»Schön bist du, mein Geliebter, verlockend. Und sieh: Frisches Grün ist unser Lager, Zedern sind die Balken unseres Hauses, Zypressen die Wände.«

Nach diesem Tag gab es kein Zurück mehr.

Moosweich unser Bett
und über uns
Zedern, wo

Quellwasser über
Steine rinnt. Junge
Liebe gedeiht nicht

im Trott des
Alltäglichen. Ich
springe sicher über den Fels,

ein junger Hirsch,
und sie: die
Rose von Scharon,

Lilie unter Disteln.
Sie ist und bleibt –
wie ein schillerndes

Insekt – aufbewahrt
von einem alten
Mann, dem Poeten

Idas von Sidon,
der lächelt
und schweigt.

Kapitel 8

Mein Vater schickte mir eine Nachricht, ich solle zu ihm nach Tiberias kommen. Ich erschrak und fürchtete, man habe unsere Liebe entdeckt, aber dann stellte sich heraus, dass ich ihn nur nach Jerusalem begleiten sollte, wo er einen wichtigen Mann aufsuchen wollte, einen Rabbi, der mit meinem Onkel, dem Priester, befreundet war. Eine weitere Erklärung erhielt ich nicht, aber ich glaubte zu wissen, dass es um meine Zukunft ging, und das beunruhigte mich. Immerhin würde ich bei dem Zusammentreffen Gelegenheit haben, ihm zu sagen, dass ich Judith liebte und dass wir heiraten wollten.

Der Mann, den wir besuchen wollten, wohnte außerhalb der Stadt, und für den Weg hin und zurück brauchten wir fast einen ganzen Tag, aber es gab keinen einzigen Moment, in dem ich mich in der Lage sah, diese ebenso wichtige wie heikle Angelegenheit anzusprechen. Der Rabbi empfing uns mit einem Mahl, bei dem auch seine Frau und Tochter zugegen waren, dann kehrten wir noch am Abend nach Tiberias zurück. Nichts Wichtiges wurde bei dem Besuch besprochen. Das Gespräch war nicht recht in Gang gekommen; wir hatten diese Leute zum ersten Mal getroffen und nicht viel mit ihnen gemeinsam.

Der Rabbi atmete laut, hatte feiste, feuchte Wangen und erkundigte sich nach meinen Studien. Als ich ihm antwortete, brach ich meinen Vorsatz, nicht »anzugeben«. Doch statt es geschmacklos zu finden, wie ich mit meinen Sprachkenntnissen prahlte, schienen der Rabbi und mehr noch mein Vater hochzufrieden zu sein. Die Frau machte beständig den Eindruck, als quäle sie der Gedanke, etwas vergessen zu haben – den Namen meines Vaters oder den Grund unseres Besuchs – und jeden Moment ertappt zu werden. Die Tochter, eine hübsche junge Frau, die etwas abseits saß und sich Luft zufächelte, schien ein freundliches Wesen zu besitzen, was aber nichts daran änderte, dass ihr momentan schrecklich langweilig war und sie lieber woanders gewesen wäre.

Als wir in Tiberias zurück waren, ließ mein Vater einen Diener eine Kleinigkeit zu essen und einen Krug Wein bringen. Wir setzten uns, und dann fragte er, wie mir die junge Frau gefallen habe. Erschrocken sagte ich, ich hätte nicht genug von ihr gesehen oder gehört, um sagen zu können, ob sie mir gefalle oder nicht.

Er fragte, ob ich sie denn nicht anziehend gefunden hätte.

Ich erwiderte, sie habe gesund und nett ausgesehen, aber kaum etwas gesagt.

»Eine Ehefrau, die nicht viel sagt, ist ein wahrer Segen«, sagte er.

Ich starrte ihn wütend und herausfordernd an. Er brach das Brot und mied meinen Blick. »Ihr werdet heiraten«, sagte er ausdruckslos. »Es ist bereits alles arrangiert. Ich habe ihren Stammbaum erkundet. Seit sechs Generationen entstammen ihrer Familie Tempelpriester.«

Ich sagte nichts, und er fuhr fort: »Diese Ehe verschafft dir große Vorteile, vor allem in Jerusalem. Ganz zu schweigen von euren Kindern.«

Ich sagte: »Vater, du weißt, dass du mich nicht dazu zwingen kannst.«

Erst jetzt sah er mich an. »Doch, ich glaube, das kann ich.«

»Dann herrscht Krieg zwischen uns.«

Er lächelte müde und schenkte uns Wein ein. »Danke für die Warnung.«

Ich beschloss, mich nicht auf ein Streitgespräch einzulassen. Eine Szene hätte mir nichts gebracht. Im Nachhinein war ich froh, dass ich nichts von Judith gesagt hatte. Die bloße Andeutung einer Freundschaft zwischen uns hätte ihn veranlasst, dafür zu sorgen, dass wir uns nie wiedersahen.

Ich ging zu Bett, ohne ihm gute Nacht zu sagen, und war entschlossen, einen Weg zu finden, um diese Eheschließung zu verhindern. »Möge mein Vater von Banditen angegriffen werden«, sagte ich am Ende meines Gebets, und aus Furcht vor Strafe fügte ich hinzu: »Und möge er ihnen unverletzt, aber geläutert entkommen.«

Es gab eine Möglichkeit, die ich nutzen konnte. Mein Vater hatte schon länger davon gesprochen, dass er einmal eine seiner Karawanen begleiten wolle. Er sagte, er müsse es bald tun, ehe er zu alt sei für die Strapazen der Berge und der Wüste. Bestimmte Aspekte seines Geschäfts konnte er nur beurteilen, wenn er sie aus erster Hand erfuhr – was für Leute es waren, mit denen er in der Ferne Handel trieb, ob seine Unterhändler die wahren Preise nannten und ihm einen fairen Anteil gaben, welchen Risiken Waren unterlagen, die man so weit durchs Land transportierte, und ob es andere Produkte aus unserer Region gab, die als Handelswaren interessant waren.

Eine anstehende Karawane nach Damaskus sollte ihm Aufschluss über diese Fragen geben. Er sprach aber davon, noch weiter zu reisen, nach Galatien und vielleicht sogar darüber hinaus, nämlich über die Ägäis nach Athen. Er behauptete, es gehe ihm einzig und allein ums Geschäft, aber ich merkte, dass da noch andere Wünsche eine Rolle spielten: Er suchte die Gefahr, das Abenteuer, das Unbekannte. Zuvor hatte ich sein Vorhaben immer unterstützt, weil ich dachte, dass er noch im rechten Alter dafür war. Nun unterstützte ich es, um ihn für möglichst lange Zeit loszuwerden.

Alles war bereits arrangiert. Er entschuldigte sich dafür, dass er mich mit diesem Heiratsansinnen so plötzlich überfallen habe. Die »Verfügbarkeit«, so drückte er es aus, einer so wünschenswerten jungen Frau sei ihm ganz unerwartet zur Kenntnis gebracht worden, und er habe die Sache noch vor seiner Abreise spruchreif machen wollen. Da das nunmehr geschehen sei, habe alles Weitere Zeit. Während er auf Reisen sei, solle ich meine Ausbildung bei Baruch zum Abschluss bringen und mich auf das Leben als Ehemann vorbereiten. Nach seiner Rückkehr solle der Onkel in Jerusalem informiert werden, und dann könne die Hochzeit stattfinden.

»Besuche sie von Zeit zu Zeit«, riet er mir. »Mach dir klar, dass sie zukünftig dein Bett teilen wird. Du bist jung und gesund, genau wie sie. Gewiss hast du gegen diese Vorstellung nichts einzuwenden.«

Ich widersprach nicht und benahm mich, wie ich es wahrscheinlich getan hätte, hätte ich Judith nicht gekannt: zögerlich –, spontane Begeisterungsstürme hätten nur seinen Argwohn geweckt –, aber willig, da ich kein Recht und keinen Grund hatte, mich zu widersetzen.

Die Reisevorbereitungen nahmen die ganze Aufmerksamkeit meines Vaters in Anspruch, und vorerst dachte er nicht weiter über meine Zukunft nach. Die Karawane setzte sich zur geplanten Zeit in Bewegung, und ich nahm von meinem Vater Abschied. Trotz allem hatte ich ihn gern, und nie zuvor hatte ich ihn so voller Vorfreude, so jung und agil gesehen. Sein Enthusiasmus bezog sogar mich mit ein.

»Lerne fleißig«, sagte er. »Und was die Hochzeit angeht, mein lieber Judas, so wirst du dich gewiss bald an den Gedanken gewöhnen.« Er küsste mich auf beide Wangen. »Wenn es so weit ist, wirst du es bestimmt nicht bereuen.«

In den folgenden Wochen und Monaten habe ich viele Lügen und Halbwahrheiten von mir gegeben. Es traf sich gut, dass meine Eltern sich mittlerweile noch stärker auseinandergelebt hatten und einander kaum noch sahen. Ich erzählte meiner Mutter, mein Vater habe nichts gegen meine Eheschließung – was ja stimmte, nur dass er dabei nicht an Judith dachte. Judiths Familie erzählte ich, mein Vater habe unmittelbar vor seiner Abreise von unseren Heiratsplänen erfahren, uns seinen Segen erteilt und gesagt, wie sehr er bedaure, bei der Hochzeit nicht anwesend sein zu können. Es sei sein Wunsch, dass Andreas, der Thaddäus und mich unterrichtet hatte, ihn als väterlichen Begleiter vertreten solle. Meine Mutter werde natürlich dabei sein. Ich suchte sogar noch einmal den Rabbi auf und sagte ihm, mein Vater habe voreilig gehandelt, ich sei nicht bereit zu heiraten, sondern wolle zölibatär leben, nur meinen Studien und meiner spirituellen Reifung verpflichtet; ich dächte daran, mich den Essenern anzuschließen. Letzteres erschreckte ihn so sehr, dass ich mich schnell wieder verabschiedete. Ich hatte es also geschafft, mich vor seiner Tochter in Sicherheit zu bringen – und sie vor mir.

Nur Judith und Andreas sagte ich die Wahrheit. Judith war

das Ganze ein wenig unheimlich, aber unsere Liebe gab uns die Kraft, an unserem Plan festzuhalten. Wir sprachen alles gut ab, damit wir den gleichen Leuten die gleichen Lügen erzählten. Andreas konspirierte fleißig mit, obwohl sich Skepsis und Eifer, Furcht und Enthusiasmus bei ihm die Waage hielten. Ich war mir nicht sicher, ob es richtig war, ihn einzubeziehen, aber als der Tag dann kam, spielte er seine Rolle mit der Gelassenheit eines geübten Schauspielers.

*

Gestern haben Theseus und ich uns auf dem Marktplatz eine Predigt von Ptolemäus, dem blinden Evangelisten, angehört. Er stand neben der Viehtränke und hielt sich mit einer Hand an der Schulter von Reuben, seinem jungen Helfer, fest, der ihn überall herumführt, ihm Essen macht, ihn wäscht und ankleidet. Ptolemäus sprach von den Wundern, die Jesus vollbracht habe und die bewiesen, dass er der Messias sei, den die Heiligen Schriften angekündigt hatten. Das größte Wunder aber, das »Wunder aller Wunder«, sei seine Auferstehung nach der Kreuzigung gewesen.

»Als der Stein von seinem Grab gewälzt wurde«, sagte Ptolemäus, »wurde ein Stein von der Welt gewälzt, von der Seele der Menschen. Als dann am dritten Tag der Sohn Gottes aus der kühlen Gruft stieg, war es jedem von uns gegeben, mit ihm zu gehen, hinauszutreten ins helle Licht des ewigen Lebens. Ich habe so lange gelebt, dass mir die Augen versagen, doch nun, im hohen Alter, sehe ich über die Grenzen unserer engen Welt hinaus und durchdringe das Dunkel, das mich umgibt. Ich sehe über die Dunkelheit des Grabes hinaus. Ich sehe den Glanz des Paradieses, eine leuchtende Stadt, die mich am Ende meines langen Weges erwartet. Das sehe ich, weil ich glaube. Und ich glaube es, weil ich es sehe. Wir brauchen nur zu glauben, meine Freunde, um uns vom Schrecken des Todes, von unserer Endlichkeit zu befreien.«

Ich spürte, wie die Menge auf diesen eindrucksvollen Appell reagierte. Nur zu gut kannte ich die Rhetorik, die dahintersteckt, und die Gefühle, die sie auslöst. In meinen jungen Jahren hatte ich derlei oft erlebt. Ich wusste, dass die Abwesenheit von Gründen oder Beweisen keine Rolle spielte, wenn es darum ging, an ein Leben nach dem Tode zu glauben. Das Gleiche gilt für die Bereitschaft, an die Wunder zu glauben, von denen der Evangelist berichtete, denn sie bilden die Grundlage für den Auferstehungsglauben. Die Leute, die sich hier auf dem Marktplatz versammelt hatten, waren zumeist arm, hungrig und unglücklich. Sie wollten glauben, und dieser Wille war bei vielen so stark, dass sie es tatsächlich taten.

Doch Ptolemäus war noch nicht fertig. »Ich spreche von Wundern«, fuhr er fort, »die in einem letzten, dem größten von allen gipfeln, der Auferstehung. Doch wie hat es angefangen? Welches war das erste Wunder? Ich will es euch sagen. Ich will euch von einem erstaunlichen Ereignis berichten, das das Ganze ins Rollen brachte, sozusagen in Richtung Ewigkeit.

In Galiläa fand eine Hochzeit statt. Jesu Mutter, Maria, und Marias Mann, Josef, waren unter den Gästen. Jesus selbst stieß erst später dazu, und ich bin mir nicht einmal sicher, ob er überhaupt eingeladen war …«

Ptolemäus erzählte seine Geschichte nach allen Regeln der Kunst. Wie Maria bemerkte, dass der Wein zur Neige ging, wie Jesus sie zurechtwies, als sie die Fassung verlor und jammerte, das ganze Fest sei nun ruiniert, wie er die Sache dann selbst in die Hand nahm und der Dienerschaft befahl, die Krüge mit frischem Wasser zu füllen und den Gästen davon nachzuschenken.

»Maria hatte recht«, sagte Ptolemäus. »Das Fest wäre ruiniert gewesen, die Gäste enttäuscht und die Eltern von Braut und Bräutigam beschämt. Was aber wurde aus dem Wasser, das sich nun in den Weinkrügen befand? Wein, meine Freunde. *Wein!* Aus bester Lage. Das Fest war ein großer Erfolg, die Gäste bekamen nicht einmal mit, dass es überhaupt ein Problem gegeben hatte.

Warum, frage ich euch, hat Jesus seine geheimen, heiligen Kräfte gerade in diesem Moment genutzt? Die Antwort liegt auf der Hand: Dem Herrn ist das Band zwischen Mann und Frau heilig, Er wollte dieser Ehe seinen Segen schenken – und nicht nur dieser, sondern jeder Ehe, bis in alle Ewigkeit.

Es gibt aber noch eine zweite, eine wichtigere Antwort. Es war das erste Wunder, das Jesus vollbrachte, und genau wie sein letztes hatte es eine besondere Bedeutung. Dieses Wunder, meine Freunde, vollbringt er für jeden von euch, egal wie schwer euch das Herz sein mag, egal welche Sünde euer Gewissen drückt. Er verwandelt das Wasser eures Lebens in Wein. Und was verlangt er dafür? Nur dass ihr eure Sünden bereut und glaubt, dass er für euch am Kreuz gestorben ist. Glaubt und lasst das Wasser eurer sterblichen Tage zu Wein werden, der ewig fließt.«

Ptolemäus endete mit einem Gebet, das er laut und deutlich sprach – eine Version des Kaddisch, das Jesus uns zum Abschied beigebracht hatte. Als die Menge sich zerstreute, nahm Reuben die bescheidenen Gaben entgegen, die der eine oder andere für den Prediger bereitgehalten hatte, während Ptolemäus neben einem Maultier im Staub kniete und schlürfend aus dem Wassertrog trank, leise betete und die Sohlen seiner zerschlissenen Sandalen gen Himmel richtete, genau wie seine blinden Augen.

Es war, wie ich gegenüber Theseus einräumen musste, ein rührender Anblick.

Ptolemäus ist Gast in meinem Haus, und ich bringe es nicht übers Herz, ihn wegzuschicken. Ich will es auch gar nicht. Als er zum Abendessen nach Hause kam, erzählte ich ihm, dass Theseus und ich seine Predigt gehört hatten. Er erwiderte, Reuben habe es ihm schon gesagt, und er fühle sich geehrt, dass wir ihm unsere kostbare Zeit gewidmet hätten.

»Tu nicht so bescheiden«, sagte ich. »In Wirklichkeit hältst du deine Botschaft für so wichtig, dass jedermann ihr seine kostbare Zeit widmen sollte.«

Er lächelte. »Ja, natürlich. Trotzdem danke fürs Zuhören.«

»Es war …«, begann ich, unterbrach mich aber gleich wieder. Ich wollte ehrlich mit ihm sein. »Ich gratuliere dir zu deiner Wortgewalt.«

Ernst beugte er den Kopf. »Es ist nicht meine Wortgewalt, sondern die des Herrn«, sagte er, und ich hatte den Eindruck, dass seine Bescheidenheit – genau wie mein Kompliment – nicht gänzlich falsch war.

Als er sich an den Tisch setzte, um die Mahlzeit einzunehmen, die Elektra ihm zubereitet hatte, fragte ich nach der Hochzeit, bei der sich das Wunder zugetragen hatte: War er dabei gewesen? Hatte er es selbst gesehen? Hatte er von dem Wein getrunken?

Nein, sagte er. Das sei vor seiner Zeit als Jesusanhänger gewesen, aber er habe oft davon reden hören. Der Jünger Johannes, dessen Bruder Jakobus und ihr Vater Zebedäus hätten den Fisch für das Hochzeitsmahl geliefert, und aus diesem Grunde seien sie zufällig noch anwesend gewesen, als es geschah, allerdings irgendwo im Hintergrund, wo die Dienstboten sich aufhielten.

»Interessant«, sagte ich. »Was weißt du noch darüber?«

Er sagte, er habe dem, was er auf dem Marktplatz berichtet hatte, wenig hinzuzufügen, aber er schilderte mir noch einmal das Fest, so wie es ihm von den damals Anwesenden berichtet worden war – die ländliche Umgebung, die Gäste, die im Schatten eines weinumrankten Spaliers zu beiden Seiten einer langen Tafel saßen, Braut und Bräutigam in der Mitte, eingerahmt von der Mutter des Bräutigams auf der einen und dem Vater der Braut auf der anderen Seite. Er sagte, Maria und Josef seien Freunde des Bräutigams gewesen, aber niemand habe Jesus erwartet, der zu diesem Zeitpunkt schon lange nicht mehr in seinem Elternhaus in Nazareth wohnte. Er sei auch erst später dazugekommen, ganz in Weiß gekleidet, und habe alle mit seinem Erscheinen verblüfft.

»Dann bemerkte jemand, dass der Wein zur Neige ging«, fuhr Ptolemäus fort. »Er war erst an dem Morgen geliefert worden und trotzdem schon alle.«

Ich fragte, wie das passieren konnte, wer zu wenig davon bestellt habe.

Er schüttelte sein Haupt. »Wer weiß? Wie passiert so etwas? Fehler werden überall gemacht.«

»Eine Katastrophe.«

»Ja. Wenn Jesus nicht gekommen wäre.«

»Und die Familie konnte sich das Ganze nicht erklären?«

Der blinde Mann legte den Kopf schräg und runzelte die Stirn, als habe etwas in meiner Stimme ihm verraten, dass ich seine

Geschichte nicht wirklich glauben konnte und wollte. »Nein. Es war ein Wunder. Ein wahres Wunder. Und nur das erste von vielen.«

Ich fragte, warum ausgerechnet Jesu Mutter bemerkt habe, dass der Wein knapp wurde.

»Maria war eine Frau, der so schnell nichts entging.«

Das stimmte allerdings, und ich verzichtete auf die Frage, wie sie das von ihrem Platz an der langen Tafel aus sehen konnte. »Aber die Diener«, hakte ich nach. »Warum nahmen sie Befehle von einem Fremden an, von einem Gast, der, wie du sagst, weder eingeladen noch erwartet worden war?«

»Weil, mein guter Idas«, erwiderte Ptolemäus streng, »Jesus von Nazareth eine natürliche Autorität besaß und ihm niemand zu widersprechen wagte. Wenn er predigte, glaubten ihm die Menschen. Wenn er ihnen etwas befahl, gehorchten sie.«

Das war ein unmissverständlicher Tadel. Eine Weile saßen wir schweigend da. Ptolemäus strich mit der Hand über die Tischplatte und tastete nach einem Stück Brot und der Schale mit Humus, die meine Schwiegertochter aufgetischt hatte. Er rollte das Brot mit dem Humus zusammen und führte es zum Munde. Ich wollte nicht weiter in ihn dringen, aber eine Frage musste ich ihm noch stellen.

»Wie lautete der Name des Bräutigams?«

Ptolemäus schüttelte den Kopf. »Das weiß ich nicht genau.«

»Du sagtest, es sei ein Freund aus Jesu Kindheit gewesen.«

»Sagte ich das? Ja, vermutlich hast du recht.«

Ich sagte: »Ich habe diese Geschichte schon einmal gehört.«

»Es ist keine *Geschichte*, Idas!«

»Ich meinte: diese *wahre* Geschichte.«

»Du hast sie schon einmal gehört?«

»Von einem anderen Prediger. Du bist nicht der Erste, der Jesu Botschaft in diesen Teil der Welt trägt.«

Ptolemäus nickte. »Nicht der Erste und nicht der Letzte. So soll es sein, und Gott wird die Ohren der Zuhörer öffnen.«

»Dieser andere Prediger ... Es muss einige Jahre her sein, dass er hier durchzog. Wie du war er ein beredter Mann und machte seine Sache gut. Er glaubte sich zu erinnern, dass der Name des Bräutigams Judas war.«

Plötzlich blickte Ptolemäus nicht mehr so ablehnend drein und wurde wieder zugänglicher. »Ein recht häufiger Name, aber ich glaube nicht, dass sein Name Judas war.«

»Vielleicht der Judas, der später sein Jünger wurde?«

Ptolemäus schüttelte den Kopf. »Das ist kaum möglich. Jener Judas, Judas Iskariot, hat Jesus verraten.«

»Und deswegen ist es nicht möglich?«

Einen Moment lang dachte er nach. Dann sagte er: »Das möchte ich meinen. Ich glaube, Jesus wusste von Anfang an, wer ihn dereinst verraten würde.«

Im Schlafe, fern
der Heimat am Brunnen
unter Dattelpalmen,

nachdem ein
störrisches Kamel ihm
in die Hand gebissen,

träumte mein Vater
von einem jungen Mann
in weißem Gewand.

Ungebeten kam er
zur Hochzeit am
Ufer des Sees. So

erzählte er's mir
lang danach. Und wie
er im Mondlicht erwachte

und Gott in der
stillen Wüste
bat, Er möge

ihm keine Träume
senden, deren
Deutung sich verschließe.

Kapitel 9

Jesus kam zu unserer Hochzeit und hinterließ einen bleibenden Eindruck, obwohl er nur mit wenigen sprach, ehe er sich gleich wieder verabschiedete. Er erzählte Andreas und mir nicht viel von den Essenern – nur dass sie ihm erlaubten, in einer Höhle nahe ihrer Gemeinschaft zu wohnen, dass er viele Stunden am Tag in ihren Gärten arbeite, dass er Schriften in ihrem Skriptorium kopiere, den Brüdern zweimal am Tag vorlese, wenn sie morgens in der Frühe und spät am Abend beim Essen saßen, und dass er essen dürfe, wenn sie ihr Mahl beendet hätten.

»Reste«, vermutete Andreas.

»Aber von bester Qualität.«

»Eine Höhle …«

»Eine perfekte Höhle. Kühl in der größten Hitze, warm in den kalten Nächten. Und immer trocken.«

»Hast du ein Bett?«

Jesus lachte. »Jawohl, Herr Lehrer. Mein Schlafzeug liegt auf einer erhöhten Fläche des Höhlenbodens.«

»Pass auf, dass du gesund bleibst«, sagte Andreas und drückte seinen Arm. »Du bist furchtbar dünn.«

»Der Herr ist mein Hirte«, erwiderte Jesus.

Als Gegenleistung für seine Arbeit erteilten die Brüder ihm Unterricht, und für einige Stunden pro Tag gewährten sie ihm freien Zugang zu ihrer Bibliothek.

»Bewundern sie dich?«, fragte Andreas. »Wissen sie deine Fähigkeiten zu schätzen?«

Jesus nahm seine Hand. »Sie wissen *deine* Fähigkeiten zu schätzen, Andreas. Sie sagen, ich hätte eine exzellente Ausbildung genossen.«

Das hörte Andreas gern, aber er schüttelte den Kopf und hob eine Hand, als sei er nicht einverstanden. »Wie könnte jemand unseren Jesus nicht gut ausbilden? Deine Augen sind Lampen, deine Ohren Schwämme. Dir entgeht nichts. Du würdest auch von einem Stein lernen.«

Jesus sagte, früher oder später werde man ihn zu dem Ordensführer bringen, dem er mitzuteilen habe, ob er den Söhnen Zadoks, wie sie sich nannten, beitreten wolle. Falls er sich dagegen entscheide, müsse er von ihnen Abschied nehmen. Doch bis es so weit sei, führe er ein Leben, das von schwerer Arbeit geprägt, aber auch voller Überraschungen und Belohnungen sei.

»Was lernst du denn bei ihnen?«, fragte ich.

Er lächelte und sagte: »Wie wenig ich weiß.«

»Ist das nicht deprimierend?«

»Nein. Es ist notwendig. Es ist das Tor, das ich durchschreiten muss.«

»Zur Weisheit? Da hast du wohl recht.«

»Nein, zur Mystik.«

Ich war glücklich und verliebt, genoss unser wunderbares Hochzeitsmahl und den guten Wein und blickte hoffnungsvoll in die Zukunft. Für Mystik war da kein Platz. »Verschone mich damit«, sagte ich.

Er lachte und verstand. »Deine Zeit für Mystik kommt vielleicht noch«, sagte er. »Oder bist du so gesegnet, dass du sie nicht nötig hast? Fürs Erste bist du jedenfalls fein raus.« Er boxte mich freundschaftlich auf den Arm. »Ich aber auch. Auf Wiedersehen, ihr zwei.«

Andreas küsste ihn zum Abschied. »Mein lieber Junge! Kehre bald zu uns zurück!«

Jesus entfernte sich und winkte noch einmal. Dann merkte er, dass er etwas vergessen hatte, und kam wieder zurück, allerdings nicht zu uns, sondern zu Judith, die ganz in der Nähe stand. Er legte seine Hände auf ihre Arme und sah ihr ernst ins Gesicht. »Grüße deinen Bruder von mir. Und kümmere dich gut um meinen Freund hier. Er hat es verdient.«

Judith war ganz verdutzt und sagte, sie wolle sich Mühe geben. Als Jesus wieder gegangen war, rief sie ihm nach: »Viel Glück!« Dann kam sie zu mir und nahm meine Hand. Zu dritt sahen wir ihm nach, wie er den Hügel erklomm. Als er den Gipfel erreichte, warteten wir darauf, dass er sich noch einmal umdrehte und uns zuwinkte, aber er blieb nicht stehen und drehte sich auch nicht um, sondern verschwand auf der anderen Seite.

Danach habe ich ihn zwei Jahre lang nicht wiedergesehen.

In diesen zwei Jahren wohnten wir hauptsächlich im Haus meiner Mutter, solange mein Vater noch auf Reisen war. Von Antiochien aus war er durch Galatien nach Ephesus und Smyrna gezogen und schließlich, so wie er gehofft hatte, über die Ägäis nach Athen gesegelt. Doch trotz seiner Abwesenheit war er mir immer präsent, und ich lebte stets im Schatten der Gewissheit, dass ich mich früher oder später seinen Vorwürfen stellen musste. Als er dann jedoch zurückkehrte und von meiner Ehe erfuhr, weigerte er sich, mit mir zu sprechen oder Judith zu empfangen. Ich kann nicht sagen, dass wir es bedauerten, denn wir fürchteten seinen Zorn und seine herrische Art. Judith war zu der Zeit schwanger, und ich dachte, wenn das Kind erst geboren war, vor allem falls es ein Sohn sein sollte, werde er sich gewiss mit uns versöhnen, wenn vielleicht auch nur zögerlich.

Inzwischen hörten wir Neues von Jesus. Andreas überbrachte die Nachricht. Die Essener hatten Jesus einer spirituellen Prüfung unterzogen, bei der er vierzig Tage lang in der Wüste leben oder es wenigstens versuchen sollte. Dort durfte er sich nur von wildem Honig, Heuschrecken und dem Fleisch und Saft bestimmter Kakteen ernähren und aus trüben Wasserlöchern trinken, er sollte sich Tag und Nacht ins Gebet versenken. Er bestand die Prüfung über die vollen vierzig Tage, was als eine ungeheure Leistung galt. Zum Lohn bot man ihm die Mitgliedschaft im Orden an. Jesus sollte sich auf der Stelle entscheiden, so war es Brauch. Sofortiger Beitritt oder sofortiger Abschied.

In der Wüste habe Jesus, so berichtete er, jegliches Zeitgefühl verloren und einige Tage, er wusste nicht, wie viele, in einem ekstatischen Delirium verbracht – ein Zustand, in dem er glaubte, vom Teufel versucht zu werden. Aber er habe widerstanden. Daraufhin sei ihm Gott erschienen und habe zu ihm gesagt, er müsse den

Orden verlassen und stattdessen in die Welt hinausgehen und predigen. Seine Aufgabe bestehe darin, den Menschen nahezubringen, was er durch das Studium der Heiligen Schriften, durch Gebet und Kontemplation gelernt habe. Gott habe ihm keine Wahl gelassen, es sei ein Befehl gewesen. Er solle sich der Armen, Unterdrückten, Kranken und Unglücklichen annehmen und ihnen die frohe Botschaft bringen, dass Gott sie liebe, dass ihnen ein Platz an Seiner Seite gewiss sei und alle Unbill, die sie im Leben erleiden müssten, später im Himmel ins genaue Gegenteil gewendet würde.

Also hatte Jesus der Bruderschaft für den Unterricht gedankt und sich verabschiedet.

Die ersten Monate nach seinem Aufenthalt in Qumran verbrachte er dann in Galiläa, wo er von einem Ort zum anderen zog und voller Leidenschaft predigte. Seine Zuhörer waren einfache Leute – Fischer, Landarbeiter, Zimmerleute, Steinmetze, Hausfrauen. Kamel- und Maultiertreiber, die gerade durch die Orte zogen, in denen er predigte, unterbrachen ihre Reise, um ihm zuzuhören, und wenn sie weiterzogen, trugen sie die Kunde von diesem neuen, andersartigen Prediger mit und verbreiteten sie. Vier oder fünf Gefährten, hieß es, zögen mit ihm durchs Land, kehrten gelegentlich in ihre Heimatorte zurück, schlössen sich ihm dann aber immer wieder an. Manchmal eilten sie ihm auch voraus, kündigten sein Kommen an und besorgten ihm ein Quartier. Manchmal zogen sie selbst aus, um seine Botschaft zu verkünden. Zwei Brüderpaare, die schon bald als seine ersten Jünger gelten sollten, die Fischer Simon Petrus und Andreas sowie Johannes und Jakobus, wichen ihm nicht von der Seite, und es wurden immer mehr, die sich ihm anschließen wollten.

Das alles interessierte mich zwar, aber nicht an vorderster Stelle. Die Geburt unseres ersten Kindes stand bevor, und in die freudige Erregung mischte sich bald Sorge, denn je näher die Geburt rückte, desto schlechter ging es Judith. Ihre Beine waren geschwollen, und wenn sie vom Dorf in unser erhöht liegendes Haus zurückkehrte, fiel ihr das Atmen schwer. Meine Mutter versuchte mich zu beruhigen, aber auch ihr war die Sorge anzumerken, und als sich Judiths Zustand verschlechterte, war sie alarmiert. Als die

Wehen einsetzten, wurde ich in den Garten verbannt, und die Frauen übernahmen das Kommando – meine Mutter, eine Dienerin und eine Hebamme, dann eine zweite Hebamme, dann die Apothekersfrau, eine Nachbarin, eine Wahrsagerin …

Stunden vergingen. Schreie, Geflüster, eilige Schritte, das Geräusch von Wasser, das aus Eimern in Töpfe gegossen und in der Küche erhitzt wurde. Es wurde Nacht, und die Zeit schien stillzustehen, als könne der neue Tag, so wie das neue Leben, seinen Weg nicht finden. Als die Sonne dann endlich aufging, verbreitete sie ein merkwürdiges, ein unheimliches Licht. Alles wirkte darin schutzlos und zerbrechlich. Der Tag ging dahin, aus dem Schreien wurde Stöhnen und Schluchzen, dann keuchendes, ersticktes Atmen, schließlich Stille.

Es gab zwei unerträgliche Ereignisse in meinem Leben, und beide Male ging es um den Tod eines geliebten Menschen, verbunden mit entsetzlicher Hilflosigkeit und maßlosem Schmerz. Selbst heute, so viele Jahrzehnte später, bin ich nicht in der Lage, den Gedanken an einen dieser Tode zu ertragen. Judith, die ich über die Maßen geliebt hatte, war tot. Und mit ihr unser Kind. Ob Junge oder Mädchen, habe ich nie erfahren, er oder sie hatte das Licht der Welt gar nicht erblickt.

Ich war verzweifelt. Meine Mutter tat für mich, was sie konnte. Vielleicht habe ich ihr zu verdanken, dass ich mir nicht das Leben nahm, obwohl ich zurückblickend denke, dass meine Suizidgedanken nur einen hilflosen Wunsch nach Selbstbestrafung darstellten.

Nichts, was mein Vater sagen konnte, hätte helfen können, aber was er dann tatsächlich nach der Beerdigung sagte, machte alles noch schlimmer. Auf seine unverbindliche Art und ohne mich richtig anzusehen, sagte er, nun sei offenbar geworden, dass auf Judiths und meiner Verbindung nicht Gottes Segen ruhte.

»Du meinst, der Himmel steht auf deiner Seite?«, sagte ich. »Dann verfluche ich den Himmel, genau wie ich dich verfluche.«

Mein Vater war kein besonders religiöser Mann, aber er war zutiefst schockiert. Selbst ich – der rationale Skeptiker von heute – bin schockiert, wenn ich daran zurückdenke.

Kurz darauf kehrte Jesus nach Nazareth zurück. Er kam als Wanderprediger und nahm bei meiner Mutter und mir Quartier – warum nicht bei seiner eigenen Familie, darüber wurde nie gesprochen, aber die Kluft zwischen ihm und Maria, die mit seiner wachsenden Popularität noch größer werden sollte, war bereits offensichtlich.

Ich empfand seine Anwesenheit als tröstlich. Ich wusste ja nicht, wie wohltuend sein Mitleid sein konnte und wie erhebend es war, von ihm geliebt zu werden, bis jetzt war ich nicht der Empfänger solcher Zuwendungen gewesen. Jetzt aber saß er stundenlang bei mir und berührte mich leicht mit den Fingerspitzen, während ich von Judith erzählte und immer wieder von vorn anfing. Ich erzählte, wie ich sie in der dichtesten Menschenmenge nur an ihrem Hinterkopf oder – wenn sie mit den anderen Frauen des Dorfes am Brunnen war – von Ferne an ihrer Figur erkannt hatte. Ich erzählte von ihren Augen, ihrem Haar, ihrem Gang, ihrer Stimme. Wie die ganze Welt nur Judith gewesen war. Wie sie überall und nirgends gewesen war. Wie mein Herz hüpfte, wenn ich sie unerwartet erblickte, und wie untröstlich ich war, wenn ich mich getäuscht hatte. Und dass ich nicht wusste, wie ich ohne sie weiterleben sollte.

Jesus ging vollkommen auf meine Bedürfnisse und meinen Schmerz ein. Wären die Rollen andersherum verteilt gewesen, hätte ich gewiss ebenfalls mein Bestes gegeben, aber ich bin mir sicher, dass ich nicht das gleiche Maß an Geduld, Selbstlosigkeit und Einfühlungsvermögen aufgebracht hätte.

In der Zeit, als er bei uns wohnte, sollte er einmal eine Predigt in einem Haus halten, das erst kürzlich ausgebaut worden war und nun als Synagoge diente. Es war ein Sabbat, und der Rabbi rief ihn als Ersten zur Lesung auf. Der Text, den Jesus ausgewählt hatte, war von Jesaja. Er las ihn direkt von einer Schriftrolle ab, auf Hebräisch, dann übersetzte er ihn ins Aramäische, weil es die einzige Sprache war, die von den meisten Anwesenden verstanden wurde.

»Der Geist Gottes ruht auf mir
Und heißt mich verkünden

Reichtum den Armen, Glück den Unglücklichen,
Freiheit den Gefangenen
Licht jenen, die in Dunkelheit wandeln,
Und Trost den Trauernden.«

Dass er das Hebräische übersetzte beziehungsweise nicht gleich eine aramäische Fassung vorlas, dachte ich, könnte von manchem als Angeberei empfunden werden, aber seine Stimme war in beiden Sprachen so angenehm und eingängig, dass er die Menschen berührte. Ich hörte sie einander fragen, wer dieser junge Mann sei, denn der Sohn des ortsansässigen Zimmermanns könne er ja wohl nicht sein. Maria und Josef waren nicht anwesend, auch seine Brüder nicht, nur zwei seiner Schwestern. Die Leute tuschelten miteinander und zeigten auf die jungen Mädchen.

Jesus beendete die Lesung, verbeugte sich vor dem Rabbi und setzte sich. Die Gemeinde war beeindruckt. Er hatte sich Respekt verschafft, aber das war ein zweischneidiges Schwert. Er musste Bescheidenheit an den Tag legen, um ihn nicht wieder zu verlieren, und das war nicht seine Stärke, schon gar nicht, wenn er gekommen war, um zu predigen.

Der Rabbi dankte ihm für die Lesung und forderte ihn auf, den gewählten Text für die versammelte Gemeinde auszulegen.

Jesus saß mit gesenktem Kopf da und betete, dann erhob er sich. Er sah sich unter den Dorfbewohnern um, die er gut genug kannte, um ihre Stimmung und ihre Erwartungen zu erfassen. »Hier und heute in Nazareth«, sagte er, »haben sich diese Verheißungen bereits erfüllt. Ich bin gekommen, weil ich euch das verkünden soll.«

Seine Stimme war immer noch klangvoll, aber nicht mehr so warm und freundlich. Stattdessen machte er seine Autorität geltend. Die Gemeinde reagierte sofort, und zwar irritiert. Ich hörte einen Mann fragen, ob er etwa behaupten wolle, Gott habe ihn mit dieser Ansprache beauftragt. Ein anderer sagte, Josef solle ihm lieber einen Hammer in die Hand drücken, damit er ehrliche Arbeit verrichten könne.

Jesus sah den Rabbi an. »Soll ich fortfahren?«

»Bitte«, sagte der Rabbi. »Fahre fort.«

Jesus stützte einen Arm auf das Lesepult und beugte sich vor. »Der Text war nicht von mir, aber vielleicht ist es eine gute Gelegenheit, um euch an den Propheten Elia zu erinnern, der weder die ihm gebührende Anerkennung noch Unterkunft oder Schutz in seinem Heimatland fand, sodass er Israel verlassen und ins Land unserer Feinde ziehen musste, ehe er jemanden fand, der ihn aufnahm, nämlich eine Witwe, die Gott dann für ihre Güte segnete. Auch sollte ich euch erinnern, dass Gott zur Strafe für das Unrecht, das Elia widerfuhr, sein Heimatland, unser Heimatland, mit einer dreijährigen Dürre überzog. Die Ernte verdorrte. Das Vieh verendete. Im ersten Jahr wurde das Geld knapp, im zweiten hungerten die Menschen, und im dritten starben sie dahin.«

Dann brachte er ein zweites Beispiel für einen Propheten, der in seinem Heimatland nichts gegolten hatte, aber inzwischen hörte ihm keiner mehr zu. Es gab Zwischenrufe. Was glaubte er, wer er sei? Der Rabbi sorgte für Ruhe. Andreas, der in der ersten Reihe saß, stand auf, drehte sich um und rief der aufgebrachten Menge zu: »Bitte, Freunde! Ich bitte euch, lasst ihn sprechen!«

Doch Jesus bahnte sich bereits einen Weg durch die Menge, die ihm nachrief, er solle fortgehen und Nazareth mit seinen Reden verschonen. Jemand rempelte ihn an, als er vorbeiging. Er strauchelte, fing sich wieder und setzte seinen Weg fort. Ich schaute zu seinen Schwestern hinüber und sah sie vor Scham weinen.

Ich folgte ihm auf den kleinen Platz vor der Synagoge und lief hinter ihm her, bis ich ihn ein paar Straßen weiter einholte. Er war immer noch wütend und ging schnellen Schritts. Als er meine Stimme hörte, blieb er stehen und drehte sich um.

Ich legte ihm einen Arm um die Schulter.

Er rang sich ein Lächeln ab und sagte: »Ich war nicht besonders gut.«

Das stimmte, aber es war nicht der Moment, ihm das zu sagen. Ich drückte ihn freundschaftlich. »Du bist ein wunderbarer Vorleser und hast nichts als die Wahrheit gesagt.«

Ich begleitete ihn ein Stück. Bald kamen wir ans Ende des Dorfes. »Heimat ist, wo der Hass wohnt«, sagte er. »Ich werde nicht zurückkehren. Nie mehr.«

Wir kamen zu den Höhlen, in denen wir als Kinder oft gespielt hatten. Ich wusste nicht, wohin er gehen wollte, und er wusste es ebenso wenig. Erst nach einer ganzen Weile blieb er wieder stehen. Dieses Mal griff er nach meinem Arm und sah mir in die Augen. »Komm mit mir«, sagte er.

»Wohin?«

»Frag nicht, wohin, Judas. Komm einfach mit.«

Ich habe gehört, dass andere Jünger sich ohne zu zögern zu diesem Schritt entschieden, als er sie fragte. Manche, heißt es, hatten alles stehen und liegen lassen, um ihm zu folgen. Ich weiß nicht, ob das stimmt, und ich hätte mit Sicherheit nicht so reagiert, wäre ich nicht so sehr in meinen Schmerz verstrickt gewesen – einen Schmerz, den nur er lindern konnte. Aber so standen die Dinge nun einmal, und so lag meine Entscheidung auf der Hand. In diesem Moment entschied sich, wie ich die nächsten Jahre verbringen würde.

»Gut«, sagte ich.

Er umarmte mich, und wir ließen Nazareth hinter uns, ohne uns noch einmal umzusehen.

Nichts schmerzt so sehr
wie die erste Liebe,
der erste Tod.

In ihrem Grab
auch das Grab
unseres Kindes, unserer Hoffnung.

Ich ersehnte den Tod,
obschon sie dadurch
nicht wiederkehrte.

Ersehnte auch das Leben,
doch nur mit ihr
und unsrem Kind.

So dumm meine Tränen,
als sei mein Schmerz
neu in der Welt.

Jesus linderte
meinen Schmerz. Er
rief, ich folgte.

Kapitel 10

Im Laufe des folgenden Jahres entwickelte Jesus sein Können als Redner zu wahrer Meisterschaft, und sein Ruhm verbreitete sich rapide. Wir waren eigentlich immer unterwegs, aber das Haus von Simon Petrus in Kapernaum war für uns eine Art Hauptquartier. Seit Jesu erstem Besuch stand dort stets ein Zimmer für ihn bereit. Damals hatte er gehört, dass Petrus' Schwiegermutter todkrank war, und er war herbeigeeilt und hatte sie geheilt.

In Kapernaum gibt es Quellen, die an den unterschiedlichsten Stellen aus den Felsen und der Erde sprudeln, und eine befand sich in einer Grotte neben Petrus' Haus. Damals hatte Jesus das feuchte Tuch genommen, das Petrus' Frau ihrer Mutter auf die Stirn gelegt hatte, war in die Grotte gegangen und hatte es im kühlen Wasser getränkt. Es ist eine sehr schöne Grotte. Das Wasser rinnt durch den Farn, der über die Felsen wuchert, und sammelt sich in einer kristallklaren Vertiefung aus weißen Kieselsteinen. Zwischen den Steinen standen einige Weinkrüge zum Kühlen.

Jesus blieb ein paar Minuten dort, hörte dem Wasser zu, meditierte und sprach mit Gott, wie er mir später sagte. »Du brauchst hier drinnen nicht zu beten«, habe Er zu Jesus gesagt. »Du musst nur zuhören. Das Wasser spricht deine Gebete.«

Jesus nahm das kühle, feuchte Tuch und legte es der Frau wieder auf die Stirn. Sie war sehr schwach und unruhig und atmete schwer. Schon seit Tagen hatte sie weder geschlafen noch gegessen und nur ein paar unzusammenhängende Sätze gesprochen. Doch als Jesus nun bei ihr saß, ihre Hand hielt und ihr die Stirn kühlte, wurde sie zum ersten Mal seit langem ganz ruhig und friedlich. Bald schlief sie ein. Er blieb noch einige Stunden bei ihr sitzen, und als er das Zimmer schließlich verließ, war sie noch nicht wieder aufgewacht. Sie schlief die ganze Nacht durch, bis weit in den nächsten Morgen hinein. Als sie aufwachte, war sie sehr schwach, aber erfrischt, und sie hatte kein Fieber mehr.

Die Familie, vor allem Petrus' Frau und die Kranke selbst, hatten nicht gedacht, dass sie noch zu retten war. Sie glaubten, sie hätte nur noch Stunden zu leben. Später sagte die Frau, in ihren Fieberträumen sei sie auf einem dunklen, ruhigen Fluss dahingeglitten, der ins Jenseits führte. Sie habe schon das andere Ufer sehen können, wo lauter weiß gekleidete Gestalten auf sie warteten und wunderschön sangen. Dann plötzlich habe der Bootsmann, der sie übersetzte, einen Ruf vernommen und sei wieder umgekehrt. Jesus, hieß es später, habe ihm zugerufen, er solle sie zum Ufer der Lebenden zurückbringen.

»Noch nie habe ich erlebt, dass jemand, der dem Tod so nahe war, wieder gesund wird«, sagte Petrus zu allen, die es hören wollten. »Eben noch waren wir dabei, ihr Leichentuch bereitzulegen, und im nächsten Moment stand sie auf. Es war ein Wunder.«

Überhaupt wurde viel von Wundern geredet, und zu Anfang seiner Predigerzeit war Jesus das noch unangenehm. Einmal sagte beispielsweise jemand zu ihm: »Vor einem Monat hast du mein sterbendes Kind gesegnet, und es wurde gesund.« Und Jesus erwiderte bescheiden: »Das freut mich.«

Oft bat er die Leute sogar, diese Geschichten von Wunderheilungen nicht ständig zu wiederholen, und ich fragte mich dann, ob er das ernst meinte, denn die Leute hörten ja trotzdem nicht damit auf. Natürlich wurden diese Geschichten wieder und wieder erzählt, und zwar nicht in ihrer ursprünglichen Version, sondern jedes Mal ein wenig reicher ausgeschmückt, bis sie kaum wiederzuerkennen waren. Die Menschen kamen nicht allein zu seinen Predigten, weil er so beredt war, sondern weil sich sein Ruf als Heiler verbreitete.

Wäre er kein so brillanter Redner gewesen, hätte man ihm seine anderen Fähigkeiten wohl kaum abgenommen, aber wenn man ihn an einem Tag reden hörte, an dem er gut in Form war, traute man ihm einfach alles zu. Er war ein Meister der Worte, der Sprache. Ich habe ihn unzählige Male reden gehört, und doch kam es mir immer wie das erste Mal vor. Er stand ganz ruhig da und wartete, bis der rechte Geist von ihm Besitz ergriff. Dann sprach er oft nur wenige Worte, »Meine Freunde«, oder einen einfachen Satz wie: »Der Herr hat uns im Schatten dieses Baumes zusammengeführt.« Dann stand er wieder schweigend da. Die Leute zischten einander zu, man solle still sein, und beugten sich vor, um besser hören zu können. In diese Stille hinein fiel dann der nächste Satz von ihm. Dann wieder Stille. Dann noch ein Satz. Langsam, ganz langsam steigerte er sich in seine Vorstellungswelt hinein und verdichtete, was er sagen wollte, zu einem Gleichnis.

Selten entfesselte er in seinen frühen Predigten ein Donnerwetter; meist hob er nicht einmal die Stimme. Ausgiebig bediente er sich der Texte, die wir als Kinder auswendig gelernt hatten. Oft kam es mir zuerst vor, als zitiere er wahllos daraus, aber dann verwob er die Versatzstücke so meisterlich miteinander, dass ganz wunderbare Reden entstanden, klar und überzeugend. Immer liefen sie auf eine Huldigung des Gottes Israels hinaus und auf Seine Verheißungen für die Armen, die Kranken, die vom Schicksal Gebeutelten und die Trauernden.

Zu den Trauernden gehörte auch ich. Mit jeder Faser meines Körpers. Ich hatte Tränen in den Augen, wenn er sprach, und die Erinnerung an Judith überwältigte mich. Seine Sprache war wunderbar. Sie war Gebet, Prophezeiung, Poesie. Mehr als alles andere aber schien sie sich selbst zu zelebrieren. Das war für mich das eigentliche Wunder.

Es gab Momente (nicht oft, aber oft genug, um das Mysterium zu komplettieren), in denen Jesus in sich hineinzusehen schien beziehungsweise in den Himmel oder wo immer die Quelle seiner Kraft lag, ohne dort zu finden, was er suchte. Dann entstand keine Magie. Und das machte ihn paradoxerweise noch »magischer«, weil man sah, dass er seine Kraftquelle nicht nach Belieben an- und abschalten konnte, dass sie nicht seinem Willen unterworfen war. Um gut zu sein, benötigte er Inspiration, den Lebenshauch einer Macht, die außer ihm lag. Und welcher Lebenshauch konnte das sein, wenn nicht der Gottes?

Später, als er um sein Leben fürchtete und uns zwölf darauf vorbereitete, seine Botschaft ohne ihn weiterzutragen, sagte er immer wieder: »Haltet keine vorbereiteten Reden. Seid nicht auf Sicherheit bedacht. Denkt nicht an die Konsequenzen. Der Heilige Geist wird euch leiten. Seid fest im Glauben, und die rechten Worte werden euch eingegeben.« Genauso hatte er es gehalten, von Anfang an.

Er predigte Nächstenliebe und Hoffnung, aber die Botschaft, die sich dahinter verbarg, war eine andere. Er wollte, dass wir uns auf die Zeit freuten, in der Israel von seinem Gott regiert würde. Es schien ein ganz einfacher Gedanke zu sein, aber er implizierte, dass dieser Gott zurzeit nicht in Israel herrschte, was, wenn man darüber nachdachte, nichts anderes bedeutete, als dass die Römer und alle, die ihnen dienten oder sich von ihnen einschüchtern ließen, Ihn von seinem rechtmäßigen Thron gestoßen hatten – Herodes und seine Nachkommen, die Tempelwächter und die priesterlichen Familien.

Wir bereisten ganz Galiläa, zogen von Ort zu Ort und sammelten Gefolgsleute (und Blumen!). Manchmal waren wir nicht willkommen, manchmal begegnete man uns sogar ausgesprochen feindselig. Und dann gab es eben jene seltenen Momente, in denen Jesus seine besonderen Kräfte nicht aktivieren konnte. Doch je mehr sich sein Ruhm verbreitete, desto seltener kam das vor. Ruhm, so scheint es, nährt sich selbst. Fast könnte man sagen, dass Jesus in der Region regelrecht populär wurde – eine Berühmtheit. Die Menschen brüsteten sich damit, er habe persönlich zu ihnen gesprochen, sie hätten sein Gewand berührt oder seien von ihm gesegnet worden.

Gesegnet fühlten wir uns zu der Zeit alle. Das sollte nicht andauern, aber in der Zeit, von der ich hier spreche, haben wir alle – vor allem ich – eine Morgendämmerung empfunden, einen Aufbruch in eine neue Ära, ja eine Revolution. Die Sonne ging auf, Tau, der, wie wir wussten, vom heiligen Hermonberg kam, bedeckte das Land und ließ die Wüste erblühen, Bäume und Weinreben grünen, Getreide und Gemüse fruchten. Wenn ich heute, wie alte Männer es oft tun, des Nachts wach liege und an diese aufregende Zeit denke, sehe ich einen lächelnden Jesus, der Weisheit und Segen spendet und so leichten Schritts seines Weges zieht, dass Mühsal und Enttäuschungen, Dürren, Hungersnöte und Krankheiten vom Erdboden getilgt zu sein schienen. Meine Trauer war noch spürbar, aber sie war erträglich. Jederzeit konnte mich die Erinnerung an Judith wie eine Schmerzattacke überfallen, aber wenn das geschah, brauchte ich mich bloß an meinen Freund zu wenden, und er tröstete mich. Selbst wenn ich ihn deswegen des Nachts weckte, beklagte er sich nicht und enttäuschte mich nie.

Jesus, so fanden wir, hatte einfach Glück gehabt, dass er so begabt geboren worden war, obwohl das natürlich eine höchst banale Betrachtungsweise für jemanden war, der seine Begabung dem Himmel selbst zu verdanken glaubte. Obwohl es sein »Glück«, seine Begabung war, ging er großzügig damit um und ließ uns daran teilhaben.

Selten waren wir außer Sichtweite des Sees Genezareth oder des Jordan, und wenn die Fischer einen schlechten Fang gemacht hatten und sich darüber beklagten, stieg Jesus – ohne etwas vom Fischen zu verstehen – oft zum Ufer hinab und sagte: »Versucht es auf der anderen Seite des Boots.« Oder er riet ihnen, in den Schatten zu rudern, den eine Wolke aufs Wasser warf. »Es ist ein Fingerzeig«, sagte er.

Die Fischer schimpften und sagten, das habe keinen Zweck, sie hätten schon alles versucht, es gäbe heute einfach keine Fische, doch grollend befolgten sie seinen Rat, und nicht selten zogen sie dann volle Netze ins Boot.

Wenn dann jemand »Ein Wunder!« rief, lachte Jesus und erwiderte: »Unsinn! Ihr wollt bloß nicht zugeben, dass ich ein besserer Fischer bin als ihr.«

Es kam vor, dass wir den ganzen Tag gewandert waren, ohne einen Bissen zu essen, und wenn wir dann gegen Abend erhitzt, müde und missmutig einen Ort erreichten, den wir kaum kannten, fürchteten wir, man werde uns dort nichts zu essen geben. Doch dann wimmelte es auf der staubigen Straße plötzlich von Kindern, die uns begrüßten und willkommen hießen, Blumen auf unseren Weg streuten und sagten, man habe uns schon erwartet und eine Stärkung für den Propheten Jesus und seine Freunde vorbereitet.

Angesichts solcher Erlebnisse konnten wir gar nicht anders, als Jesus von Gott gesegnet zu betrachten, und durch unsere Nähe zu ihm betrachteten auch wir uns als gesegnet.

Jesus war äußerst geschickt im Umgang mit Besessenen und galt bald als jemand, der böse Geister bezwingen konnte. Er hatte nicht die geringsten Berührungsängste. Auch wenn die Betroffenen wüteten oder ihm drohten, ergriff er nicht die Flucht. Stattdessen ging er langsam auf sie zu und redete mit seiner wunderbaren Stimme ganz ruhig mit ihnen, wie mit jedem anderen auch, und wenn er konnte, nahm er sie bei der Hand. Manchmal tat er dann das Gleiche wie sie – tanzen (er war ein eleganter Tänzer), singen oder was immer. Dann wurden sie sichtlich ruhiger. Es funktionierte jedes Mal. Diejenigen von uns, die diese Szenen beobachteten, sagten hinterher, sie hätten gesehen, wie er den Leuten die bösen Geister austrieb. Dann setzten wir unsere Wanderung fort, ohne je zu prüfen, ob die bösen Geister nicht vielleicht doch zurückkehrten. Auch diese Begegnungen machten dann die Runde, und die Geschichten verloren beim Weitererzählen nichts von ihrer Faszination.

Die Freunde und Unterstützer, die ihn begleiteten, wann immer sie konnten, Frauen wie Männer, wurden immer zahlreicher, und Jesus beschloss, es solle zwölf geben, die sozusagen als seine »offiziellen« Begleiter fungierten. Er entschied sich für zwölf, weil es eine Gruppe ergab, die nicht zu groß war, um von den Dorfbewohnern bewirtet zu werden. Andererseits waren wir zu zwölft genug Leute, um uns im offenen Gelände gegenseitig zu schützen, und wenn der eine oder andere vorübergehend abwesend war, weil er zu Hause etwas zu erledigen hatte oder arbeiten musste, blieben immer noch genügend von uns übrig. So weit das Praktische. Der andere Grund, warum wir zwölf sein sollten, war die Anzahl der Söhne Jakobs, die Väter der zwölf Stämme Israels.

Ich erinnere mich noch an den Tag, als er uns diese Entscheidung mitteilte. Es war um die Mittagszeit, und wir rasteten im Schatten einer Akazie. Die Farben – das Grün des Sees, das Purpurrosa der Hügel am anderen Ufer, oberhalb von Kapernaum –

waren eine Augenweide und wurden von der hoch stehenden Sonne ins Pastell gedämpft. Jesus hatte im nahen Dorf eine Predigt gehalten, und wir wollten nun die Wegzehrung zu uns nehmen, die die Dörfler uns mitgegeben hatten.

Es waren genau wir zwölf, keiner fehlte, und es war keiner von außerhalb unseres Kreises dabei, was vor unserem verhängnisvollen Einzug in Jerusalem selten vorkam. Jesus war gut gelaunt, ja fast aufgekratzt, und eröffnete uns die Neuigkeit nicht in Form einer feierlichen Proklamation, sondern in einem geradezu spielerischen Plauderton. Er wolle, so sagte er, ein zeitgemäßer Jakob sein, »ein einfacher Mann, der in Zelten wohnt«, wie es geschrieben steht. »Ihr seid meine Söhne, die zwölf Stammväter meines Volks.«

Als Erstes fiel mir dazu ein, dass Jakob einen Zwillingsbruder gehabt hatte, Esau, einen Grobian, dem Jakob das Erstgeburtsrecht für ein Linsengericht abgekauft hatte. »Wer ist dein Esau?«, fragte ich.

»Es gibt keinen Esau«, erwiderte er und ergänzte nach kurzem Überlegen: »Außer vielleicht der Teufel, der mich in der Wüste versucht hat.«

Später, als wir allein waren, erzählte ich ihm, dass Andreas diesen Teufel in der Wüste für eine Wahnvorstellung hielt – verursacht von dem Kaktus, dessen Fleisch und Saft er zu sich genommen hatte.

Jesus lächelte. »Ich glaube eher, dass es etwas mit Hunger zu tun hatte.«

»Vierzig Tage nichts als Heuschrecken und wilder Honig – du musst völlig ausgehungert gewesen sein.«

»Ich meinte Hunger nach dem Göttlichen.«

Ich dachte darüber nach. »Verhungernde haben oft Visionen.«

»Und manchmal erscheint ihnen dann die Wahrheit.«

Kurz darauf machten wir uns auf den Weg, seinen Cousin Johannes zu besuchen. Auch er war inzwischen zum Prediger geworden. Seine Spezialität war die Reinwaschung von Sünden in den Fluten des Jordan, seine Predigten waren ernst und düster – ein Moralist, der den Weltuntergang voraussagte und auf Bestrafung und Selbstgeißelung bestand.

Er hatte sein Lager ein ganzes Stück südlich des Sees aufgeschlagen, an einer Furt der Karawanenroute von Jericho nach Amman. Ich glaube, dass Jesus den weiten Weg nicht scheute, weil er ein professionelles Interesse daran hatte, ihn zu sehen und zu hören, wobei Rivalität keine Rolle spielte. Wenn man sozusagen im gleichen Gewerbe tätig ist, muss man schließlich wissen, was die Konkurrenz zu bieten hat.

Wir ließen uns Zeit, und obwohl unser Weg am Fluss entlangführte, gingen wir meist zu Fuß und baten Fischer und Fährleute nur selten, uns ein Stück mitzunehmen. Unterwegs befragten wir die Leute, was sie von Johannes, dem Täufer, wie man ihn inzwischen nannte, gehört hatten. Auch in dieser Gegend fanden wir überall Menschen, die uns freundlich bewirteten und uns des Nachts in ihren Häusern aufnahmen.

Am letzten Tag der Reise schlugen wir unser Lager an einer Stelle auf, wo in Ufernähe Quellwasser aus dem Gestein tritt. Wir befanden uns in der tiefgelegenen Wüstenregion, durch die der Jordan aufs Tote Meer zufließt, aber an einem Ort wie diesem, mit Wasser aus einer unterirdischen Quelle, bilden sich grüne Oasen. Hier, in der Lichtung, gediehen üppige Gräser, Büsche und Blumen in allen Farben. »Warum führt er seine Taufen nicht hier durch?«, fragte ich.

»Zu flach«, sagte Jesus. »Er besteht darauf, die Menschen komplett unterzutauchen.«

»Aber hier ist es wunderschön.«

Jesus schüttelte den Kopf. »Dieses Wort fehlt im Vokabular von Johannes.«

Am nächsten Vormittag erreichten wir die Furt. Johannes war an Ort und Stelle und gerade dabei, einigen Leuten eine geharnischte Rede zu halten. Er sagte, sie müssten begreifen, dass der Akt, der nun folgen sollte, nicht auf die leichte Schulter zu nehmen sei, vielmehr handle es sich um die vollständige Erlösung von der Sünde. Er stand bis zu den Knien im Wasser, hatte die dürren Arme hoch über den Kopf erhoben und blickte auf das Grüppchen, das sich am Ufer auf die Taufe vorbereitete. Hinter Johannes war der Fluss weit und braun, fedriges Papyrus und staksiges Schilf wogten am gegenüberliegenden Ufer im Wind. Jenseits des Grünstreifens lag nichts als unfruchtbarer Wüstensand und trockenes Gestein.

Johannes hatte sich seit unseren Kindertagen so verändert, dass ich ihn nicht wiedererkannt hätte. Er war so braun, dass seine Haut fast schwarz aussah, und so dünn, wie es nur jemand sein konnte, der sich ausschließlich von der Wüste ernährte. Bart und Haupthaar hatte er seit mindestens fünf Jahren nicht geschnitten. Während er sprach, wischte er sich immer wieder zottelige Strähnen aus den Augen oder dem offenen Mund. Er trug ein Lendentuch und über der Schulter ein Tau aus geflochtenem Kamelhaar, das an der Hüfte von einem Lederriemen gehalten wurde und nach unten hin vor seinen dürren Beinen baumelte. Auf dem Kopf trug er nichts.

Ich glaube, er sah uns sofort und erkannte Jesus, aber er fuhr unbeirrt mit seiner Predigt fort, ein wenig lauter sogar und mit einer immer düstereren Botschaft. Er sprach von »Religionsreisenden«, die herkämen, »um dem verrückten Johannes bei seinen Taufen zuzusehen und sich darüber zu amüsieren«. Sollten sich solche unter den Zuhörern befinden (ich zuckte unwillkürlich zusammen und mied seinen Blick), so seien es Vipern und keine Menschen, und sie könnten nicht erwarten, dass ihnen die heutige Taufe später im Himmel von Nutzen sein werde.

Dann widmete er sich noch übleren Vipern: Herodes und seinen Nachkommen, die Schande über das Volk Israel gebracht hätten, indem sie sich zu seinen Königen aufspielten, sowie den Tempelpriestern, die Israels Gott beschämten, indem sie sich zu Seinen Dienern ernannten.

Konnte es sein, fragte er, dass ein wahrer König der Juden sich dem Schutze Roms unterstellte? Würde ein wahrer König der Juden Gottes Gesetz so missachten, dass er dem eigenen Bruder die Frau wegnahm?

Das sei die Schande Israels. Auf uns müsse sie jedoch nicht zurückfallen. Wir könnten ihr den Rücken kehren, so wie er es getan habe. Jeder, der in gutem Glauben zu ihm gekommen sei, habe bereits die beste Absicht bekundet.

»Tut Buße!«, mahnte er. »Geißelt eure Seelen! Geißelt eure Herzen! Erniedrigt euch vor Gott! Zerstört den Sünder, der in euch wohnt, auch wenn so wenig von euch übrig bleibt, dass es kaum noch zum Leben reicht!

Ihr denkt, meine Stimme sei mächtig«, brüllte er. »Doch ich sage euch, ich bin nur ein Wurm, der vor einem tobenden Ochsen winselt. Ich bin eine Fliege, die mit fadendürren Beinen über stehendes Wasser läuft, während sich ein Sturm zusammenbraut, der jeden Moment losbricht. Denn kommen wird einer, und das bald, dessen Sandalen zu schnüren ich nicht wert bin. Ich kann euch mit Wasser taufen, doch er wird euch mit Feuer taufen. Ich kann euch mit Worten zur Buße führen, doch er wird die Spreu vom Weizen trennen, die Schafe von den Ziegen. Er wird den Tempel schleifen und die Welt zerstören. Er bringt uns ans Ende der Zeit.

Wer bin ich? Nur ein Prophet. Nur eine Stimme in der Wildnis. Aber ich warne euch und spreche die Wahrheit. Hört auf mich! Tut Buße! Lasst euch taufen, auf dass ihr errettet werdet!«

Alle sagten Amen und Halleluja, und dann stürmten wir vorwärts und folgten Johannes, der bis zu den Hüften ins tiefere Wasser watete und den Herrn anflehte, uns die Sünden zu vergeben, uns zu reinigen und zu segnen, worauf er uns mit Schultern und Kopf unter Wasser drückte und uns eine Weile so hielt – länger als nötig, wie mir schien, denn es war ja lediglich eine symbolische Reinigung, kein Badetag.

Als ich wieder auftauchte, hatte sich die Welt für mich nicht geändert, außer dass ich völlig durchnässt und ziemlich außer Atem war. Jesus hatte die Prozedur genauso mitgemacht wie alle anderen, und Johannes ließ sich nicht anmerken, dass er ihn kannte, ehe alles vorbei war und die Menge sich zerstreute.

Die Cousins hatten einander immer nahegestanden, aber es gab auch Differenzen unter ihnen, schon von Kindheit an. Jesus fand Johannes verbohrt, schroff und nicht besonders belesen. Johannes dagegen fand Jesus oberflächlich, zu nachgiebig in Bezug auf die Vergebung der Sünden und zu verschnörkelt in seinen Gleichnissen, Rätseln und Vergleichen. Trotzdem küssten sie sich zur

Begrüßung, freuten sich über das Zusammentreffen und setzten sich, um sich miteinander zu unterhalten.

Das halbe Dutzend von uns, das Jesus begleitet hatte, setzte sich etwas abseits unter einen Baum. Eigentlich bewegte uns hauptsächlich die Frage, wann und wo wir etwas zu essen bekommen würden – wir hatten noch nicht einmal gefrühstückt –, denn auf Johannes' Heuschrecken waren wir nicht gerade erpicht, zumal sie roh sein würden, weil er gegartes Essen grundsätzlich ablehnte, sogar Brot. Auf dem Weg hierher hatten wir darüber gesprochen, und Jesus hatte gesagt, was er immer sagte: Wir sollten nicht so viel übers Essen und Trinken nachdenken, Gott werde schon dafür sorgen.

»*Johannes* wird dafür sorgen«, korrigierte ich. »Das ist es ja, was mir Sorgen macht.«

Jesus lächelte. »Nach meinen Erfahrungen in der Wüste kann ich dir versichern, dass es kaum etwas Schöneres gibt als einen Mund voller knuspriger Heuschrecken, vor allem wenn man hungrig ist.«

Nach dem Untertauchen hatten ein paar Feigen und wilder Honig auf einem Weinblatt und ein Krug Ziegenmilch die Runde gemacht. Das hatte unsere schlimmsten Befürchtungen zerstreut, aber satt waren wir noch lange nicht.

Ich saß neben Bartolomäus. Er war der Jüngste von uns und verlor schnell die Fassung. Er übertrieb maßlos, missdeutete alles und jedes, und das Einzige, was ihn bei der Stange hielt, war seine Bewunderung für Jesus.

Wir alle standen zu Jesus. Wir waren eine Gemeinschaft, aber er war unser Anführer. Wir waren stolz auf seinen Ruhm, zumal etwas davon auf uns abfärbte. Wir mochten untereinander nicht immer einer Meinung sein, aber nach außen hin traten wir als Einheit auf. Bartolomäus jedoch war mehr als loyal. Er übte blinden Gehorsam. Er war in Jesus verliebt. In seinen Augen konnte Jesus nichts falsch machen. Für ihn war Jesus der Größte.

»Hast du gehört, was Johannes über Jesus gesagt hat?«, fragte er mich. »Er hat gesagt, Jesus sei sein Herr und Meister.«

Ich schüttelte den Kopf und wunderte mich über die blinde

Begeisterung des jungen Burschen. »Ich wüsste nicht, dass er überhaupt etwas über Jesus gesagt hätte.«

»Hast du denn nicht zugehört? Er hat gesagt, einer würde kommen, dem er nicht die Sandalen …«

»Schnüren dürfe«, nahm ich ihm das Wort aus dem Mund. »Ich weiß. Damit hat er den Messias gemeint.«

Bartolomäus verdrehte die Augen. »Idiot! Er meinte Jesus!«

Ptolemäus, der
reisende Evangelist,
erzählt, wie

Jesus den Teufel
aus einem Besessenen
treibt. Der Geist

entfleucht in eine
Schweineherde, die
in Panik flieht,

im See ertrinkt.
Ich erinnere
den Vorgang anders:

Man verübelt uns
die Flucht der Tiere,
vertreibt uns,

der Bauer flucht,
beweint seinen
Verlust, tobt,

dem Wahnsinn nah.
Wir fühlen uns
schuldig. Wenn das

Gottes Wege sind,
bergen sie
dunkle Geheimnisse.

Kapitel 11

Bei den Frauen, die oft unter uns waren, handelte es sich manchmal um die Ehefrauen der verheirateten Jünger, doch die meisten zogen es vor, zu Hause zu bleiben, während wir umherzogen. Zwei oder drei von ihnen sahen die Affinität ihrer Männer zu Jesus überhaupt nicht gern. Andere Frauen schlossen sich uns an, weil sie sich Jesus zu Dank verpflichtet fühlten, nachdem er ein Familienmitglied, meist ein Kind, geheilt hatte. Wieder andere hofften selbst auf Heilung. Und dann gab es welche, die wohl in Jesus verliebt waren, geblendet von seinem guten Aussehen, seiner angenehmen Stimme, seinem Charme und seiner Aura. Die eine oder andere brachte ihm zuweilen etwas Besonderes zu essen, wartete auf eine Gelegenheit, ihm die Füße zu waschen oder ihm das Haar zu salben. Doch Jesus behandelte sie genauso distanziert und gütig wie uns alle, und ich hatte keinerlei Befürchtungen, dass die Anwesenheit von Frauen unserer Gemeinschaft je schaden würde.

Sie kamen und gingen. Mal waren es mehr, mal weniger. Wenn Berichte von einem neuen Wunder die Runde machten, kamen immer welche hinzu, aber dann verschwanden sie wieder, bis das nächste Wunder geschah und neue kamen. Wir waren ein bunter Haufen. Es befanden sich ganz wunderbare Menschen darunter, aber auch zwielichtige Gestalten, Dummköpfe und Verrückte. Ich beobachtete die Unterschiede zwischen ihnen, verglich sie miteinander, bildete mir Urteile über sie und verteilte Plus- und Minuspunkte. Ich konnte nicht anders, das war meine Natur. Jesus selbst war auch einmal so gewesen, aber mittlerweile schienen für ihn alle gleich zu sein. Er hatte den beißenden Spott abgelegt, mit dem er seine Mitmenschen in Kindheits- und Jugendtagen überzogen hatte. Bei den Essenern, so schien es, hatte er Toleranz gelernt. Solange man ihn zu seinen Bedingungen als Anführer akzeptierte, war man willkommen; alle waren Geschöpfe Gottes, der sie wie ein liebender Vater in Seine Arme schloss.

Eigentlich war diese unterschiedslose Offenheit gegenüber jedermann bewundernswert, und doch war es eine Haltung, die ich mir nicht zu eigen machen konnte. Nicht nur konnte ich sie mir nicht zum Vorbild nehmen, nein, ich konnte sie nicht einmal bewundern (obwohl mir mein Verstand sagte, dass ich es tun sollte). Sie widersprach meinem Ordnungssinn, und wenn ich ehrlich bin, fand ich sie nachlässig.

»Wie kannst du diesen oder jenen ertragen?«, fragte ich Jesus manchmal.

Meist lächelte er dann und sagte nichts. Oder so etwas wie: »Solange er mich erträgt, habe ich kein Problem mit ihm.«

Wenn ich meine Abneigung zu emphatisch, zu deutlich vortrug, küsste er mich amüsiert auf die Wange und sagte: »Judas, mein Lieber, im Grunde deines Herzens bist du ein Pharisäer.«

Wenn ich mich darum sorgte, wo unsere nächste Mahlzeit herkommen sollte, weil mich oft der Hunger plagte, zieh er mich der Kleingeistigkeit. Er sagte, ich solle mir an den Raben ein Beispiel nehmen, die weder säten noch ernteten und doch satt würden, weil der Herr für sie sorgte.

Am liebsten hätte ich erwidert, dass dieses »Der Herr wird's schon richten« nur für ihn kein Problem darstellte, da er bei den Essenern gelernt hatte, mit fast nichts auszukommen, während es für andere nicht so leicht war. Außerdem hätte ich ihm gern gesagt, er solle die Raben lieber einmal genau beobachten, statt blumige Sprüche über sie zu machen, denn obwohl sie selbstverständlich weder säten noch ernteten, hätten sie oft große Mühe, genug Futter zu finden.

Inzwischen war seine Vormachtstellung jedoch unantastbar, auch für mich. Er war nicht mehr mein Freund aus Kindertagen. Ich brauchte ihn und akzeptierte ihn als meinen Anführer, auch wenn ich innerlich manchmal rebellierte. Also sagte ich nichts.

Manchmal, wenn ich mit meiner Geduld am Ende war und mich über einen Gefährten beschweren wollte, der ein Faulpelz oder Dieb war, oder mehr Ordnung und Disziplin einfordern wollte, sagte er während eines Gesprächs etwas ganz Wunderbares oder hielt eine große Predigt, sodass ich nicht anders konnte, als den Mund zu halten, ihn zu bewundern und mich zu schämen. »Seht die Lilien auf dem Felde«, sagte er beispielsweise. »Sie arbeiten nicht, sie spinnen nicht, und doch kommt selbst Salomo in all seiner Herrlichkeit nicht ihrer Schönheit gleich.«

Oft sprach er von denen, die »reinen Herzens« sind, und er selbst war das beste Beispiel dafür. Er gab dieser Haltung Sinn, indem er sie vorlebte. Das entsprach seiner Persönlichkeit – oder dem Teil seiner Persönlichkeit, den er sich bei den Ordensbrüdern in Qumran angeeignet hatte. Allerdings wusste ich oder glaubte zu wissen, dass er mit dieser Haltung im richtigen Leben nicht weit kommen würde, ohne Blessuren davonzutragen.

Er fragte seine Anhänger nie nach ihren persönlichen Verhältnissen. Es gab unbotmäßige Beziehungen, sündige Verbindungen, aber er schien nichts davon zu wissen oder wollte es nicht wissen. Nur seine Botschaft zählte. Nach unserem Besuch bei Johannes dem Täufer bekamen Liebe, Nächstenliebe, Vergebung und Frieden einen höheren Stellenwert in dieser Botschaft. Die Düsternis und das Donnergrollen von Johannes' Predigten, seine Drohungen und sein Mangel an Warmherzigkeit schienen Jesus zu helfen, in Abgrenzung dazu seinen eigenen Stil zu finden. Von Vipern und dergleichen war jedenfalls nichts aus seinem Munde zu hören, zumindest nicht zu dieser Zeit.

Wir sollten uns kein Urteil über andere bilden. Wenn jemand Strafe und Verdammnis verdiente, so war es an Gott, dafür zu sorgen, nicht an uns. An uns war es, Mitgefühl und Verständnis aufzubringen und Vergebung zu üben. Wir sollten nicht nur unseren Nächsten lieben, sondern auch den, der uns hasste und uns übelwollte. Wenn jemand uns ins Gesicht schlug, sollten wir die andere Wange hinhalten. Wenn man uns um eine Münze oder unseren Mantel anbettelte, sollten wir ihm zwei Münzen geben, zwei Mäntel; was immer man von uns verlangte, sollten wir doppelt erfüllen.

Selig seien die Armen und Sanftmütigen, denn ihnen gehöre das Himmelreich. Den Barmherzigen werde Erbarmen zuteil. Die

Hungernden, Kranken, Armen und Trauernden würden satt, geheilt und getröstet. Wer reinen Herzens sei, werde Gott schauen.

All das versprach er uns, und er tat es so überzeugend, so arglos und selbstverständlich, als gebe es eine göttliche Garantie dafür, verbrieft und versiegelt. Wer wegen seines Lebenswandels in seinem Heimatort gehasst und geschmäht würde, sollte sich nicht entmutigen lassen, sondern frohen Herzens sein, denn so sei es auch den alten Propheten ergangen, und dereinst würden wir Seite an Seite mit ihnen im Himmel sitzen.

Wir waren ständig unterwegs, und es gefiel uns, vor allem denjenigen, die familiär nicht gebunden waren und sich nicht darum scherten, ob zu Hause Arbeit oder Geschäfte auf sie warteten. Jesus bevorzugte Dörfer und ländliche Gemeinden und mied die größeren Städte. Auch von Kasernen und Garnisonen hielt er sich fern. Manchmal sahen wir römische Soldaten, die am Rande der Menge seinen Predigten lauschten, aber es gab keinerlei Anzeichen dafür, dass sie auf Befehl handelten oder eine Gefahr für uns darstellten.

Manchmal erkannte der eine oder andere von uns in der Menge aber auch Männer, die Herodes Antipas dienten. Wir vermuteten, dass sie als Spione entsandt worden waren, und Jesus achtete darauf, in ihrer Anwesenheit nichts zu sagen, was sie negativ über uns berichten konnten. Zwar enthielt seine Botschaft etwas Aufrührerisches, aber es war gut versteckt, und er rief nicht zum Ungehorsam gegen weltliche Herrscher auf. Als er von einem dieser Spione gefragt wurde, ob er die Steuern gerechtfertigt fand, die der Bevölkerung abverlangt wurden, antwortete er, man solle Cäsar geben, was Cäsar gebühre – und Gott, was Gott gebühre. Auf den ersten Blick schien es eine unterwürfige Antwort zu sein, aber je mehr man darüber nachdachte, desto zweideutiger war sie.

Auch Nazareth mied er. Einmal, als der direkteste Weg zu dem Ort, den wir als Nächstes besuchen wollten, durch unser Heimatstädtchen führte, bestand er auf einen Umweg. Ich sprach ihn auf seine Familie an und fragte, ob wir sie denn nicht besuchen würden, aber seine Miene versteinerte, er schüttelte den Kopf und wandte sich von mir ab.

»Und Andreas?«, hakte ich nach.

Er drehte mir weiter den Rücken zu. »Die anderen sind bereits über unsere Route unterrichtet«, sagte er.

Ich protestierte: »Aber ich habe eine Mutter in Nazareth.«

Mit glühenden Augen drehte er sich zu mir um. »Und ich einen Vater im Himmel.«

Ich verstand nicht, was er meinte. »Dann suche du den Himmel«, sagte ich. »Ich gehe solange nach Nazareth.«

Ich ging tatsächlich und blieb zwei Nächte bei meiner Mutter. Ich verbrachte viel Zeit in unserem Badehaus und ließ mich groß bekochen. Ich besuchte auch Andreas, der mir ebenfalls etwas zu essen vorsetzte, nicht ganz so opulent, aber reich an Zutaten und, wie er sagen würde, »nett angerichtet«.

Ich bat ihn, über Jesu Fortbleiben nicht beleidigt zu sein. »Er kann Nazareth nicht verzeihen. Er sagt, er habe mit seinem Heimatort abgeschlossen und werde niemals zurückkehren.«

»Das überrascht mich nicht«, sagte Andreas. »Wir haben ihn nicht gut behandelt.« Er erzählte mir, einer von Jesu Brüdern verbreitete die Ansicht, Jesus habe den Verstand verloren und gehöre eingesperrt. »Manchmal höre ich Leute von seinen Predigten berichten«, sagte Andreas. »Und dass er Kranke heilt.« Seinem Ton nach zu urteilen, war er nicht besonders glücklich darüber.

Ich bedauerte, dass Andreas nie selbst eine der großen Predigten gehört hatte, bei denen Jesus zu Hochform auflief.

»Ich höre auch von ...« Andreas zögerte, ehe er es in fragendem Ton herausbrachte: »... von Wundern?«

»Du meinst, wenn er Kranke heilt?«

Er fragte, ob ich schon einmal selbst dabei gewesen sei.

»Ich denke schon.«

»Blinde können wieder sehen? Lahme gehen?«

Ich erklärte ihm, dass es sich dabei eher um Metaphern handle. Er solle das nicht allzu wörtlich nehmen.

»Aber die Heilungen gibt es doch?«

Ich zuckte mit den Schultern und sagte, es kursierten viele Übertreibungen und Missverständnisse.

»Dann gibt es also keine Wunder«, beharrte er.

»Viele sagen, sie hätten sie erlebt.«

»Aber du hast noch keins mit eigenen Augen gesehen?«

Ich sagte, ich hätte Menschen gesehen, die von Krankheiten genesen waren. Und einen Besessenen, der völlig außer Kontrolle war und von Jesus auf wunderbare Weise zur Ruhe gebracht wurde. Aber ich musste zugeben, dass ich nichts gesehen hatte, was man im eigentlichen Sinne als ein Wunder bezeichnen könne. Nicht eindeutig. Noch nicht. »Die Zeit wird kommen«, sagte ich.

Er seufzte und tätschelte mir den Arm. »Ja, wahrscheinlich.«

Als ich nach Kapernaum zurückkehrte, waren die anderen in heller Aufregung. Etwas war geschehen – »ein Wunder« (beziehungsweise »schon wieder ein Wunder«). Doch jeder Bericht, den ich dann darüber hörte, wich von den anderen ab. Ein Mann aus dem Dorf – es handelte sich um ein Fischerdorf – war ganz plötzlich von einer Lähmung befallen worden. Den einen Tag war er noch stark und gesund, am nächsten zitterten seine Hände unkontrollierbar, seine Kräfte ließen nach, und sein Körper zuckte nur, wenn er sich aufzurichten versuchte.

Es war Zebedäus, der Vater von Johannes und Jakobus, der als Erster laut aussprach, was wohl alle dachten: »Jesus wird ihn heilen.« Doch dann kamen ihnen Zweifel, denn Jesus reagierte verärgert auf die Vorstellung, man könne jederzeit und überall Kranke zu ihm bringen, die er dann auf die Schnelle heilen solle. »Ich bin doch kein Flickschuster«, hatte er in letzter Zeit öfter gesagt. Als sich dann aber eine Menschenmenge vor Petrus' Haus versammelte, die den Gelähmten herbeitrug, blieb ihm keine Wahl.

Was er dann tat, wurde später in verschiedenen Versionen kolportiert. In einer heilte er den Mann im Handumdrehen. In einer anderen versuchte er zunächst, sich davonzumachen, was aber nicht gelang, weil Hof und Straße bereits voller Menschen standen, die riefen, er solle »rauskommen und sich nützlich machen«. In einer dritten befand er sich in dem Zimmer unterm Dach, in dem er stets untergebracht war, und weigerte sich herauszukommen. Vom Dach führte eine Außentreppe zum Hof, und einige Männer aus der Menge erklommen diese Treppe. Oben angekommen rissen sie ein paar Ziegel aus dem Dach und ließen den Kranken in Jesu

Zimmer hinab. Andere verschafften sich Zugang, indem sie die Tür aufbrachen.

Der Kranke, von seinen Freunden gestützt, wurde zu Jesus geführt. Er konnte nicht richtig sprechen, zitterte und murmelte unverständlich vor sich hin. Er versuchte, seine Hände wie zum Gebet zusammenzulegen, schaffte es aber nicht. Seine Hand- und Armbewegungen erinnerten an die eines Ertrinkenden, der vergeblich versucht, sich über Wasser zu halten.

Jesus sah ihn an und sagte ohne die Freundlichkeit und Warmherzigkeit, die ihn sonst auszeichneten: »Deine Sünden sind dir vergeben.«

Unter den Zuschauern befand sich auch ein Rabbi, der sich erst kürzlich über Jesus beschwert hatte, genau genommen über uns alle, weil wir seiner Meinung nach den Sabbat nicht heiligten, keine regelmäßigen Andachten hielten und Sakrilege aller Art begingen. Er hing über dem Loch im Dach und wollte nicht zu Jesus ins Zimmer springen, aber auch nichts verpassen. Er fragte: »Was soll das heißen: ›Deine Sünden sind dir vergeben‹? Nur der Herr kann unsere Sünden vergeben. Maßt du dir etwa an, Gott zu sein? Das ist ein Sakrileg!«

Jesus sah zu ihm hoch, dann sah er wieder den gelähmten Fischer an, der zitternd und schwankend vor ihm stand. Er nahm die Handgelenke des Kranken, hielt sie ganz fest und flüsterte ihm etwas ins Ohr, das kein anderer verstehen konnte.

Was dann geschah, wird wiederum in verschiedenen Versionen kolportiert. Mal heißt es, der Mann sei auf der Stelle geheilt gewesen. Andere sagen, erst am nächsten Tag sei er genesen. Niemand bezweifelte jedoch, dass Jesus den Mann geheilt hatte und dass es ein Wunder war.

Der Mann konnte seine Arbeit wieder aufnehmen, mit dem Boot hinausfahren und seine Netze auswerfen, und Jesu Ruf – falls jemand ihn angezweifelt hatte – war wiederhergestellt und gefestigt, und zwar in ganz Galiläa. Immer mehr Menschen begannen, Jesus höher zu schätzen als Johannes den Täufer. Schließlich war Johannes trotz seiner gewaltigen Predigten und seiner rigorosen Taufen nicht in der Lage, Wunder zu vollbringen.

Mir gegenüber erwähnte Jesus diese Episode mit keinem Wort, als ich aus Nazareth zurückgekehrt war, obwohl ihm klar sein musste, dass ich davon gehört hatte. Auch meine mehrtägige Abwesenheit erwähnte er nicht. Er machte mir zwar keine Vorwürfe, aber ich spürte, dass er es mir übelnahm. Unser Verhältnis hatte sich abgekühlt, dafür stand er den Fischern jetzt näher – oder wollte mir diesen Eindruck zumindest vermitteln. Es waren einfachere Männer als ich, und vermutlich empfand er sie als loyaler, unkritischer, vertrauenswürdiger. Mir hatten diese Männer nie vertraut, für sie war ich ein verwöhnter Reiche-Leute-Spross, ein Snob, ein Skeptiker, verkopft und zu dumm, um ein Netz auszuwerfen, geschweige denn eins zu flicken. Als sie mir von der Heilung des Lahmen erzählten, klang es, als wollten sie mir eine Lektion erteilen.

Kurz darauf kamen einige von Jesu Familienmitgliedern überraschend in das Dorf am See und wünschten mit ihm zu sprechen. Auch sie hatten von dem Wunder gehört, und ich nehme an, dass sie an seinem Ruhm teilhaben wollten. Maria führte die kleine Gruppe an, während Josef das Ganze eher peinlich zu sein schien.

Jesus hatte es sich zur Gewohnheit gemacht, jeden zweiten Abend aus einem von Zebedäus' Fischerbooten heraus zu predigen, ein paar Meter vom Seeufer entfernt, während sich die Zuhörer am Ufer versammelten. Dieses Mal war die Menge besonders groß. Jesus war tief in eins der Gebete versunken, die seinen Predigten immer vorangingen, als Jakobus mich ansprach und auf die Familie zeigte, die sich unter die Zuhörer mischte. »Du kennst sie doch, Judas, kümmere du dich um sie!«

Maria begrüßte mich auf ihre konfuse Art. »Judas, mein Lieber, wie gut du aussiehst! Dieses Leben scheint dir zu bekommen. Bist du ein Beduine, oder hast du einen Sonnenbrand? Jedenfalls ist es die Hautfarbe eines Heiden. Meine Güte, wie dünn du bist! Das sehe ich ja jetzt erst. Bekommst du nicht genug zu essen? Es heißt, dass ihr Bettler seid, aber ich hoffe, das stimmt nicht. Doch nun sag mir, warum mein ungezogener Sohn dich daran hindert, deine Mutter zu besuchen!«

Ich zwang mich zu lächeln und sagte, es sei schön, sie zu sehen, sie und die anderen Familienmitglieder.

»Wir sind gekommen, um Jesus zu sehen«, sagte sie. »Würdest du ihm bitte Bescheid sagen?«

»Jetzt?«

»Ja, bitte, mein Lieber, wenn es dir nichts ausmacht.«

Ich sagte, dass er gerade mit der Predigt anfangen wolle.

»Für mich wird er wohl einen Moment Zeit haben, Judas. Schließlich bin ich seine Mutter.«

Ich sagte ihr, sie müsse wohl bis nach der Predigt warten, aber ich würde ihm Bescheid sagen.

Ich bahnte mir einen Weg durch die Menge zu der Stelle am Ufer, wo Jesus gerade im Begriff war, ins Boot zu steigen. Es war nicht leicht, zu ihm vorzudringen. Die Leute drängelten und schubsten, um einen Platz ganz vorne zu ergattern, und wollten mich nicht durchlassen.

Irgendwie bekam ich Jesus am Arm zu fassen und sagte ihm, seine Familie sei da. »Deine Mutter will dich sprechen.«

Seine Miene verfinsterte sich. »Meine Familie?«

Er wandte sich von mir ab, aber ich hatte noch die Hand an seinem Arm. »Was soll ich ihr sagen?«

»Sag ihr, das hier ist meine Familie.« Er machte eine ausladende Bewegung über die Köpfe der Menge hinweg. »Sag ihr, sie soll weggehen.«

»Das kann ich nicht.«

Erbost sah er mich an. »Sag's ihr!«

Ich wollte protestieren: Warum ausgerechnet ich? Aber er hatte mich bereits abgeschüttelt und watete zu dem Boot, das Jakobus für ihn festhielt.

Es ärgerte mich, zwischen die Fronten dieser seltsamen Frau und ihres geltungsbewussten Sohnes zu geraten. Doch was ging es mich an, wenn er ihre Gefühle verletzte? Ich bahnte mir einen Weg zurück. »Er will nicht mit dir sprechen«, sagte ich. »Er sagt, die Leute hier seien seine Familie.«

Marias Miene versteinerte, genau wie gerade eben die von Jesus. Josef sah aus, als würde er sich am liebsten in Luft auflösen. Die larmoyanten Schwestern begannen zu weinen. Die Brüder murmelten Dinge wie: »Siehst du? Das hab ich dir doch gleich gesagt.«

Marias Augen funkelten. »Er bricht mir noch das Herz. Natürlich ist mein Schmerz ihm egal, das war schon immer so. Mein Leid war ihm immer egal. Kommt!«, sagte sie zu den ihren. »Ich will nicht hören, was dieses undankbare Kind zu sagen hat.«

»Wenn wir schon mal hier sind…«, begann Josef.

»Kommt nicht infrage!«, unterbrach ihn Maria. »Diesen Triumph gönne ich ihm nicht.«

Jesus hatte seine Predigt begonnen, wie immer mit einem Gebet. Trotzdem bekam er offenbar mit, dass seine Mutter davonzog und dabei so viel Lärm und Unruhe stiftete wie irgend möglich. Man konnte es seiner Predigt anmerken. Zuerst schien er kein Thema zu haben, keine klare Richtung. Als Maria dann aber fort war und die Menge zur Ruhe kam, fand er den roten Faden. Was er dann sagte, war etwas völlig Neues, dergleichen hatte ich noch nie von ihm gehört. Er schäumte vor Wut. Er sei nicht auf der Welt, um den Menschen Frieden zu bringen, sondern das Schwert. Er sei gekommen, um Bruder gegen Bruder aufzuhetzen, Kinder gegen ihre Eltern. Im Namen des Herrn wolle er Familien und Freunde entzweien. Den Willen des Herrn könne nur erfüllen, wer unbeugsam sei und den Irrgläubigen nicht weiche.

Es war eine starke Botschaft, kompromisslos und aufregend. Trotzdem war ich ebenso erstaunt wie beunruhigt. Wo war der Jesus geblieben, der sagte, der Friedfertige sei gesegnet und werde Gott schauen?

Als sich die Menge nach der Predigt zerstreut hatte, versammelten wir uns, wie fast jeden Abend, um ein Feuer am Ufer. Dieses Mal herrschte angespanntes Schweigen, bis Petrus sagte, es sei eine starke Predigt gewesen. Hier und da murmelte jemand »wunderbar« oder »bemerkenswert«. Es war die Sorte Zuspruch, die Jesus brauchte und erwartete. Mir war diese Unterwürfigkeit zuwider. Es konnte doch nicht wahr sein, dass die anderen das wirklich dachten!

Ich fragte: »Reicht es, wenn wir die Kraft seiner Predigten spüren? Ich dachte immer, es gehe darum, seine Botschaft zu verstehen.«

Langsam drehte Jesus sich in meine Richtung. Er war schon wieder – oder immer noch – wütend. »Was hast du denn nicht verstanden, Judas?«

Ich sagte: »Die ganze Zeit predigst du Vergebung, Versöhnung und Frieden, und plötzlich sprichst du davon, dass du Zwietracht säen und Krieg führen willst.«

Unverhohlen blitzte die Wut aus seinen Augen. »Warum warst du in Nazareth?«

Das war keine Antwort auf meine Frage, und ich war so überrascht, dass ich nicht wusste, was ich sagen sollte.

»Wenn meine Mutter noch einmal wiederkommt«, sagte Jesus an uns alle gerichtet, »haltet sie von mir fern!«

Dann drehte er sich um und schlug den Uferweg zu Petrus' Haus ein.

»Du hast ihn verärgert«, sagte Jakobus, und genau wie alle anderen sah er mich vorwurfsvoll an.

Warum war ich nie
zugegen, wenn er
Lahme gehend machte,

wenn er Tote
wieder zum
Leben erweckte

und ihre Familien
glücklich machte? In
meinem Traum

brennt das Feuer
am See. Dein Handschlag
ist Vergebung.

»Der Skeptiker ist
blind«, sagst du.
Ich sage: »Ja,

blind für nie
Geschehenes.« Du
wendest dich ab,

und ich erwache,
meiner Rolle gewiss,
als Verräter.

Kapitel 12

Der Ärger verflog, Jesus verzieh mir, und kurz darauf predigte er wieder Frieden und Versöhnung, setzte sich für die Armen, die Unterdrückten und Trauernden ein. Ich hatte einen Blick auf einen anderen Jesus erhascht, aber es sollte einige Zeit vergehen, ehe ich diesem anderen wiederbegegnete.

Neben uns auserwählten zwölf spielten zu dieser Zeit zwei Frauen eine Rolle in seinem Leben. Beide hießen Maria. Eine wurde Maria Magdalena genannt, weil ihre Familie aus Magdala, am Ufer des Sees Genezareth, stammte. Die andere Maria wohnte in Betanien, zusammen mit ihrer Schwester Martha und ihrem Bruder Lazarus. So verschieden die beiden waren, so sehr unterschieden sie sich von der ersten Maria in Jesu Leben, seiner Mutter, der Frau, die er nicht ausstehen konnte.

Maria Magdalena, der er wahrscheinlich das Leben gerettet hatte, begegnete er zum ersten Mal, als ich noch verheiratet war und die Geburt meines ersten Kindes erwartete. Er hatte ein Talent, wildfremde Menschen auf Straßen und Plätzen, an Wasserquellen und Brunnen anzusprechen und mit ihnen ins Gespräch zu kommen. Manchmal funktionierte das sogar bei Frauen, wenn sie zuhören konnten – ein Verhalten, das die konservativeren unter seinen Gefährten skandalös fanden. So hatte er auch Maria Magdalena kennengelernt. Sie war eine Frau, die sagte, was sie dachte, und sie war für seine Botschaft empfänglich. Später begegnete er ihr unter ganz anderen Umständen wieder – als Angeklagte.

Sie wurde nämlich beschuldigt, ihrem Mann untreu gewesen zu sein. Jesus kam auf dem Marktplatz einer kleinen Stadt dazu, wie ihr Fall öffentlich verhandelt wurde; sein Erscheinen selbst sei schon ein Wunder gewesen, sagte sie später. Das Ganze spielte sich vor der Synagoge ab, in der er am Vorabend über die Vergebung der Sünden gepredigt hatte. Maria Magdalena stand mit gesenktem

Kopf da, rechts und links von ihr die Ankläger, ihr Mann und ihr Schwager, die sie an den Armen festhielten. Ihnen gegenüber standen drei Rabbis und besprachen, welche Strafe angemessen sei, als der älteste von ihnen den »Möchtegern-Propheten« sah, der am Vorabend behauptet hatte, ein armer Sünder sei Gott wichtiger als ein Gerechter, denn der Gerechte sei bereits errettet.

Es schien nicht einfach zu sein, zu einem Urteil zu gelangen. Es gab Zeugen für das Verbrechen, aber auch Zweifel an deren Aufrichtigkeit; möglicherweise hatte der Ehemann sie zu einer Falschaussage angestiftet, weil er die selbstbewusste Frau loswerden wollte. Jedenfalls kam der älteste Rabbi, der Wanderprediger gern aufs Glatteis führte, auf eine unterhaltsame Idee: Diesen hier würde er dazu bringen, entweder sich selbst oder dem Propheten Mose zu widersprechen.

»Jesus von Nazareth«, rief er. »Es gibt Zeugen für die Sünde dieser Frau. Nach den Gesetzen Moses sollen Ehebrecher gesteinigt werden. Muss das Gesetz auch in diesem Fall angewendet werden?«

Jesus stand am Rande des Platzes im Schatten von Bäumen. Statt zu antworten, bückte er sich und schrieb mit dem Finger etwas in den staubigen Boden. Die drei Rabbis kamen herbei und beugten sich vor, um zu lesen, was er geschrieben hatte, aber es schien sich um eine fremde Sprache zu handeln, eine, die sie nicht lesen konnten.

Einen Moment lang herrschte allgemeine Verwirrung und Verwunderung, dann wiederholte der älteste Rabbi seine Frage: »Nun denn, Prophet von Nazareth, hast du eine Antwort? Soll das Gesetz Moses hier angewendet werden?«

Jesus sah ihn an und fragte: »Du bist der ortsansässige Richter?«

Der Rabbi bejahte.

Jesus fragte: »Und welche Rolle spielt unser Herr in diesem Prozess?«

Der Rabbi wurde ungeduldig und hielt diese Frage für bedeutungslos, ja unverschämt, da die Antwort offensichtlich sei. »Es ist unsere Aufgabe, den Willen des Herrn auszulegen.«

Wieder bückte sich Jesus und schrieb mit dem Finger in den

Staub, und obwohl die Rabbis ahnten, dass es wieder unleserlich sein würde, beugten sie sich darüber.

Immer noch gebückt, sagte Jesus: »Du musst das Urteil fällen. Doch wenn diese Frau gesteinigt werden soll, so ist es Gottes Wille, dass derjenige den ersten Stein werfe, der ohne Sünde ist.« Dann richtete er sich auf, blickte in die Menschenmenge, die sich mittlerweile angesammelt hatte, und sprach sie an, als hätten die Rabbis ihn dazu aufgefordert: »Derjenige unter euch, der ohne Sünde ist, trete vor!«

Jesus strahlte eine enorme Autorität aus, sein Blick war durchdringend. Es muss einer jener Momente gewesen sein, in denen man das Gefühl hatte, Gott selbst sähe einen mit Jesu Augen an. »Einer, der ohne Sünde ist«, wiederholte er so laut und deutlich, dass es von den Hauswänden widerhallte. Alle wandten den Blick von ihm ab, schauten in die Luft oder auf ihre Füße. Dann ging der Erste weg, dann zwei auf einmal, dann drei. Sie zuckten mit den Schultern und taten so, als interessiere sie die Sache nicht mehr, als gehe sie das Ganze ohnehin nichts an oder als hätten sie etwas Wichtigeres zu tun. Bald waren nur noch die Rabbis, die inzwischen über die Sinnhaftigkeit von Jesu Verdikt debattierten, und die beiden Kläger da, die nun nicht mehr so selbstgewiss wirkten und Maria Magdalenas Arme losgelassen hatten.

»Lasst die Frau mit mir ziehen«, sagte Jesus. »Dann seid ihr sie los, und sie wird errettet.«

Er führte sie mit sich fort, und die anderen blieben schweigend und verunsichert zurück. Die jüngeren Rabbis zürnten dem älteren, weil er durch die Einbeziehung des Emporkömmlings aus Nazareth den Prozess aus der Hand gegeben hatte. Auch der ältere bedauerte es inzwischen, aber er versuchte das Gesicht zu wahren, indem er den Klägern versicherte, auf diese Weise sei ein ausgezeichnetes Ergebnis erzielt worden.

Jesus und Maria Magdalena verließen die Stadt und wanderten die ganze Nacht durch, weil sie fürchteten, die anderen könnten es sich noch einmal überlegen. Spät am nächsten Tag kamen sie müde, hungrig und staubig in ein Dorf, in dem etliche Jesusanhänger wohnten. Einer von ihnen führte eine Herberge, und Jesus bat ihn,

Maria Magdalena dort aufzunehmen. Der Mann war einverstanden und gab ihnen zu essen und zu trinken.

Nach dem Essen verabschiedete sich Jesus. »Du bist frei«, sagte er zu Maria Magdalena.

»Ich bin eine geschiedene Frau«, erwiderte sie. »Wovon soll ich nun leben?«

Jesus versicherte ihr, Gott werde für sie sorgen, brachte das Gleichnis von den Raben, küsste sie und ging.

Zwei Jahre darauf, inzwischen war ich ein Jünger Jesu, kehrten wir zu sechst in diese Gegend zurück. Ein Mann namens Simon lud uns zum Essen ein, weil er überzeugt war, Jesus habe ihn bei einem früheren Besuch durch Handauflegen und seinen Segen vom Aussatz geheilt. Während die Dienerschaft noch das Mahl zubereitete, öffnete sich eine Tür, und eine Frau, die Jesus als Maria Magdalena wiedererkannte, kam mit einem Alabasterkästchen herein. Simon stand auf und entschuldigte sich bei Jesus. »Es tut mir leid, das hier ist keine tugendsame Frau, aber sie besteht darauf, dich zu sehen. Sie will dir danken.«

Zu Maria Magdalena sagte er: »Bitte sag, was du zu sagen hast, und dann geh!«

Sie kniete vor Jesus nieder und bat um eine Schüssel Wasser. Als sie gebracht wurde, wusch Maria Magdalena Jesus die Füße, trocknete sie mit ihren langen Haaren ab und küsste sie. Dann öffnete sie das weiße Kästchen, das mit edlen Schnitzereien in Form von Palmen verziert war. Sofort war der ganze Raum vom Duft würzigen Nardenöls erfüllt. Jesu Füße waren rissig und wund vom Wandern. Maria Magdalena massierte sie mit dem Öl.

Als sie fertig war, stand sie auf, nahm Jesu Hände und küsste sie. »Das war ich dir schuldig«, sagte sie. »Du hast mich gerettet. Dir verdanke ich mein Leben.«

Jesus sah sie zweifelnd an. »Ich soll dich gerettet haben? Dieser Mann sagt, du seist eine Sünderin.«

»Du sagtest, Gott sorge für die Raben«, sagte sie. »Ich aber bin kein Rabe, deswegen musste ich für mich selbst sorgen. Ich verkaufe meinen Körper, um zu überleben.«

Jesus zögerte nur kurz. Ich konnte sehen, dass er Gefallen an ihr fand. Vielleicht fiel ihm auch ein, dass sie ihm schon bei der ersten Begegnung angenehm aufgefallen war. »Komm mit uns«, sagte er. »Dann zeige ich dir, wie die Raben ihr Leben fristen – ohne Sünde.«

Petrus, Jakobus und Andreas und selbst der junge Bartolomäus waren schockiert. Genau wie Simon, unser Gastgeber. Ohne auf die Frau Rücksicht zu nehmen, wiesen sie darauf hin, dass sowohl das Nardenöl als auch das Kästchen, in dem es sich befand, sehr teuer waren. Wovon hatte sie das bezahlt, wenn nicht vom Lohn für ihre Sünde? Wenn es sie nach Buße verlangte, warum hatte sie dieses Geld dann nicht den Armen gegeben? Wollte Jesus sich wirklich von einer Frau mit zweifelhaftem Ruf die Hände und Füße küssen und sie mit uns ziehen lassen?

Jesus schüttelte den Kopf. »Ich schätze diese Frau, wie ich euch schätze, meine Freunde.« Er hob seinen Becher und trank. »Und was die Armen betrifft, so wird es sie bis ans Ende aller Tage geben. Mich aber habt ihr nicht allezeit.« Dann lachte er.

Maria Magdalena wurde zu einer seiner treuesten Begleiterinnen. Zweifellos liebte er sie. Er vertraute ihr, vergab ihr ihre Sünden und erfreute sich ihres unerschrockenen Wesens. Gewiss hätte er sie in den Kreis seiner Jünger erhoben, wäre sie ein Mann gewesen. Wenn er in seinen düsteren Momenten unsere Verfehlungen anprangerte, ging es oft um unseren Mangel an Glauben. Er sagte, wir seien schwach, wankelmütig und unentschlossen, und er verglich uns mit Maria Magdalena, die niemals schwanke, ihn niemals verleugnen oder verraten werde.

Einmal beklagte sich Petrus darüber, er liebe sie mehr als uns, und es kursierten Gerüchte, vor allem unter jenen, die nicht unserem engsten Kreis angehörten, sie sei seine heimliche Geliebte. Das glaube ich aber nicht. Obwohl Jesus zu widersprüchlichem Verhalten neigte (man könnte sogar sagen, dass er darin Meister war), war er kein Heuchler. Hätte er Maria Magdalena in seinem Bett haben wollen, wäre sie genau darin gelandet, aber er war nicht wie andere Männer. Manchmal lag ich nachts wach und dachte an Judith, beweinte meinen Verlust und war mir der Tatsache bewusst, dass Maria Magdalenas geschmeidiger Körper ganz in der

Nähe war und mir Trost spenden könnte. Doch obwohl sie mir den Gefallen vielleicht sogar getan hätte, wusste ich, dass es sie nicht nach meinem Körper verlangte, sondern nach dem von Jesus, den es nach ihrem aber nicht gelüstete.

Jesus liebte uns, seine Gefährten, manche mehr als andere, aber ich denke, für uns alle gilt, dass er in uns keine Individuen, sondern Repräsentanten der Menschheit sah. Und die Menschheit liebte er als Repräsentanten der Schöpfung Gottes. Es war eine ganz und gar unpersönliche Liebe, allumfassend und doch sehr allgemein. Wenn ich heute daran zurückdenke, kann ich es nicht mehr verstehen – und vielleicht habe ich es schon damals nicht verstanden.

Die andere Maria, die aus Betanien, war die Schwester von Martha und Lazarus. Alle drei liebten Jesus und er sie, aber sie unterschieden sich von uns anderen, die ihn auf seinen Wanderungen begleiteten. Alle drei waren sittenstrenge, ordnungsliebende Menschen, und ich kann mir nicht vorstellen, dass auch nur eine oder einer von ihnen mit unserer Armut und Genügsamkeit, den unregelmäßigen Mahlzeiten und ebenso unregelmäßigen Andachten, dem Betteln und dem Leben auf der Straße zurechtgekommen wäre – ganz zu schweigen von den hautnahen Begegnungen mit den begeisterten Menschenmengen, denen wir uns mittlerweile genauso stellen mussten wie der Ablehnung, die man uns anfänglich entgegengebracht hatte. Nicht zu vergessen die Leprakranken, die Krüppel und Besessenen, die uns häufig bedrängten oder deren Familien uns bedrängten, in der Hoffnung auf Heilung. Sie stanken und hauchten uns ihren fauligen Atem ins Gesicht. Genauso entsetzt wären Lazarus und seine Schwestern über die Streitereien unter uns gewesen, über das Wetteifern um die Gunst unseres Anführers. All das war für uns Alltag. Wie andere Jesusanhänger, die zu den Wohlhabenderen gehörten, etwa Josef von Arimathäa, waren die Betanier nicht für das unstete Leben geschaffen, das wir führten.

Von den drei Geschwistern mochte Jesus Maria am liebsten. Vielleicht lag es an dem Namen. Da Jesus seine Mutter Maria nicht lieben konnte, fühlte er sich vielleicht genötigt, alle anderen Frauen dieses Namens zu lieben. Martha liebte Jesus nicht weniger als ihre

Schwester, aber einmal beschwerte sie sich bei ihm darüber, dass sie für ihn kochen und ihn bedienen müsse, wenn er zu Besuch kam, während ihre Schwester zu seinen Füßen sitzen und sich mit ihm unterhalten dürfe. Er erwiderte, Maria wolle es so, und er habe nichts dagegen. Es war eine indirekte, aber dennoch wenig einfühlsame Art, ihr zu sagen, sie solle weiter ihre Arbeit verrichten und aufhören zu jammern.

Im Gegensatz zu seinen Schwestern war Lazarus ein schwermütiger Mensch. Als Jesus die drei kennenlernte, war Lazarus zutiefst unglücklich. Es war nichts Bestimmtes, aber eine dunkle Hand, so formulierte er es selbst, strecke sich nach seinem Herzen aus und drücke es von Woche zu Woche stärker zusammen, sodass er oft tagelang im Bett liege und nicht arbeiten, essen, sich waschen oder beten könne. Seine Schwestern hatten von den Heilkräften des Jesus von Nazareth gehört, waren zu ihm gegangen und hatten ihn um Hilfe gebeten. Jesus hatten die beiden schlichten, ledigen Schwestern gut gefallen, und er hatte sie zu ihrem Haus begleitet, wo ihr Bruder im Bett lag und dem Tod nahe war.

Er blieb einige Tage bei ihnen und unterhielt sich mit Lazarus über die Geschichte und den Gott Israels, über die Heiligen Schriften und Prophezeiungen. Er zitierte lange Passagen daraus, erinnerte Lazarus an die Zukunft, die dem jüdischen Volk vorausgesagt war, und legte diese Prophezeiungen mit zeitgemäßen Gedanken aus.

Lazarus fühlte sich davon so inspiriert, dass er sich zum ersten Mal seit Monaten wieder wusch und alles aufaß, was man ihm vorsetzte. Er stand auf, machte sich in dem kleinen Garten zu schaffen, der zum Haus gehörte, nahm kleinere Reparaturen vor, lächelte und lachte bisweilen sogar – ein Lachen, wie seine Schwestern sagten, das sich anhörte wie die Pflugschar, die seit einem Jahr nicht mehr geölt worden war.

Lazarus war so ausgezehrt, so lustlos und dem Tode so nahe gewesen, dass seine Schwestern das, was Jesus bei ihm bewirkte, als Auferstehung bezeichneten. Jesus, so sagten sie, habe Lazarus von den Toten auferstehen lassen. Seither nehme Lazarus sein Leben in beide Hände und sehe wieder einen Sinn darin. Er selbst war so von Jesus überzeugt, dass er der Erste war, den ich aus vollem Herzen sagen hörte, Jesus sei der Messias. Damals hielt ich es für seine Art, seiner Dankbarkeit Ausdruck zu verleihen. Niemals hätte ich gedacht, jemand könne das ernst meinen. Später fragte ich mich, ob Jesus ihm diese Lesart bei ihren stundenlangen Gesprächen über die alten Schriften und Prophezeiungen nicht vielleicht sogar selbst nahegelegt hatte.

Mittlerweile waren wir häufiger unterwegs als je zuvor, praktisch ununterbrochen, nie alle zwölf auf einmal, aber zu sechst bis zehnt waren wir immer. Nur wer krank oder von seiner Familie nach Hause gerufen worden war, um irgendeine Arbeit zu verrichten, war nicht dabei. Manchmal unterstützten wir Jesus bei den Predigten, gingen ihm voraus und kündigten seine Auftritte an, manchmal verbreiteten wir seine Botschaft auf sein Geheiß hin eigenständig. Mein Talent als Prediger entsprach meiner Glaubenstiefe, die zu wünschen übrig ließ, aber damit stand ich nicht allein da. Jesus appellierte immer wieder an unseren Glauben. Der Glaube könne Berge versetzen. Wenn wir glaubten, könnten wir alles schaffen, ohne Essen überleben und übers Wasser wandeln. Immer wieder sagte er das, und ich war nicht der Einzige, der des Nachts Albträume hatte, in denen Jesus über den See ging und einem zurief, man solle Zebedäus' Boot verlassen und zu ihm kommen. In meinen Träumen gehorchte ich, machte mich auf den Weg, aber nach wenigen Schritten begann ich unterzugehen. Dann wachte ich schweißgebadet auf und ruderte mit den Armen, rang um Atem und rief seinen Namen, damit er kam und mich vor dem Ertrinken rettete. Manchmal unterhielt ich mich mit anderen, die den gleichen Traum hatten, scherzhaft darüber; wir fanden es anmaßend und absurd, dass irgendjemand, Jesus eingeschlossen, übers Wasser wandeln könne.

Jeder von uns hatte früher oder später eine Phase, in der er nicht in dem Maße glauben konnte, wie Jesus es verlangte. Wir versuchten unser Bestes, und manchen gelang es besser als anderen. Da ich von Natur aus ein Skeptiker bin, war ich wohl derjenige, dem es am wenigsten gelang.

Diese Glaubensschwankungen unter Menschen, die ihm so

nahestanden und die den von ihm gewählten Lebensstil bereitwillig teilten, erklären wohl, warum er Petrus, Jakobus und Johannes etwas anvertraute, das er uns anderen, die wir weniger stark im Glauben waren, vorenthielt. Nachdem wir Lazarus und seine Schwestern in Betanien besucht hatten, durchwanderten wir das Jordantal. Wir wollten nach Jerusalem und waren, da wir alle aus der Provinz stammten, entsprechend aufgeregt. Kurz bevor wir unser Ziel erreichten, stoppte Jesus das Vorhaben jedoch. Es schien, als befolge er Anweisungen von ganz oben oder als habe ihn plötzlich der Mut verlassen. Jedenfalls sagte er, wir sollten erst nach Jerusalem gehen, wenn wir vollzählig seien, und zwar anlässlich des Passahfestes.

Also begaben wir uns wieder auf die Straße nach Galiläa. Jesus war missmutig und nachdenklich, vielleicht weil er die Heilige Stadt nun doch nicht zu sehen bekommen würde. Er lehnte seinen Anteil an einem üppigen Mahl ab, das eine Familie uns vorsetzte, deren kranken Säugling er angeblich geheilt hatte, und er sprach den ganzen Nachmittag kein Wort.

Unser Weg führte um den Fuß eines Berges herum, und dort brach er plötzlich sein Schweigen, um eine erneute Planänderung zu verkünden. Wir sollten unser Lager aufschlagen, wo wir uns gerade befanden, und die Nacht in einer Berghöhle verbringen. Die bereits erwähnten drei sollten mit ihm ein Stück den Berg hinaufsteigen. Wir restlichen vier sollten aus unseren Proviantresten ein Mahl bereiten. Wenn er mit den dreien nicht bis Sonnenuntergang zurück sei, sollten wir nicht länger warten und mit dem Essen beginnen.

Wir befolgten seine Anweisungen, und als es Zeit war, schlafen zu gehen, war von den anderen immer noch nichts zu sehen. Am nächsten Morgen berieten wir, ob wir an Ort und Stelle ausharren oder uns auf die Suche machen sollten. Da sahen wir sie plötzlich die beige- und mauvefarbene Bergflanke herabsteigen, bis sie die grün bewachsene, landwirtschaftlich genutzte Zone erreichten. Einer hinter dem anderen gingen sie durch die Kornfelder, Petrus vorweg, dahinter Jakobus, Johannes und Jesus.

Wir gaben ihnen die Reste unseres Mahls, und sie griffen

hungrig zu. Sie sagten nicht, wo sie gewesen waren oder was sie getan hatten. Die drei, die Jesus begleitet hatten, machten ernste Gesichter und schienen sich plötzlich furchtbar wichtig vorzukommen. Wieder einmal hatte Jesus Zwietracht gesät, indem er Einzelnen von uns seine Gunst schenkte und sie damit über die anderen erhob.

Ich nahm in beiseite und fragte ihn, was geschehen war.

Er schüttelte den Kopf. »Du wirst es rechtzeitig erfahren.«

Ich fragte, warum nicht jetzt.

Er sagte: »Du bist dafür noch nicht bereit.«

»Im Gegensatz zu den anderen dreien?«

Er neigte den Kopf. »Du bist nicht fest im Glauben, Judas.«

»Du meinst, dass ich nicht leichtgläubig bin.«

»Ich meine, dass du nicht unschuldig bist.«

»Befriedigt es dich, wenn dir drei Dummköpfe bedingungslos glauben?«

Er strich mir über den Arm. »Nur Geduld. Deine Zeit wird kommen.«

Ich zögerte einen Moment, ehe ich einen Impuls in Worte fasste, den ich in diesem Moment nicht zum ersten Mal hatte (und nicht zum letzten Mal): »Ich glaube, ich habe genug von alledem.« Dummerweise entfuhr mir dieser Satz, ohne nachzudenken.

Jesus sah mir in die Augen und nahm meine Hände. »Willst du mich verlassen?« Seine Augen füllten sich mit Tränen.

Ich antwortete nicht, aber seine Reaktion überraschte mich. Und ich kam ins Wanken. Wohin sollte ich zurückkehren? Ins Haus meiner Mutter, mit all seinen Erinnerungen an Judith? Zu meinem Vater, wo mich nichts als Kälte, Ablehnung und Enttäuschung erwartete? Hier befand ich mich in einer Gemeinschaft, hier wurde ich, wie es schien, geliebt.

Jesus fragte: »Mit wem soll ich mich dann unterhalten?«

Ich erwiderte: »Mit den dreien, die du mit auf den Berg genommen hast.«

Doch Jesus spürte bereits, dass ich meine Meinung geändert hatte. Er legte mir einen Arm um die Schulter und sagte: »Vertraue mir. Am Ende ergibt alles einen Sinn.«

Er hat mir also nichts verraten. Aber sofort ging das Getuschel darüber los, was da oben auf dem Berg wohl geschehen war, und die Geschichten, die man sich erzählte, wurden immer erstaunlicher, obwohl niemand laut darüber sprach. Jesus habe die drei auf den Gipfel geführt und sie gebeten, Wache zu halten, während er betete. Dann habe er lange in dem scharfen Wind gekniet, der auf Bergen wie diesem kraftvoll von unten nach oben zu wehen schien. So weit glichen sich die verschiedenen Versionen. Allen gemeinsam war auch, dass die drei sich im Schutz eines Dornbusches zusammenkauerten, gegen Hunger und Erschöpfung ankämpften, während es langsam dunkel wurde, bis sie schließlich einschliefen. Später seien sie jedoch wieder aufgewacht – mit dem Gefühl, etwas Außerordentliches sei im Gange, eine Offenbarung, das Wirken einer göttlichen Kraft.

Im detailliertesten Bericht war die Rede davon, Petrus habe gesehen, wie der zerrissene und beschmutzte Burnus von Jesus sich verwandelte, als Jesus kniend betete – und zwar in ein leuchtend weißes Gewand. In dem Moment erschienen über Jesus zwei riesige Figuren. Petrus habe gewusst, dass es sich um Mose und Elia handelte, obwohl er nicht sagen konnte, woher er das wusste. Die beiden hätten etwas zu Jesus gesagt, und er habe ihnen geantwortet.

Jakobus habe nichts gesehen, aber eine gewaltige Stimme gehört, die im Dunkeln sagte: »Das ist mein auserwählter Sohn. Auf ihn sollt ihr hören.«

Johannes habe unruhig geschlafen und könne sich an nichts erinnern, außer dass er das merkwürdige Gefühl gehabt habe, etwas Gewaltiges, Erschütterndes sei geschehen. Noch nie habe er etwas Ähnliches erlebt. Nach dem, was Petrus gesehen und Jakobus gehört habe, sei auch er davon überzeugt, dass Jesus sie in die Gegenwart Gottes geführt habe.

Nun waren es also drei, die wussten oder zu wissen glaubten, dass wir im Dienste des Messias standen.

Im arabischen Märchen
kommt der Held
mit einem Schwert,

um den strengen
Vater abzuwehren. Dann
entführt er sie

auf einem weißen
Pferd. Jesus kommt
zu Fuß. Bewaffnet

nur mit Worten
und einem Finger,
schreibend im Staub.

Dachte er noch an
unser Stück, an die
Macht des Worts,

das nur Einer
verstand? War sein
Text Griechisch

oder, wie Maria
Magdalena glaubte, die
Sprache des Himmels?

Kapitel 13

Vorgestern kamen Nachrichten aus Jerusalem. Drei Anhänger der Jesussekte, zwei Männer und eine Frau, suchten Ptolemäus auf, und ich war zugegen, als sie ihm die Neuigkeiten überbrachten. Bei der Gelegenheit wurde mir noch etwas anderes klar. Ich hatte mich schon gefragt, warum Ptolemäus mir so bekannt vorkam, sowohl was sein Äußeres betraf als auch – mehr noch – seine Stimme. Die Besucher begegneten ihm mit so großem Respekt, dass ich einen beiseitenahm, den älteren der beiden Männer, Esra, und ihn fragte, ob mein Gast schon lange der Bewegung angehöre.

Ich bekam zur Antwort, er sei einer der wichtigsten Menschen, die heute noch lebten.

Ich muss dann wohl ein so irritiertes Gesicht gemacht haben, dass Esra unwillkürlich zu einer Erklärung ansetzte.

»Ptolemäus ist so wichtig, weil…« Esra unterbrach sich und fixierte mich mit einem Blick (den ich zur Genüge kannte), als müsse er ein Geheimnis wahren, das er nur zu gern preisgeben würde. »Tut mir leid. Das darf ich nicht sagen.«

»Weil er Jesus kannte?« Dieser Gedanke war mir bereits ein, zwei Mal gekommen, wenn er von Dingen sprach, die nur jemand wissen konnte, der damals dabei war.

Esra senkte den Kopf, eine unmissverständliche Bestätigung. Die Gottesnähe, die Ptolemäus für ihn verkörperte, schien ihn zu überwältigen.

»Aber da ist noch etwas«, forderte ich ihn weiter heraus.

Wieder nickte er, sagte aber zugleich: »Ich darf nicht darüber sprechen.«

Das war auch nicht nötig. Ich konnte es mir schon denken. »Er war einer der zwölf«, flüsterte ich.

Der Mann verzog das Gesicht, und Tränen schossen ihm in die Augen.

»Das Geheimnis ist bei mir gut aufgehoben«, versicherte ich ihm. »Ich verrate nichts und frage auch nicht nach seinem Namen.«

Ich kannte ihn. Es war Bartolomäus. Seine Blindheit und die äußerlichen Veränderungen von vierzig Jahren hatten mich ihn nicht erkennen lassen. Zugleich hatte seine Blindheit verhindert, dass er mich erkannte. Sie bot mir also Schutz. Darüber hinaus glaubte er zu wissen, dass Judas Iskariot tot war, sich an einem Feigenbaum erhängt hatte oder auf einem Acker, den er vom Lohn für seinen Verrat gekauft hatte, von Pflugscharen zerstückelt worden war. Sonst hätte er mich vielleicht an meiner Stimme erkannt, denn Blinde entwickeln ja ein ausgezeichnetes Gehör.

»Er war nicht immer blind?«, fragte ich.

»Nachdem er die Kreuzigung gesehen hatte«, sagte Esra, »wollte Gott nicht, dass er noch etwas anderes sieht.«

Ich versuchte das zu verstehen, aber es gelang mir nicht. Bartolomäus war einer von denen gewesen, die das Weite suchten, als Jesus festgenommen wurde. Er hatte die Kreuzigung also keineswegs gesehen.

Ich fragte, wozu die Geheimhaltung nötig sei.

»Wir haben Feinde.« Esra machte ein betrübtes Gesicht. »Heute nicht mehr so viele wie einst, aber wir beschützen Ptolemäus, genau wie die anderen beiden Jünger, die überlebt haben.«

»Nur zwei?« Gern hätte ich gefragt, wer sie waren, aber es war Esra sichtlich unangenehm, dass er bereits zu viel gesagt hatte.

»Nur zwei«, bestätigte er. Dann wandte er sich von mir ab.

Die Neuigkeiten aus Jerusalem waren verstörend. Die Römer hatten die Schlinge um die Stadt zugezogen. Ab und zu gelang jemandem die Flucht, nur wenige erhielten die Erlaubnis, geordnet durch die römischen Linien abzuziehen. Die Zustände innerhalb der Stadtmauern wurden mit Begriffen wie Revolution und Terror bezeichnet. Das Volk – der Plebs – hatte die Macht übernommen, aber es gab rivalisierende Gruppierungen, die von bekannten Rebellen angeführt wurden. Es lebten keine Römer mehr in der Stadt, aber auch keine wohlhabenden Juden. Zusammen mit dem größten Teil der Mittelschicht und den Tempelpriestern waren diese geflohen, oder man hatte ihnen vor Volkstribunalen den Prozess gemacht und sie exekutiert. Einige hatten überlebt, weil sie hoch und heilig schworen, sie seien immer schon gegen die Römer, die Herodes-Herrschaft und die Priester gewesen. Manche waren in die Stadtmiliz aufgenommen worden, die gegen die Römer kämpfte, und hatten anschließend heroische Angriffe gegen die Belagerer vor den Stadtmauern angeführt. Diese Angriffe jedoch endeten immer mit vernichtenden Niederlagen.

Inzwischen gingen in der Stadt die Nahrungsmittel zur Neige. Tiere aller Art – Kamele, Katzen, Esel, Vögel, Ratten und Schlangen – wurden bereits geschlachtet, gegart und gegessen. Getreidevorräte, mit deren Hilfe man noch jahrelang die Belagerung hätte überstehen können, waren bei Kämpfen unter den rivalisierenden Gruppen verbrannt. Die Bevölkerung hungerte.

Berichte von Männern machten die Runde, die in die Schlacht zogen, indem sie sich einen Weg durch die Toten vorangegangener Schlachten bahnten, doch wenn sie den hinter massiven Schilden verschanzten Römern entgegentraten, befanden sie sich auf blutüberströmten Straßen, sodass sie dauernd ausrutschten und kaum vorankamen. Täglich gab es Kreuzigungen von gefangenen Milizionären und flüchtenden Zivilisten – bis zu fünfhundert pro Tag. Die dafür benötigten Holzpfähle wurden bereits knapp, sodass man die Opfer schon an hölzerne Türen, Zäune oder Wände nagelte, in allen möglichen Positionen, kopfüber, horizontal, mit überlappenden oder ineinander verschlungenen Gliedmaßen, wie sie gerade am besten in die Lücken passten. Überall in der Stadt gab es Stellen, an denen sterbende Männer und Frauen stöhnend und schreiend im Todeskampf lagen.

Wenn römische Soldaten während einer Schlacht müde wurden, Muskelkrämpfe oder Rückenschmerzen bekamen oder die Kraft ihrer Arme nachließ, durften sie sich zurückziehen und ausruhen. Doch in der Stadt wurden immer neue Kampftrupps gebildet, und die Furcht vor den Volkstribunalen war so groß, dass sich Männer freiwillig für die aussichtslosen Verteidigungsschlachten vor den Stadttoren rekrutieren ließen, immer in der Hoffnung, es könne ihnen gelingen, nur zum Schein in die Schlacht zu ziehen und in Wirklichkeit so schnell wie möglich ins Umland zu fliehen – was einigen wenigen auch gelang.

Esra berichtete von einer Gruppe jüdischer Kaufleute, die zu der Zeit, als die Römer wohlhabende Juden noch unbehelligt, aber gegen horrende Bezahlung aus der Stadt abziehen ließen, genug Goldmünzen verschluckt hatte, um sich damit später in der Fremde ein neues Geschäft aufzubauen. Als sie die Linien der Römer hinter sich gelassen hatten, wurden sie jedoch von Beduinen überfallen, die geheime Reichtümer bei den Juden vermuteten und sie folterten, damit sie das Versteck preisgaben. Als ein Jude dann verriet, wo sich das Gold befand, wurden alle aufgeschlitzt, ausgeraubt und in der Nachmittagssonne liegen gelassen. Sogleich machten sich Schakale und Aasgeier über ihre Eingeweide her und begannen sie aufzufressen, bevor sie den letzten Atemzug getan hatten.

Diese Berichte eines Aufruhrs, der sich mittlerweile auf ganz Judäa erstreckte und bis nach Galiläa hineinreichte, setzen mir zu, und ich beweine das Schicksal der Heiligen Stadt, meiner Heimat und meines Volkes. Ich frage mich, wie es meiner Familie und meinen Freunden wohl geht, und mein einziger Trost ist, dass die meisten, die mir einst nahestanden, bereits tot sind. Doch es schmerzt mich, dass alles, was die Welt meiner Kindheit ausmachte, nun zerstört und verschwunden ist. Ich danke Gott oder meinen Sternen oder dem Schicksal oder wer immer dafür zuständig ist, dass es mir gelungen ist, jemand Neues zu werden, eine neue Heimat zu finden, dass ich eine Frau gefunden habe, die mir Kinder schenkte, die wieder Kinder bekamen, und dass ich in Frieden leben kann.

Ptolemäus – seit ich weiß, dass er Bartolomäus ist, beobachte ich ihn aufmerksamer als zuvor – nimmt die Berichte mit der strengen Miene eines Richters zur Kenntnis. »Dieser Niedergang«, sagt er, »war voraussehbar. Der Herr hat Seinen Sohn gesandt, um über Israel zu herrschen, aber unser Volk hat ihn den Römern ausgeliefert, damit sie ihn kreuzigten. Es war nicht zu erwarten, dass der Himmel uns und unseren Tempel nach einem derartigen Verrat weiter beschützen würde.«

Obwohl er das ganz kühl sagt, sogar mit einer gewissen Befriedigung, und es gewiss ernst meint, glaube ich zu spüren, dass auch er schockiert ist, vielleicht sogar traurig.

Heute Nachmittag sind wir alle, selbst Theseus und Autolykus, zu dem kleinen Platz gegangen, wo sich jetzt regelmäßig eine Gruppe um Ptolemäus schart, die sich als »Christen« bezeichnet – Menschen, die sich ohne großes Zeremoniell in einem Brunnen taufen lassen, dessen breiter Rand Ptolemäus als Rednerplattform dient. Esra hat darum gebeten, die Predigt einmal selbst zu halten, und Ptolemäus hat es ihm gnädig erlaubt, wenn auch zögerlich.

Esra sprach zu den einfachen Leuten von einem Wunder, das Jesus vollbracht habe, ein Wunder, das erneut den Beweis dafür liefern sollte, dass Jesus der Sohn Gottes sei, ausgestattet mit der Kraft, die Menschheit zu erlösen. Eine große Menge (»mindestens fünftausend«) sei Jesus zu einem abgelegenen Ort unweit des Sees Genezareth gefolgt, wo er eine Predigt hielt, in der er den Menschen versicherte, obwohl sie arm seien, stünde ihnen das Himmelreich offen, während den Reichen der Zutritt verwehrt bleibe, zumindest den meisten. Nur ein reicher Mann, der tugendsam gelebt und viel den Armen gegeben habe, werde aufgenommen, aber erst nachdem der letzte Arme seinen Platz im Haus des himmlischen Vaters eingenommen habe. Diese Kunde, so Esra, sei von den Galiläern freudig aufgenommen worden, und Jesus habe sie beten gelehrt.

Dann aber hätten die Jünger darauf hingewiesen, dass nicht genug zu essen für alle da war, und vorgeschlagen, alle sollten nach Hause oder in die nächstgelegenen Dörfer gehen, um dort ihr Abendessen einzunehmen.

Jesus habe gefragt, welche Vorräte noch da seien, und man habe ihm fünf Laibe Brot und zwei Fische gezeigt. Darauf habe er der Menge befohlen, sich in Gruppen von zwanzig bis dreißig aufzuteilen und pro Gruppe einen Abgesandten zu einem Tisch zu schicken, den die Jünger mit den unzureichenden Nahrungsmitteln decken sollten.

Dann habe Jesus das Brot gebrochen und gesegnet, worauf aus den fünf Laiben erst fünfzig, dann fünfhundert und so weiter geworden seien. Das Gleiche sei mit den Fischen passiert, erst seien es zwanzig, dann zweihundert und noch mehr geworden. Der Tisch sei von Nahrung nur so übergequollen, und sobald die Abgesandten, die sich in Reih und Glied aufstellten, die Rationen der einzelnen Gruppen vom Tisch genommen hätten, seien neue Brote und Fische erschienen. Innerhalb einer einzigen Stunde hätten alle fünftausend glücklich in der Nachmittagssonne gesessen und sich satt gegessen gehabt.

Manchmal stockte Esra beim Erzählen, als könne er die Geschichte selbst kaum glauben. Jede neue Einzelheit schien ihn in Erstaunen zu versetzen. Ich war peinlich berührt, auf die Art, die wohl jeder kennt, der einen öffentlichen Redner einmal hat scheitern sehen. Ich konnte mir nur zu gut vorstellen, was ihm durch den Kopf ging. Wurde der Fisch roh verspeist? Gab es nichts zu trinken? Als das Mahl vorbei war, sollen zwölf Körbe voll Abfall übrig geblieben sein – doch woher waren plötzlich diese Körbe gekommen? Wer hatte sie gebracht und warum? Ich glaube, den Tisch hatte Esra aus praktischen Gründen erfunden – doch wie war er an diesen »abgelegenen Ort« gekommen? Und was für ein Tisch soll es gewesen sein, der solche Mengen fassen konnte? Das Brot und die Fische, die sich in Esras Schilderung unentwegt vermehrten, hätten an allen Seiten vom Tisch herunterfallen, in den Dreck, und von den Fünftausend zertrampelt werden müssen.

Die Zuhörer waren unruhig. Manche machten skeptische Gesichter und taten sich schwer, die Geschichte zu glauben oder auch nur zu verstehen. Einer sagte: »Mir gefiel der Alte besser, der Blinde. Dieser hier taugt nichts.«

Auch Ptolemäus schien nicht recht wohl zu sein.

»Ich weiß, es ist schwer zu verstehen«, sagte Esra. Er schwankte auf dem Brunnenrand vor und zurück und griff nach dem Zweig eines nahen Baums, um sich daran festzuhalten. »Doch wir müssen es versuchen. Es ist eine Prüfung, die der Herr uns durch Seinen gesegneten Sohn, durch Jesus, unseren Erlöser, auferlegt. Glaubet, meine Freunde, auf dass ihr errettet werdet! Und nun lasst uns beten …«

Am Abend nahm ich Ptolemäus am Arm und machte mit ihm einen Spaziergang. Seinem jungen Helfer, Reuben, gab ich frei und sagte ihm, er solle sich in einem Wirtshaus oder einer Taverne vergnügen. Wir gingen langsam, lauschten dem ruhigen Wellenschlag des Meeres und genossen die salzige Luft. Ich beschrieb ihm die Szenerie: seidenschwarzes Wasser, auf dem die Spiegelungen der Lichter vom Pier tanzten; Netze, die zum Trocknen über Holzgestellen aufgespannt waren; Fischerboote, die unweit vom Ufer ankerten, bereit, im Morgengrauen wieder auszulaufen; hier und da die Laterne eines Nachtwächters. Vor einer Taverne mit Tischen im Freien blieben wir stehen und hörten den Musikern zu, die Saiteninstrumente spielten und traurige griechische Balladen sangen.

Dann ließen wir den bebauten Teil des Ufers hinter uns, und ich musste wieder an die Neuigkeiten aus Jerusalem denken. Die Jesusgeschichten mit der Verheißung eines paradiesischen Daseins nach unserem Tode machten mich wütend. Für mich waren es leere Versprechungen, meiner Meinung nach sollten uns die damit verbundenen Drohungen von den Grausamkeiten ablenken, die Menschen anderen Menschen im wirklichen Leben antun.

Ich fragte: »Hast du dich jemals gefragt, warum der Gott Israels die Römer so begünstigt?«

Ptolemäus antwortete nicht gleich, aber nach einer Weile sagte er: »Vor langer Zeit kannte ich jemanden, der auch solche Fragen stellte, mit demselben ungläubigen Unterton.«

»Ein Mann von gesunder Skepsis, nehme ich an.« Ich bemühte mich, mit tieferer Stimme zu sprechen, nachdem ich mich geräuspert hatte, um den Stimmwechsel plausibel zu machen.

Wieder schwieg er eine Weile. »Kenne ich dich?«, fragte er dann.

»Gewiss, ich bin dein Gastgeber.«

»Natürlich. Ich meine, von früher …«

»Ich fürchte, nein«, log ich. Dann fragte ich ihn, ob ihn Esras Predigt beeindruckt habe.

»Es ist noch neu für ihn«, sagte Ptolemäus. »Er muss noch lernen, seine Geschichten aufs Wesentliche zu reduzieren und sich nicht in Details zu verlieren.«

»Ein Tisch an einem so abgelegenen Ort – das war nicht besonders glaubwürdig.«

Ptolemäus sagte nichts, und ich fragte ihn: »Hat dieses Wunder wirklich stattgefunden?«

Ich stellte ihn auf die Probe. Ich wusste, dass es niemals eine Menge von fünftausend Menschen gegeben hatte, keine wundersame Vermehrung von Broten und Fischen, keine Speisung solcher Massen. Ptolemäus musste es auch wissen.

»Es hat ein Wunder gegeben«, sagte er.

Schmunzelnd registrierte ich, dass ich ihn ertappt hatte, doch er fügte hinzu: »Das Wunder des *Teilens*.«

»Warst du dabei?«

»Man hatte den Menschen gesagt, sie sollten etwas zu essen mitbringen, aber viele waren arm, und so kam nicht viel Essbares zusammen ... nicht genug für eine Menge von drei, vier Dutzend.«

Ich unterbrach ihn. »Drei oder vier Dutzend? Esra sprach von fünftausend.«

Ptolemäus blieb ungerührt oder tat jedenfalls so. »Viele Geschichten verändern sich beim Erzählen. Das ändert aber nichts an ihrem Gehalt. Kleinigkeiten wie Zahlen spielen keine Rolle.«

»Aber Glaubwürdigkeit spielt eine Rolle.«

»Ein Wunder ist nun mal ein Wunder. Es wird immer Zweifler und Ungläubige geben. Fünf oder fünftausend – bei dieser Geschichte geht es nicht um Zahlen.«

»Worum dann?«

»Was Jesus uns an jenem Tag klarmachen wollte, war Folgendes: Wenn Menschen, die mehr besitzen, als sie brauchen, denen abgeben, die wenig oder gar nichts besitzen, dann wird immer genug für alle da sein.«

»Das ist Politik«, sagte ich. »Mit Wundern hat es nichts zu tun.«

»Mein Freund«, sagte Ptolemäus. »Wenn du Menschen dazu bringst, ihren Besitz zu teilen, ist es weit mehr als Politik. Es ist ein Wunder.«

Geschichten vom
Essen, Geschichten
vom Hunger ...

Gebratene Ratte,
getrocknete Schlange
im belagerten

Jerusalem; und am
Ufer des Sees fünf
Laib Brot, zwei Fische,

die sich vermehren –
eine Lektion über
die Arithmetik des

Geschmacks. Augen,
heißt es, sind Fenster
der Seele und Eingeweide,

wie's scheint, ihre
Tür. Was wir tun,
was wir sagen vorm

Essen, kümmert den
Herrn, und Jesus
selbst bot

sich dar als
Mahl, Brot und
Wein, Körper und Blut.

Kapitel 14

Nach der Offenbarung auf dem Berggipfel kehrten wir in Teile Galiläas zurück, die wir schon öfter bereist hatten. Eine erprobte Route führte uns um den See, von Bethsaida Julias nach Gergasa, Hippos, Bethyera, Ammathus, Tiberias, Magdala und über Genezareth zurück zu unserem Hauptquartier in Kapernaum. Außer diesen Städten und Dörfern besuchten wir viele kleinere, oft namenlose Siedlungen. Dort hatte Jesus oft die dankbarsten Zuhörer. Manchmal machten wir einen Abstecher nach Westen und besuchten die kleineren Orte um Sepphoris (wobei wir Nazareth immer aussparten) und einmal auch Tyros und Sidon in Phönizien. Bei der Gelegenheit sah ich zum ersten Mal das Meer und die Stadt, auf die ich seit nunmehr vierzig Jahren blicke.

Kapernaum blieb unser Hauptquartier. Dort hatte Jesus sein Zimmer in Petrus' Haus, und wir anderen hatten dort unsere Familien oder zumindest feste Unterkünfte. Ich wohnte bei Zebedäus, dem Fischer und Vater von Jakobus und Johannes, die ihre eigenen Häuser hatten. Zebedäus war ein bärbeißiger alter Mann, der zuerst sehr verärgert war, als seine Söhne ihre Arbeit für die Familie vernachlässigten, wie er es sah. Doch seit dem Tod seiner Frau fand er Trost in Jesu Lehren. »Er kann reden wie kein Zweiter«, sagte er. »Erst bei Windstärke zehn fangen meine alten Augen an zu tränen, aber dieser Bursche schafft es binnen fünf Minuten.«

Inzwischen predigte Jesus wieder von Frieden und Versöhnung und versprach den Armen, Kranken, Verkrüppelten und Versklavten, dass ihre Last im Himmel von ihnen genommen werde. Immer wieder wies er aber auch auf Prophezeiungen der alten Schriften hin, die von einem Erlöser sprachen, der bald kommen werde. Dann werde die Macht Gottes im Lande Israel regieren und Gerechtigkeit auf Erden wie im Himmel herrschen. Er lehrte uns ein Gebet, das wir alle Tage sprechen sollten: »Dein

Reich komme, dein Wille geschehe im Himmel wie auf Erden.« Wenn das eintrat, brauchten die Armen und Beladenen vielleicht nicht bis zum Tode darauf zu warten, dass ihnen Gottes Segen zuteilwerde.

Die Gewitzteren unter seinen Zuhörern versuchten, aufrührerische Appelle aus seiner Botschaft herauszuhören, und glaubten fündig zu werden. Den meisten gefiel es. Sie sahen in Jesus ihren ganz persönlichen Propheten oder sogar den Messias, der Israel befreien werde, was manche ganz offen aussprachen. Je mehr Menschen davon überzeugt waren, desto bereitwilliger glaubten es auch die Jünger, und sie sprachen immer öfter von der Offenbarung, der Petrus, Jakobus und Johannes auf dem Berggipfel beigewohnt hatten. Nach wie vor sollte diese Episode zwar geheim bleiben, aber wie jedes andere Geheimnis um Jesus war auch dieses eines, um das alle wussten.

Immer häufiger fielen mir neuerdings Männer unter den Zuhörern auf, stets zu zweit und keine Einheimischen; sie machten den Eindruck, als seien sie in offiziellem Auftrag gekommen, beobachteten alles auf eine merkwürdige Art, machten sich gegenseitig auf bestimme Dinge aufmerksam und flüsterten miteinander hinter vorgehaltener Hand. Ich war mir sicher, dass es Herodes' Spione waren. Ich warnte Jesus, all das Gerede über ihn als Befreier Israels und die Herrschaft Gottes stelle eine ernste Gefahr dar. Doch er lächelte nur: »Aus meinem Munde ist derlei nicht zu hören, und wenn andere davon sprechen, so kann ich es nicht ändern.«

Ich beschloss, deutlicher zu werden. »Ist dir klar, dass einige von uns zwölf dich für den Messias halten?«

Wir saßen auf einem Anlegesteg vor einem von Zebedäus' Booten. Jesus senkte den Blick und sah durch die Planken auf das klare, leicht bewegte Wasser. »Mir ist klar, dass einige von euch es nicht tun.«

Ich war schockiert. Glaubte er es etwa selbst schon? »Sollten wir?«, fragte ich. »Tust du es?«

Als er nicht antwortete, wiederholte ich, was Jakobus angeblich auf dem Berggipfel gehört hatte. »›Das ist mein auserwählter

Sohn. Auf ihn sollt ihr hören.‹ Ist es das, was du willst? Wir sollen dich als unseren Herrn anbeten?«

Er machte ein ernstes Gesicht und nahm meine Hand. Für einen kurzen Moment war er nicht mehr Jesus von Nazareth, der große Redner und Anführer unserer Gemeinschaft, der Hoffnungsträger der Armen und Beladenen, der Umstürzler, der die herrschende Ordnung bedrohte, sondern mein alter Schulfreund, der nicht wusste, was er tun oder sagen sollte. Dann fing er sich und sagte: »Ich habe diese … *Kraft.*«

»Du verfügst über die Kraft des Wortes.«

»Die Kraft zu *heilen*.«

»Manche werden wieder gesund, das stimmt. Aber ist es dein Verdienst?«

»Nein, es ist Gottes Verdienst.« Er sah mich unverwandt an und wiederholte: »Gottes Verdienst.« Dann hob er die Stimme. »Aber Er handelt *durch mich*.«

Ich glaube, in diesem Moment hatte ich zum ersten Mal Angst um ihn – Angst um seinen Verstand und vor allem Angst um seine Sicherheit, damit verbunden aber auch Angst um unsere Sicherheit. Ich wollte ihm sagen, dass er uns alle in Gefahr brachte, aber das schien viel zu kleingeistig zu sein. Was bedeutete schon Gefahr, wenn man der Messias war?

Jesus sagte: »Wenn ich diese Kraft in mir spüre, wenn ich Sätze sage, die ich mir nicht selbst überlegt habe, Worte, die nicht meine eigenen sind, sondern Gottes Worte …«

Er sprach nicht weiter, und auch ich wusste nicht, was ich sagen sollte. Wenn er predigte, benutzte er oft Worte, die nicht seine eigenen waren, sondern vielmehr seine Version der wunderbaren Texte, die wir als Schüler auswendig gelernt hatten. Auf ihnen basierte seine Wortgewalt. Sein Genie bestand darin, diese Texte spontan zu variieren und umzuformulieren, aber er schien nicht zu sehen, dass es seine eigene Leistung war. Er glaubte, eine äußere Macht spräche durch ihn, benutzte ihn als Sprachrohr.

Da saßen wir also in der Sonne, zwei alte Freunde, von denen der eine anfing, sich als Gottes Sohn zu sehen. Am liebsten hätte ich zu ihm gesagt: Zu Anfang hattest du eine Botschaft, und jetzt glaubst du, *du* seist die Botschaft. Doch das schien mir zu hart zu sein.

»Schau«, sagte er und zeigte durch die Ritze zwischen zwei Planken. Ein silbergrauer Aal räkelte sich im Schatten des Stegs und streckte sich nach den Sonnenstrahlen, die durch die Ritzen fielen. Er bewegte sich hierhin und dorthin, ohne von der Stelle zu kommen.

Ich beobachtete ihn und dachte an die fünf Bücher Moses mit der Schöpfungsgeschichte. Ich fragte mich, in welcher Geistesverfassung man sein musste, um sich selbst als Akteur dieser Geschichte zu sehen, als »Sohn Gottes, des Schöpfers«. Es war lächerlich. Lächerlich und peinlich.

Ganz in Gedanken versunken dachte ich plötzlich an die Sintflut und dass Noah keine Aale und Fische oder anderes Meeresgetier mit auf die Arche hätte nehmen müssen. Warum hatte er das nur getan?

Jesus stand auf. Er bewegte sich so zielstrebig, als hätte er soeben einen Entschluss gefasst. Er sagte: »Wir müssen abwarten, was passiert. Wir müssen Geduld haben. Zerstöre nicht durch Furcht, was wir erschaffen! Wir müssen an uns glauben. Glaube und sei glücklich!«

»Glücklich sein« war eins seiner großen Themen jener Tage. Immer noch strahlte er manchmal den unschuldigen Optimismus und die Hoffnung seiner Anfänge aus, als Bäume und Büsche zu erblühen schienen und die Vögel zu singen begannen, wenn er an ihnen vorbeiging. In solchen Momenten war er der Hirte, der seine Herde zu reichen Weidegründen führte, die Taube über dem Wasser, das Licht im Dunkeln, das Fleisch gewordene Wort.

Natürlich hatte er auch Kritiker, selbst unter seinen eigenen Leuten. Die Pharisäer warfen ihm vor, er gestatte seinen Anhängern die Völlerei und verlange nichts von ihnen, außer zu glauben, er missachte den Sabbat, wenn er Kranke heile, erlaube den Leprakranken, ihn zu berühren, und er unterhalte sich mit Frauen, die er gar nicht kenne. Sie sagten, er vernachlässige die Reinigungsrituale und pflege Umgang mit Huren und Steuereintreibern.

Als wir einmal an einem Sabbat nach Kapernaum zurückkehrten, nahmen wir eine Abkürzung durch ein Kornfeld. Wir hatten nicht gefrühstückt, und einige von uns pflückten reife Ähren, um unterwegs ihren Hunger zu stillen. Auf der anderen Seite des Kornfeldes trafen wir auf eine Gruppe Pharisäer, die auf dem Weg zur Synagoge waren. Sie erkannten Jesus, der vorangegangen war und darauf wartete, dass wir anderen kauend aus dem Kornfeld traten. Ihr Anführer stellte Jesus zur Rede: Wir stahlen, wir brächen die Sabbatregel und so weiter und so fort.

In seiner Erwiderung berief Jesus sich auf Vorgänger; er liebte theologische Debatten, und meistens ging er als Sieger daraus hervor. David, sagte er, habe seine Freunde in den Tempel geführt und ihnen zugeredet, von den zwölf heiligen Broten zu essen.

»Bist du denn David?«, fragte ein indignierter Pharisäer. »Und ist das hier der Tempel?«

Jesus lächelte herausfordernd. »Wenn das Verspeisen einiger Körner nur rechtens ist, wenn ich David bin, so bin ich eben David. Und das hier …« Er machte eine ausladende Handbewegung zum blauen Himmel. »Das hier ist ganz gewiss Gottes Tempel.«

Manchmal ging es in unserem Lager des Nachts lebhaft zu. Nicht wenige schalten uns der Trunksucht und vermuteten sonstige Ausschweifungen. Zuweilen waren diese Anschuldigungen nicht unbegründet, und dann war es eher Maria Magdalena als Jesus, die uns zur Ordnung rief. Wenn wir auf Wanderschaft waren, übernahm sie eine Art Aufseherfunktion, nicht aus puritanischer Rechtschaffenheit, sondern um unseren guten Ruf zu wahren und für ein friedliches Miteinander zu sorgen.

Wenn mich die Kraft und Schönheit von Jesu Predigten ergriff, war mir die Wahrheit egal. Meine Skepsis war intakt. Sie war Teil meines Denkens, und ich hätte sie nicht missen mögen. Aber ich konnte sie beiseitelegen und genießen, was Jesus zu bieten hatte: seine Warmherzigkeit und Anmut, seine Intelligenz und Eloquenz und vor allem die Hoffnung, die er den Unglücklichen gab. Selbst wenn es eine falsche Hoffnung war, war sie der Verzweiflung vorzuziehen, mit der die Leute oft zu seinen Predigten kamen. »Jesus von Nazareth« war eine Geschichte, die er Tag für Tag weitererzählte, indem er sie lebte. Das konnte ich nicht bestreiten. Mit Glaube hatte das jedoch nichts zu tun.

Glaube aber war ihm das Wichtigste, und das war das Problem. Er forderte uns, seine Jünger, beständig dazu auf, genau wie seine Zuhörer. Er kam ohne Nahrung aus. Er konnte die Wüste ohne Wasser durchqueren. Er schien die Liebe einer Frau nicht zu brauchen. Er konnte stundenlang mit Blasen an den Füßen weitergehen. Doch ohne Gläubige konnte er nicht leben. Wir mussten glauben, das verlangte er. Wenn wir glaubten, so sagte er, ergebe sich alles Weitere von selbst. Mir gefiel ganz und gar nicht, wie er mit meinem gesunden Menschenverstand spielte, denn es beeinträchtigte meine Freude an der »Geschichte«. Kein wahrer Gott, kein wahrer Gottessohn, so sagte ich mir, würde Glaube auf die Weise einfordern, wie er es tat. Er würde davon auch nicht so abhängig sein wie er. Das Problem schien also zu sein, dass er die »Geschichte« selbst nicht recht glauben konnte, obwohl er sie erzählte und lebte.

Dann kam die Zeit, in der seine Botschaft düsterer wurde, genau wie er selbst. Ein Auslöser dafür schien die Verhaftung von Johannes dem Täufer zu sein. Ich habe nicht gleich bemerkt, was das bei Jesus bewirkte, doch mit der Zeit wurde es spürbar. Sein Ton und seine Themen veränderten sich so deutlich, dass man es nicht übersehen oder überhören konnte. Es war, als seien die unheilvollen Vorahnungen und Befürchtungen, die für Johannes so typisch waren, auf ihn übergegangen. Ihm ging es aber nicht darum, Johannes zu imitieren, vielmehr verdüsterten die jüngsten Ereignisse seine Sichtweise.

Ein Kameltreiber berichtete uns von Johannes' Verhaftung. Herodes Antipas hatte seine Festung Machaerus am Toten Meer besucht und Spione ausgesandt, um Johannes in der nahen Jordanfurt predigen zu hören. Als sie zurückkehrten, berichteten sie Herodes von Johannes' mangelndem Respekt gegenüber den offiziellen Machthabern und – schlimmer noch – von dessen scharfer Kritik an Herodes' »unzüchtigem Verhältnis« mit seiner Schwägerin Herodias. Herodes hatte nämlich die Frau seines Halbbruders geheiratet, nachdem sich beide von ihren früheren Ehegatten hatten scheiden lassen.

Es war ein Skandal, der landauf, landab Empörung auslöste, aber selbstverständlich wurde darüber nur leise getuschelt. Nicht so Johannes. Er schrie seine Empörung laut heraus. Es sei ein Verstoß gegen die Gebote Gottes. Dieser sogenannte König der Juden, Herodes Antipas, sei gar kein König, sondern nur einer von vier Provinzfürsten, also allenfalls ein »Viertelkönig«. Er sei auch kein Jude, sondern ein Idumäer und vor allem eine Marionette Roms. Er solle von seinem Thron gestoßen und zu einem Sklaven degradiert werden, der die Galeeren rudert. Er solle gesteinigt werden ... Und immer so weiter.

Herodes verlor keine Zeit. Er entsandte bewaffnete Männer an die Furt. Sie fanden den schlafenden Johannes in einer Höhle, zerrten ihn heraus und wehrten seine Anhänger ab, die ihn retten wollten. Dann schafften sie ihn in Ketten auf die Festung, wo man ihn in das tiefste Verließ warf.

Die Festung Machaerus war überaus eindrucksvoll. Sie lag auf einem Bergrücken, und ihre massiven Mauern überblickten das Tote Meer und die Wüste Judäas nach Westen hin, nach Osten hin die kahlen Hügel des Nabatäerreichs. Der Gedanke, dass Johannes dort gefangen war, entsetzte uns alle, aber Jesus ganz besonders, und gleich als er von der Tragödie erfahren hatte, machte er seiner Empörung in einer Predigt Luft, die er am Abend von Zebedäus' Boot aus hielt.

»Wenn unsere Herrscher von einem Propheten hören, dessen Stimme sich in der Wildnis erhebt, und sie Spione nach ihm ausschicken, was erfahren sie dann über ihn? Dass er sich mit seiner Meinung zurückhält, nicht schlecht über Sünder spricht, sondern schwankt wie ein Schilfrohr im Wind? Dass er in Samt und Seide gekleidet ist und von silbernen Tellern isst? Silber und Seide und gewissenloses Geschwätz – das ist *ihre* Art, nicht die des Propheten. Mein Cousin Johannes ist ein Prophet, ein tugendsamer, wahrheitsliebender, gottgefälliger Mann.

Wenn Gott uns jemanden schickt, der uns den Weg zur Erlösung weist und uns vor Fallstricken entlang dieses Weges warnt, kommt dieser Mann dann auf Sammetpfoten daher und spricht nur im Flüsterton? Nein, er wettert, wie Johannes zu wettern pflegt. Er ist wie der Blitz, der die knorrigste Eiche fällt.

Johannes' Festnahme ist ein Schlag gegen das Königreich des Himmels.«

Jesus schien seine eigene Wut zu verarbeiten und griff sogar sein eigenes Volk in den Städten und Dörfern Galiläas an, das, wie er sagte, Johannes' Verhaftung akzeptierte und nicht dagegen aufbegehrte.

Dann fragte er, ob uns eigentlich klar sei, dass wir bei dem Versuch, den Zorn Roms nicht auf uns zu ziehen, den ungleich schlimmeren Zorn Gottes auf uns zögen? Wir riskierten eine ebenso fürchterliche und berechtigte Rache Gottes, gegen die Feuer und Schwefel, die über Sodom niedergingen, nur ein lauer Regen seien. Nichts und niemand bleibe davor verschont, auch nicht Kapernaum.

»Sie wird kommen«, rief er. »Es wird geschehen. Du wähnst dich in Sicherheit, Kapernaum? Vor dir mache Gottes Rache halt? Darauf solltest du nicht zählen!«

Seine Augen blitzten. Mit einer Hand hielt er sich an einer Leine des Mastbaums fest und beugte sich aus dem Fischerboot, der kleinen Menge entgegen, die am Ufer saß und ihm lauschte, verstört und verschreckt und kaum in der Lage, ihm zu folgen. Jesus schrie inzwischen so laut, dass die Frösche verstummt waren. Die Hügel selbst schienen den Atem anzuhalten. Die Schakale hörten auf zu bellen. Nur der leise Wellenschlag des Sees war zu vernehmen.

Jesus schloss die Augen und schien still für sich zu beten. Als er die Stimme wieder erhob, hatte sich sein Ton verändert. Er sprach tief und heiser. Es klang wie ein angestrengtes Flüstern. »Was ich euch verkünde, geschieht im Namen des Himmels. Ich bin der Sohn, der für den Vater spricht. Wenn Sorgen euch drücken, bringt sie zu mir. Das ist der Wille des Vaters. Ich nehme eure Last von euch. Ich trage euer Joch. Meine Botschaft ist Liebe, die Liebe meines Vaters.«

Ich glaube, ich war nicht der Einzige, der alarmiert und verwirrt war. Feuer und Schwefel sollten über sein geliebtes Kapernaum kommen? Eine Strafe, die schlimmer war als die von Sodom? Und dann diese Kehrtwendung nach seinem Gebet, als hätte eine Stimme, die nur er hören konnte, obwohl angesichts seiner Drohungen Totenstille herrschte, ihn daran erinnert, dass er Jesus, der Gute Hirte, war und nicht Johannes, die Geißel der Sünder.

Doch dann geschah etwas, das mich aus meinen Gedanken riss. Als die Menge sich zerstreute, kam Jakobus zu mir, um mir zu sagen, dass im Schatten eines Baumes schon die ganze Zeit ein Mann wartete, der gekommen sei, um mir eine Nachricht zu überbringen. Es war ein Diener meines Vaters.

»Euer Vater schickt Euch seinen Segen und bittet Euch, zu ihm zu kommen«, sagte er. »Ich soll Euch sagen, dass er Euch etwas von äußerster Wichtigkeit mitzuteilen hat. Deswegen sollt Ihr Euch sofort auf den Weg machen.«

Nach Tiberias war es nicht weit, und ich wollte dem Ruf meines Vaters folgen, aber ich wusste nicht, was ich Jesus sagen sollte. Er hatte in letzter Zeit ganz unterschiedlich reagiert, wenn einer von uns die Gemeinschaft eine Zeit lang verlassen musste oder wollte. Mal war er ganz gelassen, wenn einer von uns nach Hause ging, um etwas Dringendes zu erledigen, dann wieder regte er sich fürchterlich darüber auf, wenn einer, wie er sagte, die Familie über unsere Gemeinschaft stellte. Als Thomas kürzlich erfahren hatte, dass sein Vater gestorben war, wollte Jesus ihm nicht erlauben, zur Beerdigung zu gehen. »Du gehörst hierher«, sagte er. »Dein Vater wohnt im Himmel. Lasst die Toten die Toten begraben.«

Ich fragte Maria Magdalena um Rat. »Belästige ihn jetzt nicht damit«, sagte sie. »Geh einfach, und kehre so bald wie möglich zurück. Ich werde ihm sagen, dass du ihn nicht damit behelligen wolltest, solange er wegen Johannes so in Sorge ist.«

In dieser Nacht schlief ich schlecht. Zebedäus weckte mich vor Sonnenaufgang, als er zum ersten Fang des Tages aufbrach. Am Mittag erreichte ich das Haus meines Vaters. Wir umarmten uns stumm, weil wir beide keine Worte für unsere Gefühle fanden. Ein Mahl für uns zwei stand schon bereit.

»Was ich dir zu sagen habe«, begann er, während wir Platz nahmen, »betrifft deinen Lebenswandel. Keine Sorge, es geht nicht um Lob oder Tadel. Vielmehr geht es um deine Sicherheit.«

In einer Sommernacht
am See
hörte ich einst

Andreas von
Jesu Taufe sprechen.
Eine Taube sei

in hellem Glanz
erschienen, und
eine Stimme sprach:

»Das ist mein
geliebter Sohn, der
mir wohlgefällt.«

Konnte ich es
glauben? Nein, ich
war in der Furt, und

da war keine Taube,
keine Stimme. Und doch
war ich verwirrt.

Nicht weil Gott
unsere Sprache
sprach, sondern weil

Andreas, ein einfacher
Fischer, derlei
gewiss nicht erfand.

Kapitel 15

Mein Vater, so schien es, wurde immer wohlhabender und angesehener. Mit seiner Handelsreise nach Galatien hatte er hohe Gewinne erzielt, und wenn Herodes Antipas in Tiberias war, wurde er zu dessen Palastfesten eingeladen. Er hielt Antipas, wie er mir leise anvertraute, als die Diener den Raum verlassen hatten, für einen fähigen Mann, doch sei er eigenwillig und zügellos. Die Frau seines Halbbruders zu heiraten sei das beste Beispiel dafür. Nun habe Herodias das Sagen im Hause und der Fürst Angst, sie zu verlieren. Um ihr zu gefallen, sei er bereit, die törichsten Dinge zu tun.

Herodias, so mein Vater, sei eine sehr schöne und betörende Frau. Sie könne sehr großzügig sein, aber auch grausam und gemein. Ihre Eitelkeit mache sie gefährlich. Sie sei schnell beleidigt und wittere in den harmlosesten Äußerungen Kritik, worauf sie dann den Einfluss auf ihren Mann geltend mache, damit dieser den Kritiker hart bestrafe. Als sie aus Machaerus die Nachricht erhielt, Herodes wolle ihr bei seiner Rückkehr etwas Besonderes mitbringen, sei sie hocherfreut gewesen, weil es sich bei diesem Mitbringsel um den Propheten handelte, der so schlecht über sie geredet hatte. Johannes wurde ihr in Ketten vorgeführt und dann vor ihren Füßen in den Staub geworfen.

Er war in einem Käfig nach Tiberias transportiert worden, der so klein war, dass er selbst im Sitzen den Kopf einziehen musste. Als er sich darüber beschwerte, wurde er aus dem Käfig gezerrt, und er musste den ganzen Weg barfuß gehen, von einem berittenen Soldaten an der Kette gezogen, die mit einem Metallring um seinen Hals befestigt war, und in Fußfesseln, die ihm nur kleine Schritte erlaubten. Wenn er hinfiel, schleifte der Soldat ihn über den staubigen, steinigen Boden. Als er in Tiberias ankam, war er halbtot, völlig verdreckt und von Wunden und Blutergüssen übersät. Dann musste er nackt vor Herodias treten, bevor sie ihn ins Verließ warfen.

Herodias verlangte seine Hinrichtung, aber Herodes befürchtete einen Aufruhr in der Bevölkerung und widersetzte sich diesem Ansinnen. Damit machte er zunichte, was er durch Johannes' Festnahme bei seiner Frau erreichen wollte. Ein paar Tage lang bat und bettelte sie, machte hysterische Szenen und bombardierte den Gatten mit ebenso rhetorischen wie provokanten Fragen. Was für ein Mann er eigentlich sei, was für ein *König*, der denjenigen in der Hand habe, der seine Königin beleidigt hatte, ohne ihn mit dem Tod zu bestrafen?

Doch dann änderte sie ihre Taktik, mein Vater sagte, das sei typisch für sie und mache sie so faszinierend. Sie kündigte ein großes Fest zum Geburtstag ihres Gatten an, bei dem ihre sechzehnjährige Tochter Salome, die kurz zuvor aus Rom zurückgekehrt war, ihm zu Ehren einen Schleiertanz vorführen solle.

Es war ein Fest im römischen Stil, und mein Vater war dazu eingeladen. Die Gäste wurden reichlich mit exquisiten Speisen und edlem Wein bewirtet. Köche, Diener und Sklaven hatten alle Hände voll zu tun, und je weiter der Abend fortschritt, wurde ausgiebig von den Speibecken Gebrauch gemacht. Nach Mitternacht war Herodes so betrunken und so von der Schönheit seiner Stieftochter eingenommen, wie Herodias es geplant hatte. Der Fürst drängte sie, ihren Schleiertanz zu wiederholen. Als sie sich weigerte, ihn küsste und ihm die Schenkel streichelte, versprach er, ihr alles zu geben, was sie verlange, wenn sie noch einmal für ihn tanze.

»Hört mein Versprechen!«, rief er seinen Gästen zu. »Und verdammt mich, wenn ich es nicht halte.«

Natürlich hatte Herodes nicht damit gerechnet, dass Salome nichts für sich, sondern etwas für ihre Mutter verlangen würde. »Bitte, verehrter Stiefvater«, sagte sie laut und deutlich, »bringt mir das Haupt von Johannes dem Täufer.«

Der Tanz war bezaubernd und graziös, ließ aber auch viel von Bauchnabel, Gesäß und Brüsten des Mädchens sehen. Der mächtige Herodes war betrunken, ein Herrscher, gewohnt, seine Wünsche erfüllt zu bekommen. Alle konnten ihm ansehen, dass ihm Salomes Bitte gar nicht recht war, aber er kippte noch einen Becher

Wein hinunter und rief seinen Gästen zu: »Soll ich ihr geben, was sie verlangt?«

»Ja«, riefen alle. »Gib ihr, was sie verlangt.«

»Das Haupt des Propheten?«, fragte Herodes.

»Das Haupt des Propheten«, skandierten die Gäste und schlugen rhythmisch mit den Händen auf die Tische.

Mein Vater war nicht mehr nüchtern, aber noch nicht zu betrunken, um nicht von Scham und Entsetzen ergriffen zu werden. Herodes demonstrierte seine Macht und Unbarmherzigkeit, um all jenen das Gegenteil zu beweisen, die ihn für schwach und rückgratlos hielten. Das Mädchen verlangte das Haupt des Propheten? Nun denn, er war der Provinzfürst, also würde er ihn ihr geben.

Er schickte einen Diener mit entsprechender Order zum Scharfrichter. Sein Name war Mannais, er war schon unter Herodes dem Großen Henker gewesen. Jetzt war er ein alter Mann, aber noch stark und gesund, und er beherrschte sein Handwerk. Zu seiner Zeit hatte er etliche Verwandte des älteren Herodes, die als aufsässig galten, ins Jenseits befördert, darunter sogar einen Sohn des Fürsten, Antipas' Halbbruder. Manche hatte er erwürgt, andere ertränkt, wieder andere bei lebendigem Leibe verbrannt, die meisten aber geköpft.

Beklommen verstummte die Gästeschar. Das alles konnte doch nicht wahr sein! Sogar Herodias schien eher erschrocken als erfreut zu sein. Herodes selbst war blass und still geworden, kippte den nächsten Becher Wein hinunter, kniff die Augen zusammen, öffnete sie dann wieder und machte eine leichte Kopfbewegung. Die Musiker begannen wieder zu spielen. Aber niemand sang oder tanzte, da setzten auch die Musiker ihre Instrumente wieder ab.

Als der Scharfrichter eintraf, herrschte Totenstille im gesamten Festsaal, dessen Kandelaber angeblich mehr als zehntausend Kerzen fassten. Alle fürchteten, was kommen würde. Viele glaubten, es handle sich um einen zu dick aufgetragenen Scherz.

Auf dem Weg zum Festsaal hatte sich der Scharfrichter in der Küche ein großes silbernes Tablett geben lassen. Das brachte er nun herein, und darauf lag, eingerahmt von Petersilienstängeln und anderen Kräutern, das Haupt des Propheten mit blutverschmiertem Haar. Blut rann über die Hände des Scharfrichters, seine Unterarme und seinen nackten Oberkörper.

Zuerst wurde die Trophäe der sechzehnjährigen Tänzerin präsentiert, die sich angewidert abwandte und würgen musste. Herodias schien schnell zu begreifen, was sie da angerichtet hatte, und gewann als Erste die Fassung zurück. Sie wies den Scharfrichter und seine Beute mit einer Geste aus dem Saal, baute sich vor dem sichtlich mitgenommenen Fürsten auf, um ihn den Blicken der Gäste zu entziehen. Dann hielt sie eine kleine Ansprache.

Dieses Fest, sagte sie, sei ein neuer Meilenstein (»Mühlstein« fügte mein Vater leise murmelnd hinzu) in der ruhmreichen Regentschaft ihres Gatten, aber leider neige es sich nun dem Ende zu. Sie dankte den Gästen für ihr Kommen, die Segenswünsche und großzügigen Geschenke zum Geburtstag des Fürsten. Dabei erwähnte sie ausdrücklich »unsere römischen Freunde« und insbesondere den Statthalter Galiläas, Pontius Pilatus, und einen seiner Abgesandten, der sich gerade in Tiberias aufhielt. Dann dankte sie dem gottgleichen Tiberius, dessen Namen zu tragen die Stadt die Ehre habe, und versicherte ihn ihres und ihres Gatten höchsten Respekts. Sie hoffe, sagte sie, dass alle Anwesenden von diesem Abend nur in Erinnerung behielten, was erinnerungswürdig sei, und das Unwichtige alsbald vergäßen. Der Fürst betrachte unbedachtes Gerede als wenig hilfreich.

»Das war wohl eine Warnung an uns alle«, sagte mein Vater. »Dir jetzt davon zu erzählen ist also nicht unriskant. Ich tue es trotzdem, weil ich um deine Sicherheit fürchte. Auf diesem Fest wurde auch über deinen Jesus geredet, und seither habe ich noch mehr von ihm gehört. Er ist in aller Munde. Du musst wissen, dass Herodes ihn überwachen lässt.«

Ich sagte, das hätten wir schon gemerkt.

»Herodes ist gefährlich«, fuhr mein Vater fort. »Und unberechenbar, vor allem solange diese Frau das Bett mit ihm teilt. Er kann euch alle vernichten, wenn es ihm in den Sinn kommt. Die Römer würde es kein bisschen interessieren, dieser Jesus ist ihnen völlig gleichgültig.«

Mein Vater sprach mit mir von Mann zu Mann und warnte

mich, ohne sich in mein Leben einzumischen oder mir Befehle zu erteilen. Ich wusste, wie schwer ihm das fallen musste, wie sehr Jesus und seine Leute ihm zuwider waren und wie sehr ihm meine Verbindung zu ihnen missfiel. Der einflussreiche Onkel in Jerusalem würde mir nun keine Türen mehr öffnen, mein Vater schien sich damit abgefunden zu haben. Nun schien es ihm darauf anzukommen, die Liebe seines einzigen Sohnes wiederzugewinnen. Das alles wurde zwar nicht ausgesprochen, aber ich spürte es, und es rührte mich.

Ich dankte ihm, und wir nahmen uns bei den Händen. Ich bat ihn um Verzeihung dafür, ihn so enttäuscht zu haben. Peinlich berührt sagte er: »Aber natürlich … natürlich.« Dann gab er mir seinen Segen.

Niemandem, der uns bei dieser äußerlich so gefasst wirkenden Zwiesprache beobachtet hätte, wäre aufgefallen, wie bewegend sie war.

Als ich abends nach Kapernaum zurückkehrte, saß Jesus auf einer Bank vor der Grotte mit der Wasserquelle und schnitzte an einer Rohrflöte von der Art, wie sein Vater sie früher oft nach dem Abendessen vor dem Haus in Nazareth gespielt hatte. Ich vermutete, dass er mir zürnte, weil ich ohne seine Erlaubnis fortgegangen war, und beeilte mich, ihm die Neuigkeiten mitzuteilen.

Ich versuchte ihm schonend beizubringen, dass Johannes tot war. Er hörte zu, Schnitzmesser und Schilfrohr in der Hand, ohne daran weiterzuarbeiten. Er vergoss keine Träne, sondern saß ganz still da, ohne etwas zu sagen. Er sah aus, als sei er in Gedanken weit weg beziehungsweise völlig in sich versunken, fast verträumt. Schließlich sagte er: »Lass mich darüber nachdenken. Die Eingebung, was zu tun ist, kommt dann von allein.«

Er verbrachte den größten Teil der Nacht im Gebet. Am Morgen verkündete er, dass wir uns für eine Weile aus Herodes Antipas' Machtbereich fernhalten sollten. Noch am selben Tag überquerten wir den See, alle dreizehn, einige davon mit ihren Ehefrauen, sowie Maria Magdalena und sonstige Anhänger. Zebedäus und drei seiner Leute setzten uns mit ihren Booten über.

An der Stelle, wo unweit von Hippos ein Fluss in den See mündet, gingen wir an Land. Auch hier gab es Jesusanhänger. Mit ihrer Hilfe schlugen wir unser Lager auf, und sie gaben uns zu essen. Es war ein lieblicher Ort mit Oliven- und Feigenbäumen sowie Maulbeerbüschen, die Schatten spendeten. Weiter oben an den Berghängen blühten die Weinreben. Noch heute erinnere ich mich an den Zitrusduft, der frühmorgens die Luft würzte, wenn der graue See langsam grün wurde und die Wolken am östlichen Himmel sich rosa färbten.

Fünf Tage vergingen hauptsächlich mit Müßiggang. Nur einmal wurde Jesus gebeten, zu einer kleinen Gruppe von Menschen zu predigen, die von unserer Ankunft gehört hatten und in den nahen Dörfern wohnten. Hier vollzog sich durch guten Willen und die Bereitschaft zu teilen die Verwandlung, von der Esra kürzlich als der wundersamen Speisung der Fünftausend berichtet hat: Zunächst hatten wir fast nichts zu essen, doch plötzlich war genug da für alle.

Die restliche Zeit verbrachten wir damit, Jesus zu dienen, während er Gott diente. Doch der Vater schwieg, und so schwieg auch der Sohn. Manchmal vertrieben er und ich uns die Zeit mit den Wortspielen unserer Kindheit. Wir wetteiferten im Rezitieren der alten Schriften. Wir tauschten Erinnerungen an Andreas aus und sprachen über den Geschichts- und Philosophieunterricht, den er uns erteilt hatte. Ich erinnerte Jesus an die Geschichte von Diogenes und Alexander dem Großen und erzählte ihm, wie peinlich mir sein Lachanfall damals gewesen war.

Auch jetzt lachte er und sagte: »Ich weiß, dass du dich mir überlegen fühltest.«

»Aber nicht lange«, wandte ich ein. »Du warst so klug und sahst so gut aus …«

»Ich sah gut aus?«

Ich versicherte ihm, dass das der Fall war.

»Das wusste ich gar nicht«, sagte er. »Wir hatten zu Hause keinen Spiegel.«

Wir saßen am Seeufer und beobachteten, wie die Brüderpaare Jakobus und Johannes und Petrus und Andreas wetteiferten, wer sein Netz geschickter auswerfen konnte; sie versuchten, etwas für unser Abendessen zu fangen. Mit Zwillen und Steinen zielten wir so gut wie erfolglos in den Weinbergen auf Füchse, und wir schlossen mit einer angebundenen Ziege Freundschaft, indem wir ihren Pflock versetzten, sodass sie an saftigeres Gras herankam. Ich gab ihr den Namen Sündenbock, versicherte ihr aber, dass es nur ein Witz sein sollte und sie nicht für meine Sünden büßen solle. Sie war noch nicht ganz ausgewachsen und teilte, wie viele Halbwüchsige, gern Tritte aus. Wenn einer von uns ihr die Hand an die Stirn drückte, drückte sie dagegen und versuchte, die Stärkere zu sein.

Wir fischten und badeten im Fluss. Als Jesus und ich eines Abends unter den Olivenbäumen spazieren gingen und uns gegenseitig spielerisch in die Seite boxten, artete es unversehens zu einem Ringkampf wie in unserer Kindheit aus. Es fühlte sich so vertraut an, dass es nichts Bedrohliches hatte, von ihm in den Schwitzkasten genommen zu werden. Es tat weh, aber die körperliche Nähe, die Wärme und der Geruch seines Körpers hatten etwas Tröstliches.

Wir sangen, einzeln und zusammen, wobei Bartolomäus falsettartig die Oberstimme übernahm. Eines Abends wollte Jesus, dass wir alle ums offene Feuer tanzten – ein Tanz, den er bei den Essenern gelernt hatte. Er brachte uns die Grundschritte bei, dann spielte er auf der Rohrflöte. Es muss ein seltsames Bild gewesen sein, wie wir zwölf, Maria Magdalena und drei, vier andere am Seeufer teils graziös, teils unbeholfen umeinanderwirbelten, vor und zurück tänzelten, die Arme schwenkten, die Köpfe in den Nacken warfen und uns zu Melodien bewegten, die wir in den Dörfern aufgeschnappt hatten und die so klangen, als stammten sie noch aus der Zeit der alten Propheten.

Es waren glückliche Tage. Ich hoffte, dass Jesus das Schicksal Johannes' eine Warnung war und er sich wieder auf die harmlosen Lehren besann, die seine Predigten früher beinhaltet hatten. Ich sehnte mich nach dem einfachen Leben der Hundephilosophen zurück, angeführt von unserem Diogenes, der mit Worten und Taten eine nachvollziehbare Moral und das einfache Leben lehrte – ein Leben, in dem man uns mancherorts willkommen hieß, uns Nahrung und Schlafplatz bot, während man uns andernorts vertrieb und spottende Jungen Steine nach uns warfen.

Wäre Jesus kein so begnadeter Redner gewesen, wäre es vielleicht möglich gewesen, dieses einfache Leben fortzuführen. Doch da seine Redegabe die Menschen auf den Gedanken brachte, er könne der Retter sein, den Israel herbeisehnte und den die alten Propheten angekündigt hatten, konnte er keine unverdächtigen Predigten halten und kein einfaches Leben führen. Sein Talent verurteilte ihn zu Ruhm – mit allen Folgen.

Am Morgen des sechsten Tages kam er mit seltsam entschlossener Miene aus seinem Zelt. Seine Augen waren blutunterlaufen, und ihn umgab eine Aura des Schmerzes, des Leids, ja des Manischen, die ich von seinen stärksten Predigten kannte.

»Wie viele Wochen sind es noch bis zum Passahfest?«, fragte er.

Wir waren uns nicht einig und rechneten hin und her, bis wir zu einem Ergebnis kamen.

»Wir müssen rechtzeitig da sein«, sagte Jesus.

Ich fragte, wo, obwohl ich die Antwort bereits kannte. Trotzdem hoffte ich, dass er etwas anderes meinte.

»In Jerusalem«, sagte er. »Aber vorher gibt es noch viel zu tun.«

»Wir alle?«

»Wir alle.«

Schon als Kind
hasste ich
das Zeremoniell,

bei dem man einer Ziege
symbolisch die Sünden
ans Horn steckte,

die man im Dorf
begangen hatte. Man
steinigte und vertrieb sie

blutend. Sollte sie doch
sehen, ob sie in der
Wildnis überlebte!

Für mich war das
Tier ein Freund, doch
man sagte: »Von unseren

Sünden sind wir für
ein Jahr befreit,
dank der Ziege.«

Jesus, denke ich
jetzt, wollte der
Sündenbock sein,

die Sünden des
Dorfes und der Welt
auf sich zu nehmen.

Kapitel 16

Wenn man siebzig ist, träumt man nachts häufig von Menschen, die längst gestorben sind – eine gute Möglichkeit, mit ihnen in Kontakt zu bleiben. Oft träume ich von Thea, von unseren ersten gemeinsamen Jahren, als die Kinder noch klein waren. Manchmal reichen meine Träume aber noch weiter zurück, dann träume ich von Judith oder sogar von meiner Kindheit. Bisweilen kreisen meine Träume tage- oder wochenlang um ein einziges Thema, etwa meinen Vater. Danach träume ich dann längere Zeit von meiner Mutter. Und natürlich träume ich oft von Jesus – Jesus als Junge, als aktiver Evangelist, als »König der Juden«, der verspottet, gegeißelt und ans Kreuz genagelt wird.

In der letzten Nacht habe ich von einem Mann geträumt, der tot in einem Zimmer lag, meinem Kinderzimmer, und ich fragte meine Mutter, was ich tun solle. Dann bemerkte ich, dass auch Jesus in dem Zimmer war, ganz in Weiß gekleidet, wie bei meiner Hochzeit mit Judith. Er bot an, »ein Wunder zu vollbringen«. Wie selbstverständlich, ohne Wichtigtuerei oder die Anmaßung »Ich bin der Sohn Gottes«, sondern einfach nur, um zu helfen – wie ein Handwerker von nebenan, der anbot, ein Loch in der Zisterne oder einen zerbrochenen Fensterladen zu reparieren. Meine Mutter dankte ihm, und er machte sich ans Werk. Tatsächlich ächzte und fluchte er wie ein Handwerker und verdrehte die Augen. Schließlich begann der Tote wieder zu atmen. Sein Gesicht zuckte, seine Augenlider flatterten und hoben sich, und er stöhnte, als sei es eine große Qual, aus dem Reich der Toten zurückgeholt zu werden, und als zöge er es vor, in Ruhe gelassen zu werden. Ich blickte über sein Bett hinweg und sah mich in einem Spiegel. Dann erkannte ich, dass Jesus der Mann war, der da im Bett lag.

Nach dem Tod von Johannes, als wir langsam nach Jerusalem zogen, wurde viel von der Auferstehung der Toten gesprochen.

Früher hatte dieses Thema metaphorischen Charakter gehabt – Jesus machte die Blinden sehen, die Tauben hören, die Lahmen gehen und die Toten leben. Diese Taten wurden zwar mit oder an den Leidenden vollzogen – nicht aber *für* sie. Sie waren blind oder taub gegen Jesus gewesen, unfähig, seinen Weg mitzugehen, tot gegenüber seiner Botschaft. Das alles bekam nun eine ganz andere Bedeutung.

In zunehmendem Maße beobachtete ich, wie Jesu Taten in ein anderes Licht gerückt wurden – und für manche vielleicht immer schon etwas anderes bedeutet hatten. Aus Andeutungen wurden Behauptungen, aus Behauptungen Forderungen. Eine Forderung bestand darin, alles oder wenigstens manches wörtlich zu nehmen, etwa wenn Jesus vor der versammelten Menge sagte: »Habe ich nicht bewirkt, dass die Blinden die Wahrheit schauen, dass die Tauben das Wort Gottes hören?« Diese – meines Erachtens rhetorische – Frage wurde mit enthusiastischen »Ja«-Rufen und »Halleluja« beantwortet. Das Gleiche passierte, wenn er fragte: »Habe ich nicht bewirkt, dass die Toten wieder unter euch wandeln?« Ich fragte mich, wie wörtlich die Menschen diese Frage nahmen. Was wollte Jesu ihnen damit sagen? Und wie stand er selbst, ganz persönlich, dazu?

Als er eines Tages auf einem Marktplatz vor die Menge trat, rief ein Blinder von ganz hinten: »Jesus, Sohn Davids, hilf mir!«

Jesus ignorierte ihn, und die Zuhörer versuchten, den Mann zum Schweigen zu bringen, aber er rief wieder: »Jesus, Sohn Davids, hilf mir!«

Da bat Jesus Matthäus, den Mann zu ihm zu bringen. Ich stand ganz in der Nähe und konnte alles hören.

»Was willst du von mir?«, fragte Jesus den Mann.

»Ich will dich sehen«, erwiderte der Mann ganz aufgeregt, streckte tastend die Hände aus und berührte Jesu Gewand.

»Du weißt, wer ich bin«, sagte Jesus und strich dem Mann über die Wangen und die leeren Augenhöhlen. »Du hast meine Stimme gehört und mir Glauben geschenkt. Dieser Glaube wird dich heilen. Füge dich deinem Schicksal.«

Jesu Berührung und seine tröstenden Worte beruhigten den

Mann, doch wenn später von dieser Episode die Rede war, hörte ich mehr als einmal, Jesus habe ihm das Augenlicht wiedergegeben.

In diesen Wochen wurde mir immer klarer, wie weit ich mich von den anderen Jüngern und Jesus selbst entfernt hatte – oder besser gesagt: wie weit sie sich von mir entfernt hatten. Ich war derselbe geblieben. Sie hatten sich verändert. Zwischen uns hatte es immer schon eine Kluft gegeben, doch nun war sie zum Schisma geworden. Je mehr Macht Jesus für sich beanspruchte, desto skeptischer wurde ich. Ich betrachtete ihn immer noch als meinen Freund, aber es entstand ein Spannungsverhältnis, das es vorher nicht gegeben hatte. Es hatte den Anschein, als schwände seine Zuneigung zu mir, und das war nur folgerichtig. Er betrachtete sich mittlerweile als Gesandter Gottes. Er hatte keine Zeit, sich mit einem Ungläubigen abzugeben, der nur deswegen Teil des ganzen Unternehmens geworden war, weil er mit Jesus die gleiche Schulbank gedrückt hatte.

Es gab keine lautstarken Auseinandersetzungen zwischen uns, keine offene Feindschaft, aber das war auch nicht nötig. Mein Schweigen signalisierte ihm auch so, wo ich stand. Genau wie den anderen Jüngern, die mich andauernd fragten, warum ich dieses oder jenes nicht bestätigte und die übermenschlichen Kräfte des Meisters und seine Größe nicht anerkannte. (Erst seit kurzem wurde er allgemein als »der Meister« bezeichnet, was mir zuwider war, von ihm aber nicht infrage gestellt wurde.) Ich wurde gefragt, was mich störte, warum ich so unkooperativ, so widerborstig und still geworden sei.

Nicht dass innerhalb der Gemeinschaft sonst alles eitel Sonnenschein gewesen wäre. Wir waren wie Höflinge, die stets um die Gunst des Prinzen buhlten, was manchmal zu erbitterten und hässlichen Rivalitäten führte. Um diese Zeit übernahm ich die Rolle Matthäus', des Steuereintreibers. Ursprünglich war er der Außenseiter gewesen, den keiner mochte und über den man ungestraft abfällige Bemerkungen machen durfte. Manchmal konnte ich die anderen sogar verstehen und fand mich selbst unausstehlich. Unser Glaube, der nie besonders gefestigt gewesen war, bedurfte als stabilisierendes Element unserer Einigkeit. Wenn wir die

Richter darüber waren, ob Jesus göttliche Kräfte besaß, musste unser Urteil einmütig sein.

Deswegen galt ich ab einem gewissen Zeitpunkt als »Verräter« – und nicht, wie Ptolemäus und die anderen durchreisenden Evangelisten ihren Zuhörern hier in Sidon weismachen wollten, weil ich mich mit dreißig Silberlingen »für Informationen über seinen Aufenthaltsort« hätte bestechen lassen. Mein »Verrat« bestand darin, dass ich mich weigerte, mich zu Dingen zu bekennen, die ich nicht glauben konnte. Mittlerweile sehe ich darin eine Parallele zu Jesu Botschaft: Glaube, oder fahre zur Hölle! Ich aber konnte nicht glauben, und ich versuchte gar nicht erst, so zu tun. Als das offenkundig wurde, begannen die anderen auf eine Art über mich zu reden, die einem Zur-Hölle-Schicken gleichkam.

Anders als über mich berichtet wird, fand ich keinen Gefallen daran, ein Außenseiter zu sein. Ich fühlte mich schuldig. Immer wieder sagte ich mir in jenen Wochen, dass es mein alter Schulfreund war, den ich begleitete, nicht der Sohn Gottes, aber ich fühlte mich zunehmend unwohl, war oft allein, und manchmal bekam ich es mit der Angst zu tun.

Jesu Predigten wurden derweil immer gewaltiger. Manchmal trug er sie noch mit der gleichen Leichtigkeit, dem gleichen Charme wie früher vor, aber immer häufiger bekamen sie etwas Kühnes, Schroffes, Herrisches und Maßloses. Auf gewisse Weise bewunderte ich ihn dafür, teilte den Stolz der anderen Jünger und die Inbrunst der Zuhörer. Zugleich nagten aber Zweifel an mir. Je größer die Menge, die ihn hören wollte, desto triumphaler trat er ihr entgegen. Unsere Vorbereitungen für seine Auftritte bekamen etwas Inszenatorisches. Aus dem Lamm wurde ein Löwe. Und seine einst so bedachten, ausweichenden Antworten, etwa auf die Frage, was er vom Steuernzahlen halte, wurden unvorsichtig und direkt, manchmal geradezu leichtsinnig. Obwohl ich mich um das Wohlergehen der ganzen Gruppe sorgte, galt meine Hauptsorge ihm. Schließlich hatte man Johannes gewaltsam aus dem Kreis seiner Anhänger entfernt und erst geschunden, als man ihn isoliert hatte. Warum sollte Jesus nicht das Gleiche bevorstehen?

Mittlerweile schien er es geradezu herauszufordern, wenn

nicht gar herbeizusehnen. Er begann, seinen eigenen Tod vorauszusagen, fügte aber sofort hinzu, er werde nicht lange tot sein. Denn gleich nach seinem Tode werde ihn jener feurige Wagen abholen, und dann würden die Toten eingeteilt in die, die zum Himmel führen, und die, die zu ewiger Höllenqual verdammt seien. Diese Visionen beunruhigten die Jünger sehr und lösten die heftigsten Kontroversen aus. Manchmal war ihnen der Gedanke an seinen Tod so unerträglich, dass sie verstummten. Dann wieder begannen sie darüber zu streiten, wer für die Ewigkeit wohl welchen Platz zugeteilt bekommen, wer sich in welchem Teil des Himmels wiederfinden und wer den Platz neben Jesu Thron einnehmen werde.

Am letzten Tag unseres Aufenthalts an der Flussmündung versammelte Jesus uns alle um sich, um uns Instruktionen zu erteilen. Ich saß am Rande der Gruppe in der Morgensonne und beobachtete die Fische, eine Forellenart, in dem klaren Wasser. Sie hielten die Köpfe gegen die Strömung und machten gerade genug Schwimmbewegungen, um an ein und demselben Fleck zu verharren. Wenn die Strömung zu stark wurde, ließen sie sich gen See treiben, um dann wieder kehrtzumachen, den gleichen Fleck wie vorher anzusteuern und dort wieder wie angewurzelt zu verharren. Ab und an schüttelte eine leichte Brise kleine grüne Käfer von den umstehenden Bäumen auf die Wasseroberfläche. Dann taumelten sie eine Weile auf den gekräuselten Wellen umher, ehe sie sich mit silbernem Flügelschlag wieder in die Lüfte erhoben. Das alles war so schön, so natürlich und mühelos, als bedürfe es gar keines Gottessohns oder gar – aber das hätte ich niemals laut gesagt – eines Gottes. Die Natur sorgte für sich selbst und brauchte uns nicht.

Doch auch was Jesus uns an diesem Morgen sagte, war nicht ohne Schönheit. Er sprach von Kindern und dass sie des Schutzes bedürften. Der Gedanke, dass jemand einem Kind etwas zuleide tun könnte, bekümmerte ihn zutiefst und machte ihn wütend.

Dann wechselte er das Thema und bat uns, die Augen zu schließen und uns vorzustellen, womit wir ihn am ehesten vergleichen würden. Das hatte er schon öfter mit uns gemacht, und er wusste, wie sehr es mir missfiel. Er sagte, es sei eine Übung, eine Vorbereitung auf die Zeit, wenn wir ohne ihn durchs Land ziehen, predigen und den Menschen von ihm erzählen würden, auf dass sie glaubten, was wir glaubten. Das war einerseits sinnvoll, andererseits aber so sehr auf ihn bezogen, dass es ihm, wie ich fand, hätte peinlich sein müssen, was nicht der Fall war. Dafür schämte ich mich. Und zwar für ihn.

Die anderen Jünger schienen sich solche Gedanken nicht zu machen. Manche äußerten sich schüchtern, andere nicht besonders wortgewandt, aber keiner blieb eine Antwort schuldig. Für Petrus war Jesus ein Bote, ein *engelgleicher* Bote, für Matthäus ein weiser Philosoph. Für Andreas glich Jesus einem Fischer, für Johannes einem Feigenbaum.

So ging es immer weiter. Ich wollte damit nichts zu tun haben und wandte den Blick ab. Bartolomäus hatte sich bei unserem letzten Besuch in der Stadt in Misskredit gebracht, weil er seine Abende in Tavernen verbracht und sich dort mit hübschen jungen Männern vergnügt hatte. Jetzt hob er die Hand und wedelte damit herum, um vom Meister das Wort erteilt zu bekommen, doch der ignorierte ihn.

Ich blickte weiter in den Fluss und lauschte auf das Gemurmel der Wellen. Als plötzlich nichts anderes mehr zu hören war, wandte ich mich Jesus zu. Er stand da, sah mich an und hatte nur darauf gewartet, meine Aufmerksamkeit zu erregen.

»Judas.« Er sprach meinen Namen auf eine Art aus, als bedeute er etwas Unheilvolles. Dann fragte er tadelnd, ob ich meinen Blick freundlicherweise für einen Moment von der Natur losreißen könne und etwas beizutragen habe.

Ich schüttelte den Kopf und versuchte den Eindruck zu erwecken, als übersteige das Thema meinen Horizont.

»Ein Vergleich«, versuchte Jesus mir auf die Sprünge zu helfen. »Es muss kein schmeichelhafter sein.«

Er hätte mich zufrieden lassen sollen. Noch während ich antwortete, wusste ich, dass ich besser geschwiegen hätte. »Gerade im Moment«, sagte ich, »kommst du mir vor wie ein Blinder, der um einen Spiegel bittet.«

Er starrte mich erbost an, dann wandte er sich den anderen mit einem bemühten Lächeln zu. »Judas ist mein Spiegel«, sagte er. »Er ist das Stück Nazareth, das ich immer mit mir herumschleppe, um nicht übermütig zu werden.«

Dann ging er ein paar Schritte auf und ab, ehe er weitersprach. Es sei Zeit, sagte er, uns für die Reise zu rüsten – eine andere als sonst, eine schwierigere. Auf dem Weg nach Jerusalem würden wir immer wieder von Ordnungshütern angehalten und auch von einfachen Leuten angefeindet werden, doch wir sollten immer daran denken, dass wir im Besitz einer Wahrheit seien, die lange im Verborgenen gelegen habe und nun ans Licht gebracht werden müsse. Wir sollten keine Angst haben, denn wir und unser Anliegen seien dem Himmel bekannt. Was also könne man uns, die wir in der Hand Gottes lägen, antun?

»Wenn ihr auf Widerspruch trefft«, instruierte er uns, »so hört nicht darauf und lasst euch nicht auf Debatten ein. Setzt einfach euren Weg fort. Was wir in die Welt tragen, ist heilig, und wir werden es nicht den Hunden zum Fraß vorwerfen. Werft keine Perlen vor die Säue. Geht nicht auf spitzfindige Gegenargumente ein. Die ausgeklügelten Reden von Eiferern können schneiden wie Messerklingen, und sie verletzen das Herz.«

Wenn wir jedoch auf Menschen träfen, die auf unsere Botschaft begierig seien und deren Augen leuchteten, weil sie die Wahrheit unserer Worte erkannten, dann sollten wir ihnen unsere Botschaft in aller Klarheit verkünden. »Denkt dran, dass Worte ein Funke sein können, der die ganze Welt in Brand steckt. Sie können Gold wert sein und die Welt bereichern. Sie können aber auch wie Exkremente sein, die alles verschmutzen.«

Wir sollten uns so fortbewegen wie früher: Während wir alle grob in Richtung Jerusalem zogen, sollten wir teils in Gruppen, teils zu zweit Abstecher in verschiedene Ortschaften machen, dort predigen und neue Anhänger gewinnen. Hier und da sollten wir alle wieder zusammentreffen. Dann wurden die verschiedenen Routen festgelegt. Diejenigen, die Betanien als Erste erreichten, sollten im Hause von Lazarus und seinen Schwestern auf die anderen warten. Von dort würden wir alle zusammen weiterziehen, mit den Anhängern, die sich uns unterwegs angeschlossen hätten. Pünktlich zum Passahfest sollten wir dann die Heilige Stadt erreichen.

In den Orten, durch die wir kamen, sollten wir uns nach ehrbaren Leuten umhören und dort nächtigen, sofern sie uns Zutritt zu ihren Häusern gewährten. Falls man uns die Gastfreundschaft verweigerte oder die örtliche Bevölkerung uns feindlich gesinnt war, sollten wir klaglos weiterziehen – in der Gewissheit, dass diesen Leuten nicht nur der Segen vorenthalten blieb, den wir sonst über sie gesprochen hätten, sondern dass sie auch am Tag des Jüngsten Gerichts ein schweres Los zugeteilt bekämen.

»Was für ein Los, Meister?«, fragte Matthäus.

Jesu Blick verdüsterte sich, seine Augen wurden zu Schlitzen, und seine Züge versteinerten. Es werde grausam sein, sagte er. Schwangere Frauen würden wünschen, sie wären nicht schwanger. Es gebe Folter, Tränen, Schreie und Reue …

Es waren dieselben Feuer-und-Schwefel-Drohungen, die er bereits in Kapernaum ausgestoßen hatte. Einem Impuls folgend stand ich auf und entfernte mich. Ich hätte nicht dasitzen können, ohne zu widersprechen. Aber ich wusste, dass es besser war, nichts zu sagen. Im Gehen fiel mir ein Gleichnis ein, das Jesus vor einigen Wochen erzählt hatte. Es handelte von einem König, der seine Diener ausschickte, um Gäste zur Hochzeit seines Sohnes einzuladen. Unter denen, die dann kamen, befand sich einer, der nicht dem Anlass gemäß gekleidet war. Auf Befehl des Königs wurden ihm Hände und Füße gefesselt, und er wurde in eine stockfinstere Zelle gesperrt. Ob man ihn je wieder freilassen würde, sagte man ihm nicht.

Es war eine brutale Geschichte mit einer harten und unverdienten Strafe. Ich hatte Jesus gefragt, was dieses Gleichnis zu bedeuten habe, und mit dem gleichen versteinerten Gesicht wie jetzt hatte er geantwortet: »Viele sind berufen, aber wenige auserwählt.« War das etwa die Botschaft, die wir nun auf dem Weg nach Jerusalem verkünden sollten – dass die Strafe Gottes nicht nur hart, sondern auch willkürlich sein würde?

Weiter oben am Fluss traf ich Maria Magdalena, die unseren Abfall in einem kleinen Feuer verbrannte. »Hast du auch manchmal den Eindruck«, fragte ich sie, »dass unser Anführer Anflüge von Wahnsinn hat?«

Sie sah mich auf ihre unaufgeregte, vernünftige Art an und erwiderte: »Nein, niemals.«

Im Traum trägt
das Wasser
meine Füße nicht.

Es schlägt über
meinem Kopf zusammen
und wird Feuer.

Ich ertrinke,
verbrenne, ersticke,
hänge am Feigenbaum,

während Raben mir
die Augen auspicken und
eine Himmelsstimme

schreit: »Das ist
der blinde Verräter
meines Sohnes Jesus.«

Kapitel 17

Zuerst gingen wir nach Kapernaum zurück, wo uns, wie nicht anders zu erwarten, eine Menge häuslicher Ärger erwartete. Die Frauen der verheirateten Jünger weinten, die Männer sollten bei ihren Kindern bleiben. Manche Väter und Brüder der Jünger beschwerten sich, weil ihnen schon wieder zusätzliche Arbeit aufgebürdet wurde, wenn die Auserwählten ihrem Meister in die Heilige Stadt folgten. An Unterstützung mangelte es Jesus in dem kleinen Städtchen jedoch nicht. Hier war er ein regelrechter Held. Viele sahen in ihm den Messias, der dem Volk Israel alles nur erdenklich Gute bringen und es durch eine göttliche Fügung vom römischen Joch befreien werde. Das war aber lediglich eine Zukunftsvorstellung, etwas, das gewiss nicht in Kürze geschehen würde. Dieselben Menschen, die in Jesus den Sohn Gottes sahen, sich das Ende der Welt und Gottes feurigen Wagen vorstellen konnten, waren bodenständig genug, um zu fragen, wer in der Zwischenzeit die Kinder ernähren, die Ernte einholen, Rechnungen und Steuern zahlen würde.

Es waren also schwierige Tage. Es wurden zähe Kompromisse ausgehandelt, und selbst Jesus beteiligte sich daran. Währenddessen ging ich schon voraus und machte einen Umweg über Nazareth, um mich von meiner Mutter und Andreas zu verabschieden. Eine innere Stimme sagte mir, dass wir uns lange nicht – wenn überhaupt je – wiedersehen würden. Meine Mutter schien sich mit dem Alleinsein und der Verantwortung für alles abgefunden zu haben, auch wenn es ihr nicht leichtfiel. Der Sabbat war ihr ein willkommener Ruhetag. Sie schien gealtert zu sein, hatte aber nichts von ihrer Würde und Eleganz verloren. »Die Jahre vergehen so schnell«, sagte sie, »ich komme kaum hinterher.«

Es machte ihr Sorgen, dass ich immer noch Jesus folgte. Zuerst hatte sie es akzeptiert, weil sie dachte, es würde mir über Judiths

Tod hinweghelfen, aber sie hatte nicht damit gerechnet, dass ich so lange bei ihm bleiben würde.

»Er war so ein liebenswerter Junge«, sagte sie. »Aber weißt du…« Sie machte eine Pause.

Ich wusste nicht, worauf sie hinauswollte, und sagte nichts.

Dann fragte sie mich, ob es stimme, dass er Tote zum Leben erwecke und »unter die Leprakranken geht«. Ich sagte, er sei ein bemerkenswerter Mann. »Er bringt viele dazu, ihm die Treue zu halten.«

»Aber bringt er auch viele dazu, an ihn zu glauben?«, fragte sie.

»Ja, seine Anhänger.«

»Und dich, Judas?«

Eine gute Frage, aber ich wich ihr aus. »Er verlangt es«, sagte ich.

Meine Mutter erzählte, sie habe auf dem Markt mit einer Frau gesprochen, deren Cousine eine Freundin hatte, die zu einer öffentlichen Predigt von Jesus gegangen sei. »Ihr Knie war schon seit sechs Wochen geschwollen, und sie konnte kaum noch gehen. Am nächsten Tag war das Knie wie neu.«

»Na, da siehst du mal«, sagte ich und küsste sie auf die Stirn.

Meine Kleider waren ausgeblichen, zerschlissen und schmutzig, und meine Mutter bestand darauf, mit mir zum Basar zu gehen. Dort kaufte sie mir einen neuen Burnus, dunkelrot mit goldenen Stickereien, und solide Sandalen. Es war ein gutes Gefühl, wieder sauber und gut gekleidet zu sein, und es gelang mir nicht recht, mich meiner Eitelkeit zu schämen. Als es Zeit wurde, mich zu verabschieden, sagte meine Mutter: »Lass deine arme alte Mutter nicht mehr so lange allein! Und wenn ihr das nächste Mal in der Gegend seid, bring Jesus mit!«

Ich wollte ihr nicht sagen, dass er Nazareth im Zorn den Rücken gekehrt hatte und nie mehr zurückzukehren gedachte.

»Lade ihn zum Essen ein«, sagte sie.

Auch Andreas sah älter aus, ein würdevoller, weiser Greis. Er hatte sich immer auf dem Laufenden gehalten, was Jesus betraf, und kannte alle Neuigkeiten und Gerüchte. Vieles davon war, wie ich ihm versicherte, maßlos übertrieben, manches schlichtweg unwahr. Andreas hatte seinen früheren Lieblingsschüler immer noch gern, aber inzwischen hatte er einen neuen Günstling, sodass er Jesu Wohl und Wehe nun leidenschaftsloser verfolgen konnte.

»Muss er denn unbedingt nach Jerusalem gehen?«, fragte er. »Und wenn *er* es schon muss, brauchst du doch nicht mitzugehen, Judas!« Ich müsste die Risiken bedenken. »Du sollst ja nicht illoyal sein, ihn nicht hintergehen. Aber angesichts der Wende, die seine Lehre genommen hat…« Aus irgendeinem Grunde sprach er nicht weiter und sagte nur noch: »Nun ja, inzwischen seid ihr große Jungs. Seid bitte trotzdem vorsichtig!« Dann umarmte er mich.

Auch mein Vater warnte mich. »Es sind gefährliche Zeiten«, sagte er. Doch wann war das anders?

Am letzten Tag meines Aufenthalts besuchte ich Josef und Maria. Josef war so warmherzig und freundlich wie immer. Maria hingegen schien in mir einen Teil einer Verschwörung zu sehen, bei der es darum ging, ihr den Sohn zu entfremden. Jesus, sagte sie, sei auf einen falschen Weg gelockt worden. Seine großen, von Gott gegebenen Talente – an dieser Stelle kam wieder ihr vieldeutiges Lächeln ins Spiel – seien von Menschen missbraucht worden, die ihren Sinn und Zweck nicht verstünden. Doch er werde sich befreien und zu seinen Wurzeln zurückkehren, dessen sei sie gewiss.

Ich sagte, bestimmt habe sie recht, und verabschiedete mich. Keinen von beiden habe ich je wiedergesehen.

Während wir in Richtung Jerusalem zogen und das Passahfest näherrückte, hielt Jesus sich an den Plan, den er am Seeufer verkündet hatte. Das bedeutete, dass jeder von uns stärker als zuvor in die Pflicht genommen war, eigene Predigten zu halten. Ehrlicherweise muss ich sagen, dass außer Jesus nur drei oder höchstens vier von uns dafür begabt waren. Die anderen stellten sich dieser Aufgabe eher schlecht als recht.

Dabei klafften Selbstbewusstsein und Stil bisweilen auseinander. Petrus etwa war wortgewandt, aber schüchtern, sodass seine Auftritte stets etwas Verkrampftes hatten. Manchmal konnte er jedoch seine Befangenheit abschütteln und beeindruckte durch Ernsthaftigkeit; dann wieder beunruhigte oder irritierte ihn etwas, und er sprach unkonzentriert, unsicher, undeutlich oder nahezu unhörbar. Sein Bruder Andreas dagegen trat stets würdevoll und seriös auf und erreichte die Zuhörer mit seiner sonoren Stimme. Er machte nie viele Worte, aber er wählte sie mit Bedacht, und die Menschen hörten ihm interessiert zu.

Bartolomäus war theatralisch. Er liebte lange, verschlungene Sätze und ausufernde Analogien, in denen er selbst stets eine Rolle spielte, sodass seine Predigten hauptsächlich von Geschichten handelten, in denen er und sein »Freund« Jesus etwas Bedeutsames erlebten oder bewerkstelligten.

Matthäus klang wie ein Bürokrat, dem es hauptsächlich um die Einhaltung von Regeln ging. Er verlangte von seinen Zuhörern öffentliche Glaubensbekenntnisse, und zwar mit der gleichen Unbeugsamkeit, wie er einst Steuern eingetrieben hatte – unverzüglich und rückhaltlos.

Thomas erlebte ich nur einmal bei dem Versuch, eine Predigt zu halten. Der bloße Anblick der versammelten Menge überwältigte ihn dermaßen, dass er kein Wort herausbekam und Philippus vorschickte.

Die Brüder Jakobus und Johannes traten gern gemeinsam auf, meist in Tavernen vor kleinen Gruppen von Arbeitern, denen sie Jesus-Anekdoten erzählten. In der Regel war Jakobus der Wortführer, während Johannes für Atmosphäre sorgte, indem er Bemerkungen wie »Stimmt!« oder »Ganz richtig!« einwarf. Gelegentlich kam es zwischen den beiden und ihren Zuhörern zu Schlägereien, wenn die Leute sich nicht nur nicht überzeugen lassen wollten, sondern den Brüdern sogar widersprachen. Sie wussten genau, dass sie nicht handgreiflich werden sollten. Jesus hatte ihnen gesagt, sie müssten es Gott überlassen, die Ungläubigen zu bestrafen. Doch wenn der Wein in Strömen floss, ließen die Brüder schnell die Fäuste sprechen. Sie fanden, Worte reichten nicht aus, um ihre Jesustreue zu beweisen, schließlich dienten sie nicht irgendjemandem, sondern dem Sohn Gottes.

Einmal hörte ich sie in einer Taverne sagen, Jesus habe nur ihnen erlaubt, dabei zu sein, als er ein kleines Mädchen von den Toten auferweckte. Ich war gekommen, um ihnen mitzuteilen, dass wir schnell aufbrechen wollten, doch jetzt war ich neugierig und hörte mir ihre Geschichte an.

»Ihr war was auf den Kopf gefallen«, sagte Johannes.

»Sie war mausetot«, sagte Jakobus. »Und im nächsten Moment stand sie auf und lachte uns an.«

»Das ist wahr«, sagte Johannes und leerte seinen Becher.

»Und dann?«, fragten die Zuhörer.

»Genau«, rief jemand spöttisch von hinten. »Erzählt noch mehr von diesem Quatsch.«

Glücklicherweise hörten es die Brüder nicht. Stattdessen fing Jakobus an, von dem Tag zu sprechen, als Jesus die Brüder zusammen mit Petrus auf den Berggipfel geführt hatte.

»Als ich aufwachte«, sagte er, »war Jesus ein einziges weißes Licht. Wie eine brennende Fackel. Ich konnte kaum hinsehen, so hell war es. Er sprach mit Mose und noch jemandem ...« Er zögerte.

»Mit wem?«, rief jemand. »Du meinst doch nicht etwa ...«

Jakobus sah Johannes an. »Wer, sagte er noch mal, war der andere? Elia?«

Johannes nickte ernst. »Elia!«

Die Zuhörer schüttelten erstaunt die Köpfe. Einer fragte, worüber sie redeten.

»Ich konnte sie nicht verstehen«, sagte Jakobus. »Aber beide sagten etwas zu Jesus, und als er ihnen antwortete, hörten sie zu.«

Wieder schüttelten die Zuhörer die Köpfe, dieses Mal belustigt. »Was du nicht sagst! Sie hörten tatsächlich zu?«

»Genau.«

»Wahrscheinlich hat er ihnen was von euch schrägen Vögeln erzählt.«

»Nein, sie unterhielten sich ganz ernst«, sagte Jakobus.

Auch sonst war auf unserem Weg immerzu von Jesu angeblichen Wundern die Rede. Wann immer einer von uns bei einem öffentlichen Auftritt nicht weiterwusste, kramte er ein Wunder hervor. Jesus habe diesem und jenem den Teufel ausgetrieben, diesen oder jenen Besessenen geheilt, Blinde sehen gemacht, Taube hören, Lahme gehen, Leprakranke gerettet und Tote auferweckt. Mir gefiel das alles nicht. Ich fand es billig, fadenscheinig und verlogen, doch die anderen boten ihren Zuhörern, was diese hören wollten. Wenn Jesus selbst predigte, verlangten die Zuhörer, ein Wunder zu sehen, und waren enttäuscht, wenn er sich weigerte. In seiner Abwesenheit wurden wir anderen von den Zuhörern gedrängt, von seinen Wundern zu berichten.

»Gebt uns ein Wunder!«, war ein Ruf, der uns überall begleitete.

Als wir die Grenze zu Judäa passiert hatten und uns auf Samaria, unseren nächsten Treffpunkt, zubewegten, kam ich mit Philippus und Bartolomäus in ein Dorf, wo sich Menschen um uns scharten, die kaum etwas von uns wussten, außer dass unser Anführer ein Prophet sei, der Wunder vollbringe. Sie brachten uns einen Säugling, der im Sterben lag oder vielleicht sogar schon tot war. Wir sollten ihn heilen. Ich sagte, wir könnten nicht mehr tun, als für das Kind zu beten, und dass man es lieber wieder nach Hause bringen sollte, statt es der Mittagssonne auszusetzen. Die Mutter bat und bettelte aber immer weiter, und schließlich meinte Philippus, wir sollten es wenigstens versuchen.

Ich entfernte mich von der Menge. Die verzweifelte Mutter, das ausgetrocknete, halbtote Kind mit dem aufgeblähten Bauch, die hoffnungsvollen Gesichter der in Lumpen gekleideten Menschen, die Bereitschaft meiner Gefährten, sich an einem Wunder zu versuchen – das alles war einfach zu viel für mich.

Als wir später kurz vor Samaria wieder zusammentrafen, fragte Philippus Jesus, warum er Wunder vollbringen könne und wir anderen nicht. Jesus erwiderte, unser Glaube sei nicht stark genug. Besäßen wir den wahren Glauben, könnten wir Berge versetzen.

Was meine Predigten betrifft, so waren sie nicht so wortgewandt wie die von Jesus; auch konnte ich nicht meine innersten Gefühle hervorkehren und zu Hoffnungsankern für die Zuhörer machen. Ich hielt mich an die Botschaft, die er ursprünglich verkündet hatte und die ich glauben oder wenigstens als bedeutend, tröstlich und hilfreich ansehen konnte. Das funktionierte recht gut. Meine Zuhörer fingen nicht an zu gähnen oder zu lachen, und sie liefen mir nicht davon. »Er ist aufrichtig«, sagten sie. »Er meint es ernst.«

Begeisternd waren meine Predigten aber nicht. Die Lehre von Vernunft, Mitgefühl und Nächstenliebe ist nichts, was die Menschen gleich zu Konvertiten macht. Vielmehr haben sie das Gefühl, diese Werte schon immer vertreten zu haben, und vermutlich stimmt das sogar. Nur dass gerade diese Werte im Alltag so schwer umzusetzen sind.

Ich hatte kein Talent für Gleichnisse, wie Jesus sie sich andauernd einfallen ließ. Ich hielt auch nicht viel davon. Oft verschleierten sie die Botschaften, um die es eigentlich ging, was freilich gerade einen Teil ihres Reizes ausmachte. Undurchsichtigkeit hat etwas Geheimnisvolles. Sie erlaubt den Menschen, die Geschichten nach eigenem Gutdünken zu interpretieren und sich hinterher trefflich darüber zu streiten. Oft haben sogar wir Jünger Jesus gefragt, was ein bestimmtes Gleichnis zu bedeuten habe, und nicht selten hat er es dann mit einem anderen erklärt. Ich hingegen bevorzugte Klarheit. Das entspricht meinem Naturell, und ich legte Wert darauf, verstanden zu werden.

Also sprach ich darüber, wie Jesus die Armen, Kranken und Beladenen ermutigte und ihnen Hoffnung auf ein Ende ihres Leidens machte. Auch wenn ich all das selbst nicht recht glauben konnte, so glaubte ich doch, dass es den Benachteiligten besser gehen *sollte* und dass die Macht der Unterdrücker eines Tages, sei er auch noch so fern, gebrochen würde.

Und dann war da die Frage von Frevel und Strafe, Rache und Vergebung, Krieg und Frieden. »Auge um Auge, Zahn um Zahn«, das sei die alte Lehre, sagte ich meinen Zuhörern. Die neue, für die Jesus stehe, besage, man solle die andere Wange hinhalten, wenn man geschlagen werde. Ich fragte die Leute, ob ihnen das schwerfiele, und gab zu, dass es nicht einfach sei. Aber es sei etwas, nach dem zu streben sich lohne, ein Ideal, mit dessen Hilfe Feindseligkeiten abgebaut, Frieden und Eintracht herbeigeführt werden könnten.

Ich sagte, man solle kein Urteil über andere fällen, sondern nur das eigene Gewissen rein halten. Im Übrigen sei es an Gott, zu urteilen. Wir sollten andere so behandeln, wie wir von ihnen behandelt werden wollten, mit Mitgefühl und Verständnis. Dem Bruder,

der uns Unrecht angetan habe, solle vergeben werden, nicht sieben Mal, sondern siebenmal sieben Mal. Immer und überall sollten wir vergeben.

Wir sollten unsere Familien und Freunde lieben und darüber hinaus alle Menschen, ob nah oder fern, fremd oder vertraut, selbst unsere Feinde. Sie alle sollten wir als Brüder und Schwestern betrachten oder wenigstens als Cousins und Cousinen, als Teil einer einzigen großen Menschenfamilie. Auch das sei nicht einfach, aber erstrebenswert.

Jesu Botschaft, sagte ich, handle von Hoffnung und Vertrauen. Wir sollten nicht fragen, woher unsere nächste Mahlzeit komme, sondern darauf vertrauen, dass Gott dafür sorgen werde. »Bittet, so wird euch gegeben; suchet, so werdet ihr finden; klopfet an, so wird euch aufgetan.« Das hatte Jesus uns gelehrt, das sollten wir verkünden und glauben. Wenn ich es meinen Zuhörern zu erklären versuchte, konnte ich sehen, wie schwer sie sich taten, es zu verstehen, geschweige denn zu glauben. Einmal war ich zugegen, als Jesus über dasselbe Thema predigte, und die Gesichter *seiner* Zuhörer waren ergriffen. Wenn *er* diese Botschaft verkündete, konnten die Menschen sie ohne Weiteres annehmen. Aber ich konnte ja selbst nicht glauben, dass einem alles gegeben würde, worum man bat, dass man alles fände, wonach man suchte. Folglich konnte ich davon auch sonst niemanden überzeugen. Mein eigenes Unvermögen stand mir im Weg. Die »Wahrheit« lag in der Botschaft selber, nicht in nachgeschobenen Erklärungsversuchen. Wenn Erklärungen vonnöten waren – wo blieb dann der Glaube?

Wenn ich predigte, stellten sich bei mir keine Hochgefühle ein, und ich wusste, dass ich nicht besonders erfolgreich war. Teilweise lag es daran, dass ich kein geborener Redner war, teilweise aber auch daran –, erst vierzig Jahre später wird mir das klar, dass die Botschaft, die ich verkündete, seine war – nicht meine. Damals hatte ich meine eigene Lebensphilosophie noch nicht gefunden. Ich hielt mich an das, was mich in seinen Predigten anfänglich angezogen hatte und was ich guten Gewissens weitergeben konnte. Es war der einfache, unerschütterliche Glaube des Jesus von Nazareth, den ich meinen Zuhörern nahebrachte, den Hundephilosophen, der Glaube, der mir in den Gerstenfeldern und auf den Straßen von Galiläa ein guter Gefährte gewesen war – nicht die Fackel, die die Sünde ausmerzen und sich jetzt einen Weg nach sJerusalem brennen wollte, um Gottes Zorn über die Mörder seines Cousins zu bringen.

Viele waren in die Heilige Stadt unterwegs, um dort das Passahfest zu begehen, und so wuchs die Menge, in der wir uns bewegten. Manche schlossen sich uns an, nachdem sie Jesus predigen gehört hatten, andere hatten lediglich denselben Weg wie wir.

In Samaria kam ein Rabbi zu uns, um den Mann zu hören, der in aller Munde war, und ihn zum Essen einzuladen. Jesus predigte auf dem Marktplatz, und vier Fischerbrüder, Petrus und Andreas, Jakobus und Johannes, waren bei ihm. Ich war als Schatzmeister unserer Gemeinschaft dabei, eine Funktion, die ich seit einiger Zeit innehatte. Der Rabbi stellte sich uns als Levi vor und sagte, er habe schon viel von dem »neuen Propheten« gehört. »Ich hoffe, du nimmst meine Einladung an«, sagte er. »Ich möchte dich und deine Lehre gern aus erster Hand kennenlernen, nicht durch Gerüchte oder sensationsheischendes Gerede.«

Das war löblich, und Jesus nahm die Einladung dankbar an, doch machte er nicht den Eindruck, als rechnete er damit, den Rabbi bekehren zu können. Tatsächlich behandelte dieser uns ein wenig von oben herab. Er war höflich, aber sein Mund und seine klugen Augen wurden von einem leicht spöttischen Lächeln umspielt. Ich war mir ziemlich sicher, dass es in den Geschichten, die er über Jesus gehört hatte, vor Wundern und göttlichen Offenbarungen nur so wimmelte.

Als wir zur verabredeten Stunde bei ihm eintrafen, wurden wir an eine Tafel im Innenhof seines Hauses geführt, der von alten Mauern umgeben war. Zwei Freunde des Rabbis, ein Schrift- und ein Rechtsgelehrter, hatten an der Tafel bereits Platz genommen. Ein Feigenbaum, der in einer Mauernische wurzelte und schief dem Licht entgegenwuchs, überragte die Tafel mit seinem dichten Blattwerk und bildete ein natürliches Sonnendach. Eine Quelle entsprang dem Innenhof, rann zwischen von Grünalgen bewachsenen Steinen einem kleinen Becken entgegen und belebte den Hof mit ihrem leisen Gemurmel. Drei oder vier Öllampen, in eisernen Halterungen an den Mauern befestigt, waren angezündet, obwohl der Abendhimmel noch hell war, als wir uns zu neunt, alles Männer, um die Tafel versammelten. Die Dienerschaft brachte das Essen, und drei Frauen, vermutlich Frau und Töchter des Rabbis, servierten die Hauptgänge.

Auf einer aufgebockten Holzplatte am Rande des Innenhofs standen Wasserschüsseln mit Handtüchern, aber da Jesus das nicht zu sehen schien oder es ignorierte, folgte ich seinem Beispiel und setzte mich, ohne mir vorher die Hände zu waschen.

Das Gespräch begann nichtssagend und allgemein und plätscherte während der ersten beiden Gänge seicht dahin. Es ging um rechtliche Fragen der Mosaischen Gesetze, die Jesus möglicherweise aufs Glatteis führen sollten, aber falls das beabsichtigt war, fiel er darauf nicht herein, sondern plauderte ebenso unbekümmert wie belesen drauflos.

Dann und wann hatte ich das Gefühl, dass er seine Gastgeber positiv überraschte, aber hauptsächlich war mir der Unterschied zwischen den drei kultivierten Herren – unser Gastgeber und seine beiden Freunde – und den vier ungehobelten Fischern mit ihren rauen Händen und ihrem groben galiläischen Akzent bewusst. Dazwischen Jesus und ich, auch aus Galiläa, aber gebildet genug, um im Gegensatz zu den Fischern zu merken, dass die Judäer einen recht überheblichen Ton anschlugen, wenn auch auf subtile Weise. Ich ahnte, wie sie über uns herziehen würden, sobald wir wieder gegangen waren.

Beim letzten Gang, einer erfrischenden Kaltspeise aus Früchten und Quark, sagte unser Gastgeber mit belustigtem Blick auf seine beiden Freunde zu Jesus, »von allen Seiten« habe er Jesu Redegewandtheit preisen hören, und am Nachmittag habe er sich auf dem Marktplatz selbst davon überzeugen können. Darüber hinaus, fuhr er fort, sei aber allenthalben die Rede davon, dass Jesus noch über weit größere Gaben verfüge.

»Diese Kraft geht nicht von mir aus«, erwiderte Jesus. »Sie liegt in dem Wort, das ich verkünde.«

»Immerhin ist sie stark genug, um Wunder zu bewirken«, sagte Levi.

Jesus reagierte nicht.

»Wahre Wunder«, sagte Levi.

Immer noch schwieg Jesus.

»Kannst du uns diese Kraft nicht einmal vorführen?«, fragte der Rabbi. »Meine Freunde und ich wären sehr geehrt ...«

Jesus konnte sein Missfallen nicht verbergen. »Dienen wir nicht alle demselben Gott?«, fragte er. »Wenn du Ihn brauchst, rufe Ihn an. Rufe Ihn an, und wenn Er dich hört, deine Not sieht und du Seiner würdig bist, wird Er dir helfen.«

»Vielleicht bin ich Seiner ja nicht würdig«, sagte Levi amüsiert.

Jesus starrte auf seine Hände.

Der Rabbi gab aber nicht auf. »Ich verfüge nicht über die Kräfte, die man dir zuschreibt. Willst du sie uns nicht vorführen, damit auch wir daran glauben können, so wie ...«, er zeigte auf die vier Fischer, »... so wie diese Kerle?«

Jesus wurde rot vor Zorn und musste sich sichtlich beherrschen. »Ich führe keine Zaubertricks vor«, sagte er langsam und grollend. »Ich bin ein Prophet.«

»Ein Prophet, der sich vor dem Essen nicht wäscht?«

Wir waren schockiert. Die ganze Zeit hatte Levi mit Bedacht gesprochen und es darauf abgesehen, seine Freunde zu belustigen, aber diese Bemerkung schien ihm ungewollt herausgerutscht zu sein. Jesus stand so ungestüm auf, dass sein Stuhl krachend zu Boden ging. Dann starrte er mit feurigem Blick auf die Judäer hinab. »Meinst du, ich hätte deine lächerlichen Waschschüsseln und die Handtücher nicht gesehen? Meinst du, mir sei ein Versehen unterlaufen?«

»Es tut mir leid«, sagte Levi. »Das hätte ich nicht sagen sollen.«

Doch Jesus war nicht mehr zu bremsen. »Euch Pharisäern geht es immer nur um Äußerlichkeiten. Um Form statt Inhalt. Und doch glaubt ihr, wie ich, ans ewige Leben. Meint ihr, ihr kommt in den Himmel, wenn ihr nach strengen Ritualen speist und euch wascht? Meint ihr, der Herr zieht eure gewaschenen Hände diesen hier vor?« Er zeigte auf Jakobus und Johannes, deren Hände vor

Wut zu Fäusten geballt waren. »Hände, die schmutzig und schwielig sind von harter Arbeit? Meint ihr, reine Becher und Töpfe zählen mehr als reine Herzen und Gedanken? Was seid ihr, Heuchler oder einfach nur Dummköpfe?«

Dann drehte er sich um und ging auf die Pforte zu, die direkt auf die Straße führte. Stumm und fassungslos saßen Levi und seine Freunde da. Ich signalisierte meinen Gefährten, dass wir Jesus folgen sollten, und führte sie zu der Pforte. Im letzten Moment drehte Johannes sich noch einmal um und ging in den Innenhof zurück. Mit einer ausladenden Armbewegung wischte er die Waschschüsseln von der aufgebockten Holzplatte. Sie krachten auf die Bodenkacheln, und das Wasser ergoss sich über den Innenhof.

Warum ging ich
mit, das letzte,
verhängnisvolle Mal?

Wollte ich das
Ende selbst
mit ansehen?

Oder war ich
auf ein
Spektakel aus?

An uns war nur
glanzvoll, was
er ausstrahlte.

Schön, wenn einem
hübsche Mädchen
applaudieren!

Welche Gefahr aber,
der Beschützer des
Gottessohns zu sein!

Kapitel 18

Lazarus, Maria und Martha erwarteten uns schon in Betanien. Aber auch viele andere. Lazarus hatte unser Kommen angekündigt, und aus seinem Munde hatte es Gewicht, denn er war ja »von den Toten auferweckt« worden, wie sich die Leute erzählten, manche überzeugt, andere spottend, und verbreitete nun selbst Jesu Botschaft. Auch seine Schwestern hatten überall in den umliegenden Dörfern auf ihre stille Art bekannt gemacht, dass der Prophet von Nazareth auf seinem Weg nach Jerusalem, wo er das Passahfest begehen wolle, in Kürze bei ihnen Station machen werde.

Um uns scharte sich eine stetig anwachsende Anhängerschaft, ein bunter Haufen von Enthusiasten, deren Glaube Jesus Mut und Kraft gab, wie auch seinen Jüngern – außer einem. Damals zweifelte Thomas noch nicht. Auch Petrus hatte Jesus noch nicht verleugnet. Und wenn Judas ihn dereinst verraten sollte, so in dem Sinne, wie ich schon sagte, weil er nicht die ungetrübte Freude von Jesu Gefährten teilen konnte, ihr Vertrauen darauf, dass der Einzug ihres Anführers in Jerusalem ein einziger Triumph sein und Israel danach einer neuen Blüte entgegengehen werde. Es war, als käme ein Zirkus in die Stadt – der Zirkus des Menschensohnes.

An diesem Abend wurde für etwa zwei Dutzend Menschen ein Fest gegeben: Jesus und die zwölf, Maria Magdalena und die drei oder vier Frauen, die sich uns vor einiger Zeit angeschlossen hatten, sowie Lazarus, Maria und Martha und ihre engsten Freunde und Unterstützer in Betanien und Betfage. Es fand in einem großen Zelt statt, aber auf dem Feld davor kampierten viele andere, die sich in kleinen Gruppen um ein Feuer setzten und aßen, sangen, redeten, beteten und tanzten. Ich behielt meine Befürchtungen und Zweifel für mich und gab mir große Mühe, sie zu überwinden und meinen Glauben zu stärken. Mit zunehmendem Weinkonsum gelang es mir beinahe. Jesus war so gelöst, wie ich ihn seit seinen

Anfängen als Prophet und Prediger nicht mehr erlebt hatte, und seine Freude strahlte von ihm ab wie ein helles Licht, das uns alle erleuchtete. Es war, als sei die Menge der Gläubigen, die er benötigte wie andere ein lebensrettendes Medikament, an diesem Abend zur Abwechslung einmal groß genug.

Er war voller Zuversicht, und ich hegte keinerlei Zweifel mehr, dass er trotz der Ausflüchte, die er machte, wenn er auf dieses Thema angesprochen wurde, inzwischen davon überzeugt war, der Messias zu sein, dessen Kommen in den Heiligen Schriften vorausgesagt war und der das auserwählte Volk von Unterdrückung, Armut und Sünde und schließlich auch vom Tode erlösen würde. Seit wann war in seinen Predigten davon schon die Rede? Wie lange hatte ich Augen und Ohren davor verschlossen? Oder lag meine Blind- und Taubheit daran, dass er jedem von uns nur so viel anvertraut hatte, wie derjenige seiner Meinung nach vertragen konnte? Diese Fragen stelle ich mir heute, ohne mir der Antworten gewiss zu sein. Vielleicht bündeln sich in meiner Erinnerung Dinge, die in Wahrheit einen längeren Zeitraum beanspruchten, als es mir heute scheint. Ich weiß, dass es im Zuge der allgemeinen Begeisterung auch bei mir Momente gab, in denen ich dem von ihm geforderten Glauben nahe war. Ich weiß aber auch, dass neben der Begeisterung und meiner an- und abschwellenden Glaubensfestigkeit meine Angst wuchs: Angst um mich, das gebe ich zu, vor allem aber Angst um Jesus. Die Macht der Römer war allgegenwärtig, und sie wurde kaltblütig, effizient und brutal ausgeübt. Auch wenn an manchen Orten und zu mancher Zeit nichts von ihr zu spüren war, hatte ich sie doch nicht aus den Augen verloren.

Jesus hatte uns ein Gebet gelehrt, das mit den Worten »Unser Vater im Himmel« begann. In seinen Predigten war aus *unser* Vater *mein* Vater geworden. »Im Haus meines Vaters sind viele Wohnungen. Es bietet genügend Platz für alle, die sich nach Frieden und Eintracht und nach den Freuden eines Lebens nach dem Tode sehnen. Doch es gibt *nur einen Weg*, der hineinführt, und der bin *ich*.«

Das war zur Quintessenz seiner Botschaft geworden. »Ich bin die Wahrheit, der Weg und das Leben.« Mittlerweile vernahm ich diese Botschaft laut und deutlich, und sie erschreckte mich zutiefst. Hatte er den Verstand verloren, oder war ihm die Bewunderung der Massen zu Kopf gestiegen? Ihr Glaube war so, wie er es verlangte, auch von uns Jüngern: inbrünstig, fraglos, wider jede Vernunft.

Mit seiner Selbstgewissheit wuchs auch sein Zorn. Er maßte sich an, all jene mit diesem Zorn zu überziehen, die seine Bestimmung als Messias anzweifelten oder rundheraus bestritten. Er zeigte seine Angriffslust ganz offen, wie ein Wachhund, den man von der Leine gelassen hatte. In seinen Predigten malte er aus, wie die Zweifler in der Hölle schmoren und zu spät anfangen würden zu jammern, zu wehklagen und den Herrn um Vergebung anzuflehen.

Er befand sich in einem Zustand der Verklärung. Durch ihn, so versicherte er uns, werde die alte Ordnung zerstört, würden Sünder bestraft und den Rechtgläubigen das ewige Leben geschenkt. Ich habe meine Ängste schon angesprochen, aber da war noch etwas anderes. Wie ein Schatten spukte diese Angst in mir umher und nagte des Nachts an mir. Angenommen, Jesus hatte recht – würde mir mit all meinen Zweifeln und Fehlern auch nur das kleinste Fleckchen im Himmel zuteilwerden? Oder war ich derjenige von uns zwölfen, der bis ans Ende aller Zeiten in der Hölle schmoren und an der Erkenntnis seiner eigenen Torheit verzweifeln sollte?

Am Morgen des zweiten Tages in Betanien hieß Jesus Philippus und Andreas, einen Esel zu holen. Es verbreitete sich die Kunde, noch heute werde Jesus in Jerusalem einziehen. Schnell sammelte sich eine enorme Menschenmenge – unsere eigenen Leute aus Galiläa, Einwohner von Betanien und Betfage und schließlich, als wir uns Jerusalem näherten, auch Leute aus der Stadt, die von Jesus gehört hatten und ihn sehen wollten. Eine zunehmende Spannung lag in der Luft. Wenn viele Juden zusammenkamen, war der Funke, der eine Revolte auslösen konnte, nie weit – eine Revolte gegen die Römer, die uns unterdrückten, aber auch gegen die jüdischen Machthaber aus Königshaus und Tempel, die sich den Römern unterordneten. Nichts davon wurde je offen ausgesprochen, aber das war auch nicht nötig. Wir alle wussten und spürten es, ich genau wie alle anderen. Hinzu kam, dass es in den Prophezeiungen heißt, der Befreier Israels werde nicht auf einem stolzen Ross, sondern bescheiden auf einem Esel in die Stadt geritten kommen. So wie Jesus es jetzt tat.

Die Menschen jubelten ihm zu, winkten von ihren Balkonen herab, ebneten ihm den Weg mit Palmwedeln oder warfen kostbare Gewänder in den Staub, auf dass Jesus besser vorankomme. Der junge, noch nicht ausgewachsene Esel trottete darüber und fiel hin und wieder in einen stolzen Trab, als wisse er, dass er den Messias in die Heilige Stadt trage. Jungen liefen neben uns her, aufgeregt uns zuwinkend. Budenbesitzer boten uns unentgeltlich Früchte und Blumen an. Eine Frau rief, Jesus sei der König Israels, der gekommen sei, um seinen rechtmäßigen Thron zu besteigen. Eine andere, die ganz in der Nähe stand, antwortete daraufhin übermütig und gut gelaunt: »Gewiss doch, und ich bin die Königin von Saba.« Manche glaubten, andere glaubten nicht, aber allen war der nun berühmte Sohn Galiläas, der Wunder vollbringen konnte, willkommen.

Als wir den Ölberg auf der von Zypressen gesäumten Straße umrundeten, den Hang mit dem Garten Gethsemane passierten und ins Kidrontal hinabstiegen, lag die Stadt, die ich seit meiner Kindheit nicht mehr gesehen hatte, mit ihren massiven, blass orange- und rosafarbenen Mauern vor uns, halb Festung, halb Palast, mit Kuppeln und Türmen, Toren und Zinnen. Es war ein Moment des Triumphes, und noch heute durchfährt mich ein ehrfürchtiger Schauer, wenn ich daran denke. An diesem Tag schliefen meine Sorgen. Was spielte es für eine Rolle, ob er der Sohn Gottes oder der von Josef, dem Zimmermann, war? Er war Jesus von Nazareth, der ein *neues* Jerusalem verhieß, und die Menschen kamen, um ihn zu hören und zu sehen.

An der Stadtmauer gaben wir den Esel am östlichen Tor bis zu unserer Rückkehr in die Obhut eines jungen Burschen und stiegen über eine Treppe in den Vorhof des Tempels, wo wir mit frostiger Höflichkeit von Hohepriestern und Schriftgelehrten begrüßt wurden. Sie behandelten uns respektvoller, als sie eigentlich wollten, um bloß keinen zu verprellen, dem die Menschen so viel Bewunderung entgegenbrachten. Dort wie überall war das Volk sehr mächtig, wenn es mit einer Stimme sprach. Es zu brüskieren war nicht ratsam, wenn man sich der Unterstützung Roms nicht sicher sein konnte, und da die Römer gegenüber innerjüdischen Querelen gleichgültig waren, konnten die Tempelherren nicht auf sie zählen.

Jesus sprach wieder in Gleichnissen, und die Pharisäer hielten dagegen – eine Art Vorhutgefecht, um das Ausmaß ihrer Differenzen auszuloten. Als ein Hohepriester Jesus aufforderte, seine Anhänger zum Schweigen zu bringen, weil man in dem Lärm kaum dem theologischen Diskurs folgen könne, weigerte sich dieser. »Würden meine Freunde schweigen, begännen die Steine zu lärmen«, sagte er.

Im selben Moment setzten Jubelrufe einer Gruppe von Kindern aus Betanien ein, die sich in Lazarus' Obhut befanden und von diesem dazu aufgefordert wurden. »Jesus, Sohn Davids!«, skandierten sie. »Jesus, König der Juden!« Lazarus gab den Takt vor. *»Jesus, Sohn Davids! Jesus, König der Juden!«*

Der Hohepriester war schockiert. Das war Blasphemie. Er beschwerte sich bei Jesus: »Hörst du denn nicht, was sie sagen?«

Jesus lächelte. Doch, er höre sehr wohl. Aber habe der Hohepriester auch die alten Schriften gelesen, in denen es heiße, wahre Lobpreisungen kämen nur aus dem Munde von Säuglingen und Kindern?

Die Leute in der Nähe, die Jesu Worte gehört hatten, drehten sich um und riefen sie denen zu, die weiter weg standen, was stürmischen Applaus auslöste.

Der Hohepriester runzelte die Stirn und fragte: »Aber bist du denn, was diese Leute sagen? Behauptest du, jener zu sein?«

Statt die Frage zu beantworten, stellte Jesus eine Gegenfrage: »Als mein ermordeter Cousin Johannes die Gläubigen im Jordan taufte, kam der Segen da von Gott?«

Es war eine raffinierte Frage. Zu sagen, dass der Segen, den Johannes sprach, nicht von Gott kam, hätte die leicht erregbare Menge aufgebracht. Andererseits bedeutete eine Bestätigung, dass selbsternannte Propheten über Kräfte verfügten, die denen der Tempelpriester ebenbürtig, wenn nicht überlegen waren. Entsprechend ausweichend fiel die Antwort aus, denn der Hohepriester sagte: »Diese Frage kann nur der Herr beantworten.«

»Dann kann auch nur der Herr beurteilen«, sagte Jesus, »in wessen Namen ich meine Botschaft an die Welt richte.«

Der Hohepriester hätte gern weiter debattiert, aber Jesus wandte sich ab, hob die Stimme und sprach zu seinen Anhängern. Er erzählte von einem Grundbesitzer, der Wein anbaute und dann den Landarbeitern dessen Pflege überließ. Diese aber stahlen die Ernte. Als der Besitzer seine treuen Diener aussandte, um seinen Anteil des Erlöses einzufordern, wurden sie geschlagen und fortgejagt. Als der Besitzer dann seinen eigenen Sohn aussandte, um seinen Anteil einzufordern, wurde der Sohn ermordet.

Wie so oft, wenn Jesus ein Gleichnis erzählte, blieb auch hier unklar, was genau er damit meinte. Langsam wurde jedoch klar, zumindest einigen von uns, dass der Landbesitzer Gott war, die räuberischen Landarbeiter waren die Priester und die treuen Diener Israels die Propheten. Wer aber war der ermordete Sohn? Es konnte kein anderer als Jesus selbst sein. Wieder einmal schien er seinen eigenen Tod vorauszusagen, so wie in den letzten Tagen und Wochen schon öfter. Je fester er an die Rolle glaubte, die Gott ihm zugedacht hatte, umso bereitwilliger akzeptierte oder begrüßte er sogar, dass man ihn ermorden oder hinrichten würde. Diese Akzeptanz brachte er in Momenten allgemeiner Euphorie zum Ausdruck, und hinterher schien sie ihn selbst zu überraschen und zu deprimieren.

Als wir an diesem Abend nach Betanien zurückkehrten, spürte ich, dass seine Stimmung umschlug. Der Tag hatte mit freudiger Erregung begonnen, die sich weiter gesteigert hatte, als immer mehr Menschen ihn in die Stadt begleiteten. Nun aber machte er eine finstere Miene. Er war immer noch erregt, aber seine Freude war in Zorn umgeschlagen.

Am Rande des Dorfes gaben wir den Esel seinem Besitzer zurück und legten den restlichen Weg über das Feld, auf dem immer noch Jesu Anhänger kampierten, zu Fuß zurück. Bis zum Passahfest wollten sie dort noch ein, zwei Nächte ausharren. Jesus ging voran und führte uns wie ein General durch sein Feldlager, der in Gedanken so sehr mit der morgigen Schlacht beschäftigt ist, dass er seine Fußsoldaten gar nicht wahrnimmt. Im Garten hinter Lazarus' Haus stand ein Feigenbaum. Als Jesus ihn sah, sagte er, er sei hungrig, und es verlange ihn nach Früchten.

Nun war aber Frühling, und weder Feigen noch andere Früchte waren reif. Ich nahm an, dass er erschöpft und verwirrt war. Er starrte in die Zweige und sah nichts als Blätter. Ich erwartete, dass ihm sein Irrtum gleich klar würde und er dann über sich selbst lachen könnte, aber weit gefehlt. Er schäumte vor Wut. Der Baum habe sich ihm verweigert. Er werde seiner gerechten Strafe nicht entgehen. Jesus verfluchte ihn. Niemals möge er je wieder Früchte tragen, der Baum solle sterben.

Ich sah die anderen Jünger an, die aber betreten ins Leere starrten. Keiner sagte etwas. Jesus setzte sich wieder in Bewegung, immer noch bebend vor Wut, und wir folgten ihm – ein unglückliches Häuflein am Ende eines Tages, der ein großer Triumph hätte sein sollen.

Auch als wir das Haus betraten, hatte Jesus sich noch nicht wieder beruhigt. Martha hatte für uns alle gekocht und für Jesus etwas ganz Besonderes zubereitet, aber er aß kaum davon und dankte ihr nicht. Maria saß zu seinen Füßen und erwartete weise Worte, aber er schwieg und ignorierte sie. Lazarus erwähnte den Lobgesang der Kinder und schien ein Lob zu erwarten, vergeblich. Schließlich nahm ich ihn beiseite und sagte ihm, wie sehr wir seine Bemühungen, sowohl heute als auch schon vor unserer Ankunft, zu schätzen wüssten.

Lazarus schenkte mir ein geisterhaftes Lächeln und sagte mit Grabesstimme: »Ich bin zufrieden, wenn der Meister zufrieden ist.« Er hatte etwas an sich, das einen wirklich glauben lassen konnte, er sei von den Toten auferstanden.

Ich fragte mich ernstlich besorgt, wie wir Jesus helfen konnten. Ich hatte ihn in letzter Zeit genau beobachtet und glaubte zu wissen, dass er momentan nichts mehr brauchte und ersehnte als die Liebe und Anerkennung einer großen Menschenmenge. Einzelne

Freunde bedeuteten ihm nichts. Er brauchte die Bestätigung von Massen, die Möglichkeit, sich seiner eigenen Fähigkeiten zu versichern, indem er sie öffentlich zur Schau stellte. Die Menschenmenge war zu seinem Spiegel geworden. Ich fürchtete, wenn ich ihm einen direkten Vorschlag machte, würde er ihn zurückweisen, also versuchte ich es mit der Gedankenübertragung, die wir als Kinder geübt hatten. Nach einer Weile sprang er tatsächlich auf und antwortete mir, als hätte ich etwas gesagt: Ich solle hinausgehen, Lampen auf das Feld stellen und die Menschen auffordern, sich zu versammeln.

Dann wandte er sich an Maria Magdalena, wobei er fast über die andere Maria stolperte, ohne sie oder ihren erst bewundernden, dann gekränkten Blick zu bemerken. »Begleite Judas«, sagte er. »Hilf ihm, alles zu arrangieren. Es gibt Dinge, die gesagt werden müssen.«

In dieser Nacht hielt er inmitten brennender, blakender Öllampen und einer Schar ebenso verzückter wie erschreckter Gläubiger eine ungewöhnlich feurige Predigt. Sie begann mit einer Schmähung der Priester und Schriftgelehrten, vor allem derjenigen, die zu den Pharisäern zählten. Sie seien Tore, Heuchler, Rechtsverdreher, Parasiten. Sie und ihresgleichen hätten den Mord an Israels Propheten zu verantworten. Sie seien eine Schlangenbrut, die dem Feuer der Hölle nicht entgehen werde. Der Tempel sei Gottes Haus auf Erden, doch beschmutzt durch die Schacherei der Priester und verlassen vom Heiligen Geist sei er nichts weiter als ein Haufen Steine. Steine, die man getrost niederreißen könne. Der Tag, an dem das geschehe, sei nicht mehr fern. Nicht ein Stein werde auf dem anderen bleiben.

Das sei der Tag des Schreckens, fuhr er fort, der das Ende der Welt ankündige. Nation werde sich gegen Nation erheben, Königreich gegen Königreich. Innerhalb der Nationen und Königreiche gebe es Zwietracht, Rebellion, Bürgerkrieg. Bruder betröge Bruder, Vater betröge Sohn, Kinder stellten sich gegen ihre Eltern und brächten sie zu Tode. Es gebe Hungersnöte und Erdbeben. Die Gräuel und Trostlosigkeit, von denen der Prophet Daniel gesprochen habe, würden Alltag.

»Seid gewarnt!« Seine Stimme hallte über das steinige Feld und schien die Zypressen zu schütteln, sodass die Fledermäuse herausgeflogen kamen und über unsere Köpfe schwirrten. »Seid gewarnt, meine Freunde! Wenn dieser Tag kommt, und das wird noch zu euren Lebzeiten geschehen, lasset den Mann auf dem Dach nicht nach unten ins Haus gehen, um nachzusehen, welche Schrecken sich dort breitmachen. Lasset den Mann, der auf dem Felde arbeitet, nicht zu seiner Familie nach Hause zurückkehren. Lasset ihn fliehen und sich in die Berge von Judäa retten – und betet, dass es nicht Winter ist, denn wenn es Winter ist, wird es kälter sein als je zuvor.«

Schweigend starrte er in die Menge. Die Öllampen hinter ihm flackerten, und einen Moment lang sah es aus, als verbrenne er in einer goldenen Flamme. Dann verlosch die Flamme fast, flackerte aber erneut auf, und Jesus fuhr fort: »Es ist die Wahrheit, wenn ich euch sage, dass die Frau, die an jenem Tag ein Kind unter dem Herzen trägt, und die, die ihr Neugeborenes noch stillt, wünschen werden, sie hätten nie geboren. Die Sonne wird sich verdunkeln und der Mond gar kein Licht mehr spenden. Die Sterne werden fallen wie ein heißer Regen, die Himmel werden erschüttert, und dann, meine Freunde, dann …«

Die Finger so verkrampft, dass die Knöchel weiß hervortraten, presste er die Hände an die Hüften. Mit gewölbter Brust und vorgerecktem Kinn schien sich sein ganzer Körper auszudehnen, als schwebe er über uns. Furcht erfasste die Menge, und in diesem Moment empfand ich genau wie sie. Wie alle anderen hielt ich den Atem an.

»Dann, meine Freunde, wenn ihr dann noch lebt, seht ihr den Menschensohn in all seiner Pracht durch die Wolken schreiten, begleitet von seinen Engeln, die sodann die Würdigen von den Unwürdigen trennen. Wenn zwei von euch auf einem Feld arbeiten, nehmen die Engel nur einen mit, den anderen lassen sie zurück. Von zwei Frauen, die Korn in der Mühle mahlen, wählen die Engel nur eine aus, die andere wird zurückgelassen.

Himmel und Erde, wie ihr sie jetzt kennt, werden aufhören zu existieren, doch meine Worte, welche die Wahrheit sind, werden bleiben. Macht euch bereit, meine Freunde! Erwartet diesen Tag, er kommt *bald*. Seid auf der Hut und wartet. Und vergesst nicht, was ich euch gesagt habe. Nur ein Weg führt zum Vater im Himmel. *Ich bin der Weg.*«

Glaubt an mich
und sichert euren
Platz im Himmel,

oder sterbt
und erwartet
ewige Verdammnis!

Zuckerbrot und Peitsche,
der alte Trick,
er benutzt ihn

meisterlich,
Jesus, mein
alter Freund, der

uns Sterblichen
Angst und Schrecken
macht mit Worten.

Doch Macht hat
ihren Preis, den er
noch zahlen muss.

Kapitel 19

In dieser Nacht kam kaum einer von uns wirklich zur Ruhe. Jesus selbst war von seinem Auftritt noch so aufgewühlt, dass er stundenlang auf und ab ging. Es war schon nach Mitternacht, als Martha ihn fragte, ob sie ihm noch etwas zu essen kochen solle oder ob ihm etwas Obst und Milch lieber seien. Er schickte sie mit einer unwirschen Handbewegung fort und sagte, schon bei dem Gedanken an Essen werde ihm übel, woraufhin Maria einen Spaziergang im Mondenschein vorschlug. Er sah sie so konsterniert an, als hätte sie unverständliche Worte gesagt. Also zogen sich die Schwestern enttäuscht und wahrscheinlich auch gekränkt in das Zimmer zurück, das sie sich während unserer Anwesenheit teilten. Lazarus saß vorgebeugt in einem Sessel, die Ellenbogen auf die Knie gestützt und die Hände nervös ineinander verschränkt. Er beobachtete Jesus wie ein treuer Hund, konnte ihm aber nicht beistehen und wagte nichts zu sagen. Aus einem der beiden Zimmer, in denen wir zwölf auf dem Fußboden nächtigten, drang jetzt das Schnarchen der Brüder, die Jesus als die Söhne des Donners bezeichnete.

In den ersten Morgenstunden weckte mich die Stimme Maria Magdalenas aus einem leichten Schlaf. Sie redete beruhigend auf Jesus ein und sang ihm dann ein galiläisches Volkslied vor, das er und ich aus unserer Kindheit kannten. Ich stand auf und ging in den Garten. Auf dem Rückweg ins Haus kam ich am Fenster der beiden vorbei. Jesus lag bäuchlings auf dem Bett, und Maria Magdalena massierte seine Schultern, während sie weitersang. Ich weiß nicht, ob ihm der Gesang half, aber auf mich hatte er eine beruhigende Wirkung, und da die Nacht noch nicht ganz um war, legte ich mich wieder hin und versank zum ersten Mal in dieser Nacht in tiefem Schlaf.

Jakobus rüttelte mich wach. Es war heller Tag, und alles um

mich herum war in Bewegung. Menschen kamen und gingen, aus dem Garten und den dahinter liegenden Feldern waren Stimmen und geschäftiges Treiben zu hören. Jakobus sagte, wir sollten in die Stadt zurückkehren, und zwar alle. Unterwegs sollten wir so viele Menschen um uns scharen wie möglich. Jesus habe eine Vision gehabt, in der ihm befohlen worden sei, soweit er, Jakobus, es verstanden habe, in die Heilige Stadt zurückzukehren und ihr seinen Stempel aufzudrücken. »Gestern, das waren nur Worte«, zitierte Jakobus Jesu Worte. »Heute müssen Taten folgen.«

Ich fragte, welche Taten.

»Das werden wir dann schon sehen«, sagte Jakobus auf diese abfällige Art, mit der er mich behandelte, seit ich in Ungnade gefallen war. Genauso gut hätte er noch hinzufügen können: Frag nicht so dumm, wenn du keine dummen Antworten bekommen willst.

Draußen im Garten starrten einige Jünger den Feigenbaum an, den Jesus am Vortag verflucht hatte, und versuchten zu erkennen, ob er schon am Absterben war. Sie waren sich einig, dass er die Blätter hängen ließ und dringend Wasser brauchte. Doch war das neu, oder hatte der Baum gestern schon so ausgesehen? Petrus, Johannes und Bartolomäus waren sich sicher, dass Jesu Fluch Wirkung zeige. Thomas war sich unsicher. Matthäus sagte, er könne keine Veränderung erkennen – »bis jetzt«, wie er eilig hinzufügte, um nicht als Ungläubiger dazustehen.

Zum Frühstück brach Jesus für uns das Brot, segnete es, sprach ein Dankgebet und reichte jedem von uns seinen Anteil. Es war ein Moment andächtiger Stille, in dem jene geheime, mysteriöse Macht, die er über mich und alle anderen hatte, erneut spürbar wurde – umso mehr, als davor und danach allgemeine Hektik herrschte. Wir aßen schweigend, ließen einen Krug Ziegenmilch kreisen und beteten gemeinsam: »Unser Vater im Himmel, geheiligt werde dein Name …« Dieses Gebet hatten wir schon oft gesprochen, aber an diesem Morgen schien es eine ganz besondere Bedeutung zu haben und voller verborgener Botschaften zu stecken.

Als wir uns auf den Weg machten, strömten die Menschen, die

draußen auf dem Felde kampierten, auf die Straße und schlossen sich uns an. Die Ersten drehten sich zu den Nachzüglern um und drängten sie, sich zu beeilen. Das Ganze hatte einen völlig anderen Charakter als am Vortag. Heute war alles mit einer ungeheuren Bedeutung aufgeladen und musste so schnell gehen, als dürften wir keine Zeit verlieren. War unser Einzug in die Stadt am Vortag wahrhaft triumphal gewesen, glich er heute eher einem Angriff. In seiner Abendpredigt hatte Jesus vom Niederreißen des Tempels gesprochen, und unser neuerliches Erscheinen wirkte so, als wollten wir damit nun beginnen. Auch heute traten die Einwohner aus ihren Häusern, um uns zu begaffen, aber im Gegensatz zum Vortag herrschte keine Volksfeststimmung. Heute begegneten uns die Menschen mit Furcht. Kinder, die gestern neben uns hergerannt waren, uns Bemerkungen zugerufen und uns applaudiert hatten, waren heute still und wurden von ihren Müttern festgehalten. Allen voran marschierte Jesus, ernst und eindrucksvoll – ganz der selbsternannte Prophet aus der Provinz, der gekommen war, um der Stadt den Weg zu weisen.

Auf derselben Route wie am Vortage umrundeten wir den Ölberg und betraten die Stadt durch das östliche Tor, aber dieses Mal stiegen wir hinter Jesus, der so unbeirrt ausschritt, als befolge er göttliche Befehle, die steilen Stufen zum großen Innenhof des Tempels hinauf, an den ich mich aus meiner Kindheit so lebhaft erinnerte.

Nichts hatte sich verändert. Es roch nach Holzfeuern, Blut, Exkrementen und dem Fleisch zahlloser Opfertiere. Noch lebende Tiere blökten, zwitscherten und brüllten, die Geldwechsler lockten Kunden herbei, indem sie ihre Wechselkurse lauthals herausschrien, an den Verkaufsständen wurde gehandelt, und irgendwo von oben kam der feierliche Chorgesang von Leviten.

Auf Außenstehende mussten wir wie ein wilder Haufen wirken, der von einem Prediger in Lumpen angeführt wurde. Die Szenerie im Innenhof des Tempels hatte nichts Erhabenes oder Schönes, aber alles folgte festen Gewohnheiten. An diesem Ort trafen das Göttliche und das Menschengemachte zusammen und gingen eine sonderbare Wechselbeziehung ein. Die Menschen bekannten sich zu ihren Sünden und boten strafmildernde Opfer dar, Gott akzeptierte diese Opfer und erteilte den Menschen Absolution – genau das Vorgehen, das Jesus in seinen Predigten verurteilte, und nun war er gekommen, es zu beenden.

Seine Energie und seine Selbstgewissheit in diesem Moment waren beeindruckend, während meine Selbstgewissheit in sich zusammenfiel. Ich fürchtete einen Gewaltausbruch und dessen Konsequenzen.

Als Erstes richtete Jesus seinen Zorn gegen die Buden und Tische der Geldwechsler. Ohne ein Wort zu sagen, packte er die Ecke des ersten Tisches, an dem er vorbeikam, riss die Tischplatte von den Böcken und warf sie krachend zu Boden. Seine Anhänger bejubelten die Tat, begannen die Schemel der Händler umzustoßen und alles aus dem Weg zu treten, was ihnen vor die Füße kam. Alles flog durch die Gegend. Münzen aller Art – judäische Schekel, griechische Drachmen und Lepta, römische Denare und Sesterzen – fielen klirrend auf den Steinboden und rollten in alle Richtungen. Geschäftsbücher und -papiere flogen umher und wurden vom Wind durch den ganzen Hof geweht, ehe sie irgendwo liegen blieben und Mensch und Vieh darauf herumtrampelten. Wütende Schreie wurden laut. Aufgeregt liefen die Menschen umher, bückten sich nach dem Geld oder streckten die Hände in die Luft, um die Papiere festzuhalten. Manche krochen den Münzen auf Knien nach, um so viele wie möglich zu ergattern, obwohl sie ihnen nicht gehörten. Streit brach aus. »Das gehört mir.« – »Nein, mir.«

Jesus nahm sich den nächsten Tisch vor und stieß ihn um, dann den nächsten und immer so weiter.

»Das Haus meines Vaters dient einzig dem Gebet«, rief er. »Ihr aber habt daraus eine Räuberhöhle gemacht.«

»Räuberhöhle«, riefen seine Anhänger. »Räuberhöhle. RÄUBERHÖHLE.«

Verkaufsstände mit Tauben und anderen kleinen Opfertieren wurden von den Fischern umgestoßen. Die Taubenkäfige sprangen dabei auf, und die Vögel flatterten durch die rauchige Luft davon. Lämmer und junge Zicklein sprangen blökend und meckernd durch die Gegend.

Ich beteiligte mich an alledem nicht. Stattdessen suchte ich nach einem Weg, wie man Jesus aus dem Tempel locken und vor der sicheren Festnahme schützen könnte. Drei oder vier Tempelwächter waren schon dabei, sich in unsere Richtung durchzukämpfen, aber die Menge, die uns umgab, machte es fast unmöglich. Auf halber Höhe einer Steintreppe saß eine Gruppe junger Leviten, sie beobachteten uns und kommentierten das Geschehen erregt. Dann rannte einer die Treppe hinauf, ein anderer zum Haupteingang hinunter, um Hilfe zu holen. Man hatte uns gesagt, die Tempelhüter würden um keinen Preis römische Soldaten in das Heiligtum hereinlassen, aber der Aufruhr war so groß, dass zumindest die Milizionäre des Herodes herbeigerufen würden, deren Unterkunft nur wenige Häuser entfernt lag.

Ich packte Jesus am Arm. Er war so außer Atem, dass er keuchte und sich einen Moment lang auf mich stützte, um wieder zu Kräften zu kommen. »Du hast deine Mission erfüllt«, rief ich ihm zu und versuchte den Eindruck zu erwecken, als sei ich ganz begeistert. »Jetzt müssen wir aber verschwinden, bevor sie kommen und dich festnehmen.«

Er schien nachzudenken.

»Bevor sie uns alle festnehmen«, sagte ich.

Er nickte und rang immer noch nach Atem.

Ich wartete nicht ab, ob er es sich noch einmal anders überlegen würde, sondern schnappte mir Petrus und Andreas. »Jesus sagt, es ist Zeit, das Feld zu räumen, bevor die Miliz eintrifft. Lauft zum Tor.«

Wir dreizehn rückten für unseren Abzug fest zusammen. Unsere Anhänger, sofern sie nicht schon früher das Weite gesucht hatten, schlossen sich uns an, bis sich die Menge in den Straßen südlich des Tempels zerstreute. Als wir den Garten Gethsemane erreichten, waren nur noch wenige bei uns. Alle anderen hatten sich in Sicherheit gebracht, denn sie wussten, dass mit den Tempelpriestern nicht zu spaßen war und Herodes Antipas öffentlichen Aufruhr nicht duldete.

Zurück in Betanien, war Jesus gedrückter Stimmung und ließ sich von Maria Magdalena trösten. Sie setzte sich zu ihm unter das

Weinspalier im Garten und hielt seine Hand. Ich gesellte mich zu ihnen. »Wir sollten nach Hause zurückkehren«, sagte ich zu Jesus. »Hier bist du nicht sicher. Das Stadtvolk hat dich bewundert, aber das war gestern. Die Stimmung wird kippen.«

»Wir sind gekommen, um hier Passah zu feiern«, sagte er.

Ich sah Maria Magdalena an. Sie machte einen ruhigen und vernünftigen Eindruck, wie immer. »Sag du es ihm«, sagte ich.

Sie lächelte amüsiert. »Es ihm sagen? Was soll ich ihm sagen? Glaubst du wirklich, du oder ich wüssten etwas, das er nicht weiß?«

So schnell gab ich nicht nach. »Wenn wir jetzt aufbrechen, können wir im Laufe des Abends in Jericho eintreffen.«

Jesus schüttelte den Kopf und wandte sich von mir ab.

Ich ging ins Haus zurück, um mir Unterstützung zu holen. »Überlasse Jesus die Entscheidung«, sagte Philippus, und die anderen stimmten ihm zu. Mein Drang, die Gegend zu verlassen, war für sie nur ein weiteres Indiz für meinen mangelnden Glauben.

Jesus kam vom Garten herein und fragte mich, wie viel Geld wir noch hätten. Ich holte den Beutel unter meinem Schlafzeug hervor und schüttete ihn auf dem Fußboden aus. Jesus starrte auf die Silbermünzen, wie wir alle. Dann zählte er sie. Es waren dreißig Stück. »Nimm alles«, sagte Jesus.

Ich sollte den Speisesaal einer Taverne mieten und eine reichliche, dem Passahfest angemessene Mahlzeit für uns alle im Voraus bezahlen, außerdem eine Übernachtung für alle. Das würde nicht billig sein, denn langsam füllte sich die Heilige Stadt mit Besuchern, die ebenfalls das Passahfest hier verbringen wollten. Das Essen sollte nur für Jesus und uns zwölf sein. Falls es Ärger gab, Festnahmen, eine Schlägerei oder dergleichen, wollte er Maria Magdalena, Lazarus und dessen Schwestern heraushalten.

»Nun geh«, sagte er. Doch ich zögerte, und er sah mich auf eine Art an, dass ich wusste: Er las meine Gedanken. »Wenn du dich jedoch lieber absetzen willst …«

Das wollte ich wirklich, aber ich wusste, dass ich es nicht übers Herz bringen würde. Also sagte ich: »Nur wenn wir alle zusammen gehen.«

Er schüttelte den Kopf. »Das Werk muss vollbracht werden.«

An diesem Abend setzten wir uns in einer der besseren Tavernen Jerusalems zu Tisch, um das einzunehmen, was Ptolemäus und andere Anhänger des Jesuskultes, die Sidon bereisen, oft und gern als »das letzte Abendmahl« bezeichnen. Wahr ist, dass bei diesem Mahl eine düstere Atmosphäre herrschte, obwohl keiner von uns – mit Ausnahme von Jesus vielleicht – wissen konnte, dass es unser letztes gemeinsames Mahl sein würde. Bevor wir uns setzten und die Stimmung ernst wurde, haben wir sogar noch gescherzt und gelacht, genau wie sonst. Die Fischerbrüder prahlten mit den Schäden, die sie im Tempel angerichtet hatten, und mit dem Spaß, den es ihnen gemacht habe, »das Stadtvolk zu vertrimmen«. Matthäus erzählte eine seiner schlüpfrigen Anekdoten aus der Zeit, als er noch als Steuereintreiber unterwegs war. Thomas protestierte und sagte indigniert, solche Geschichten hätten beim Passahfest nichts zu suchen. Alle warteten darauf, was Jesus dazu sagte, aber er lächelte nur vage und tat so, als habe er Matthäus' Geschichte nicht verstanden. Bartolomäus, den wir nicht mehr gesehen hatten, seit wir aus dem Tempel geflüchtet waren, kam später dazu. Er war ganz außer Atem und trug eine Spange an seinem Gewand, die wir noch nie gesehen hatten. Deswegen zogen wir ihn wegen seines neuen Freundes auf, von dem wir wussten, dass er in Betfage wohnte und Juwelier war.

Er brachte Neuigkeiten mit, die unserem unbeschwerten Geplauder ein jähes Ende bereiteten. Auf der Suche nach uns sei er unter anderem zu Lazarus' Haus gegangen. Herodes' Miliz und die Tempelwächter seien aber schon vor ihm dort gewesen und hätten das ganze Haus nach Jesus durchsucht, Türschlösser aufgebrochen und Gegenstände umgeworfen. Lazarus habe ihnen versichert, Jesus und seine Jünger seien nach Galiläa zurückgekehrt, aber er sei sich keineswegs sicher, ob sie ihm geglaubt hätten.

Als er fertig war, sah er Jesus an und erwartete – wie wir alle – eine Reaktion. Aber es kam keine. Jesus nahm den Bericht lediglich zur Kenntnis. Seiner Meinung nach geschah alles nach Gottes Willen.

Es wurde Lammbraten mit Kräutern aufgetischt. Doch zuerst

brach Jesus das ungesäuerte Brot, segnete es und reichte einen Kelch Wein herum, von dem wir jeder einen Schluck trinken sollten. Er stand an der Stirnseite des Tisches und klang so niedergeschlagen, dass wir aufhorchten. Wenn er von uns gegangen sei, sagte er, sollten wir regelmäßig tun, was wir jetzt gerade taten. Fortan solle die Einnahme von Brot und Wein ein heiliges Sakrament sein. Denn das Brot sei sein Leib, der Wein sein Blut.

Ich sah die anderen an und erwartete, dieselbe Besorgnis in ihren Mienen zu sehen, die ich empfand. Doch ich hatte mich geirrt. Seine schöne Stimme, so klar und sicher, schlug sie in Bann, und ich war der Einzige, der in diesem Augenblick nicht die Gegenwart Gottes zu spüren glaubte. Früher hatte der eine oder andere Zweifel an diesem und jenem gehegt, doch davon konnte in diesem Moment keine Rede sein. Manche hielten die Augen fest geschlossen, andere wendeten sie verklärt zur Decke, wieder andere weinten oder sahen (wie Bartolomäus) unseren Anführer liebevoll oder vertrauensselig an. Jeder gab auf seine Art zu erkennen, wie ergriffen er war, und so schien es mit elf zu eins beschlossene Sache zu sein, dass Jesus von Nazareth der Sohn Gottes war.

Heute, vierzig Jahre später, weiß ich noch genauso, was Jesus an diesem Abend sagte. Das Düstere, Drohende war verschwunden, stattdessen präsentierte er sich mit dem Charme und der Sanftheit, die mich einst bewogen hatten, Nazareth zu verlassen und mich ihm anzuschließen. Wie damals galten seine Worte auch jetzt den Armen, Unglücklichen, Unfreien und Schwachen. Ihre Zeit, so versicherte er uns, werde kommen. Sein Zorn und die Ankündigung großer Katastrophen und schrecklicher Strafen, die Flammen der Hölle, das Trennen der Spreu vom Weizen, das Heulen und Zähneklappern – nichts von alledem, stattdessen gab er uns Hoffnung und Zuversicht. Er sei, sagte er, einer von uns, ein Gleicher unter Gleichen, nicht unser Anführer. Und wenn es schon Herren und Knechte geben müsse, zöge er es vor, unser Diener zu sein. Er müsse von uns gehen, aber nicht gänzlich, er gehe lediglich heim zu seinem Vater, um einen Platz an Seiner Tafel für uns freizuhalten, für uns und alle anderen, die an Ihn glaubten. Wir sollten uns nicht darüber grämen, was ihm an den folgenden Tagen widerfahren werde, sondern erkennen, dass es das Beste sei. Den Toten werde das ewige Leben geschenkt, und alles, was uns jetzt bekümmere und was wir nicht verstünden, werde mit der Zeit leicht und klar. Wir würden ihn verlieren, doch schon bald würden wir ihn wiedersehen, frisch und lebendig. Es werde Trauer geben, doch die werde sich in Freude wandeln. Der Schmerz, den wir in Kürze empfinden würden, gleiche dem Geburtsschmerz, und die Freude, die ihm folgen werde, gleiche der über eine Geburt. Der Vater liebe uns, weil wir seinen Sohn liebten, deswegen würden unsere Gebete erhört, und wir würden reich belohnt. Es werde jedoch Momente geben, in denen unser Glauben wanke. Einer von uns werde gar leugnen, dass er je ein Jünger Jesu war, und ein anderer werde das Vertrauen missbrauchen, das unter uns herrsche. Doch wenn diese Dinge geschähen, sollten sie unserem Glauben nichts anhaben. Jeder von uns sei nur ein Mensch aus Fleisch und Blut und unterliege daher Fehlern und Irrtümern; entscheidend sei nur, dass wir an ihn glaubten. Glaube sei der Schlüssel zum Himmelreich, und da wir an diesem Abend bei ihm seien, habe jeder von uns bewiesen, dass er diesen Schlüssel besitze.

In diesem Punkt irrte Jesus. Ich spürte dieselbe Zuneigung zu ihm wie eh und je, und ich bewunderte seine Rede, doch als sein Jünger hatte ich gefehlt. Ich konnte nicht glauben, dass er der göttliche Messias war. Wenn er entschlossen war, sich nicht nur nicht in Sicherheit zu bringen, sondern sogar zu sterben, würde ich ihn niemals wiedersehen – nicht als meinen Freund und auch nicht als Menschensohn.

Ich würde ihn nicht verraten, aber ich besaß nicht, was er den Schlüssel nannte.

Gesetzt, dein Freund
verlangt, du sollst
seinen Leib essen

und sein Blut trinken,
weil er auf dem Weg
gen Himmel sei –

und all seine
anderen Freunde
stimmen ihm zu,

fraglos,
klaglos,
ehrfürchtig,

erstarrt, als hielten
die Sterne selbst
den Atem an –

und du weißt,
die Nägel fürs Kreuz
liegen bereit…

dann verstehst du,
wie es sich lebt
mit einem

Traum, einem
Albtraum, der
nie erlischt.

Kapitel 20

Die Geschichten, die Ptolemäus und seine Freunde vom »letzten Abendmahl« und allem, was danach kam, erzählen, sind äußerst genau und höchst seltsam – teils sind sie wahr, teils frei erfunden. Jesus habe vorausgesagt, dass ich, Judas Iskariot, ihn verraten und Petrus, der Fels, auf dem seine Kirche dereinst erbaut werden sollte, ihn drei Mal verleugnen werde, noch ehe der Hahn gekräht habe. Auch seinen eigenen Tod habe er vorausgesagt. Ebenso wie seine Auferstehung am dritten Tage. Und so sei es dann ja auch gekommen. Folglich seien auch seine anderen Prophezeiungen wahr geworden, Judas' Verrat und Petrus' Verleugnung. Die innere Logik dieser Geschichten bestand darin, dass Jesus wusste, was kommen würde, und dass es dann so kam, bewies seine Göttlichkeit.

Obwohl ich damals dabei war, kann ich mich nur an wenig von dem erinnern, was hier kolportiert wurde. Von Verleugnung und Verrat etwa war damals nicht die Rede gewesen – außer in einem allgemeinen Sinne und bezogen auf unsere Glaubensschwäche. Natürlich nahm Ptolemäus (damals Bartolomäus) für sich in Anspruch, die damaligen Ereignisse korrekt wiederzugeben, denn als einer der zwölf war er ja dabei gewesen. Er hatte mit mir am selben Tisch gesessen, hatte dasselbe gehört und gesehen wie ich. Sind seine Erinnerungen das Resultat seines Glaubens? Oder hat mich mein Unglaube für das wahre Geschehen blind gemacht? Es läuft auf die simple Frage hinaus: Irrt er, oder irre ich? Nur Gott kann diese Frage beantworten, wenn es Ihn gibt. Aber wenn das der Fall ist, so hat Er vierzig Jahre lang geschwiegen. Seit Jesus, wie er uns versicherte, den feurigen Wagen, den göttlichen Zorn, das Trennen der Auserwählten von den Unwürdigen und das Ende aller Zeiten sah. »Wo bist du, Jesus?«, frage ich manchmal in den Nachthimmel. Das soll natürlich nur ein Scherz sein, kein inniges Gebet, nicht einmal eine ernst gemeinte Frage. Der Mann ist tot, und falls ich in der Dunkelheit je eine Antwort erhielte, würde ich vermutlich eher vor Überraschung als vor Schreck sterben.

Heute Morgen kamen wieder Nachrichten aus Jerusalem, und es waren keine besseren als die vorhergehenden. Die Römer haben die Belagerung beendet und die Stadt niedergebrannt. Nur noch Ruinen sind von ihr übrig. Nur wenige Einwohner haben den Angriff überlebt. Als Erste berichteten Kameltreiber davon, später hat eine jüdische Familie aus Betfage alles bestätigt. Danach haben Einwohner, die ihre Stadt verteidigen wollten, römisches Kriegsgerät in der Nähe des Damaskustors in Brand gesteckt. Die Flammen erfassten die hölzernen Verteidigungsanlagen, und bald griff das Feuer auf die ganze Stadt über. Die Brunnen waren fast ausgetrocknet, und auch sonst fand sich nirgends Löschwasser. Das Feuer ließ eine Stadtmauer einstürzen, sodass die Römer eindringen konnten und von ihrem Lager am Skopusberg aus die Stadt stürmten und alles töteten und vernichteten, was sich ihnen in den Weg stellte. Die Einwohner verteidigten sich, so gut sie konnten, doch ausgehungert, krank und verzweifelt, wie sie waren, überwältigten die Römer sie schnell. Der Kampf machte vor niemandem halt, ob Mann, Frau oder Kind. Man sagte, selbst Titus, der römische General und Sohn des neuen Kaisers, habe geweint, als er sah, was seine Truppen angerichtet hatten. Auch Ptolemäus und ich weinten, als wir das hörten. In diesem Moment waren wir wieder Brüder, so wie damals. Am liebsten hätte ich ihm gesagt, wer ich bin, aber vor Kummer konnte ich nicht sprechen, und dann war der Moment vorbei.

Was soll nur aus uns werden?, frage ich mich und merke, dass ich wie ein Jude denke und einen Augenblick vergesse, dass ich hier, in der griechischen Gemeinde, eine neue Identität angenommen habe. Ich fühle mich wie ein Überlebender, der mit einer kleinen Schar Schicksalsgenossen wieder vertrieben ist und auf der Suche nach einer neuen Heimat durch die Welt wandert. Und ich bin dankbar, dass es nicht so ist. Wem ich danke? Meiner Skepsis, meinem Unglauben, meiner Beobachtungsgabe und meiner Aufgeschlossenheit. Auch meiner verstorbenen Frau Thea, meinen griechischen Kindern und Kindeskindern. Ich danke dem Schutz, den meine neue Sprache und mein neuer Kulturkreis mir bieten. Doch ich weine um Jerusalem und seine Einwohner und hoffe, dass sie in den Provinzen ein neues Leben finden, sich erholen und ihnen ein Neuanfang glückt.

Es war Theseus, der mir die Nachricht überbrachte. Er war unter denen, die den von Staub gezeichneten Kameltreibern unten am kleinen Marktplatz etwas zu trinken und zu essen brachten und dabei ihren Bericht entgegennahmen. Als Theseus mein Haus wieder verlassen hatte, ging ich zum Hafen. Ich suchte Autolykus in seiner Werkstatt auf und erzählte ihm, was ich gerade gehört hatte. Er sah mich aufmerksam an und versuchte offenbar, meine Gefühle zu verstehen.

»Wenigstens ist deine eigene Heimat davon nicht betroffen«, sagte er dann.

Er hatte recht. Galiäa würde den Zorn der Römer nicht im selben Maße zu spüren bekommen. Dennoch hatte Jerusalem eine besondere Bedeutung für mich. Ich staunte über mich selbst, als ich mich sagen hörte: »Du weißt ja, dass mein Name Judas war, bevor ich hierherzog.«

Er sah mich fragend an. Überrascht war er nicht, denn meine Kinder wussten, dass meine Eltern mir den Namen Judas gegeben hatten, dennoch war meine Bemerkung ihm rätselhaft, und er fragte: »Ist Judas denn nicht lediglich die jüdische Form von Idas?«

Damit hatte er recht, aber das war nicht die ganze Wahrheit, denn »Judas« war in den Schilderungen der Evangelisten mittlerweile mehr als ein Name: Er war gleichbedeutend mit »Verrat«. Dieser Wortwechsel zeigte, dass mein Sohn weit weg von alledem und durch und durch Grieche war, während ich spürte, dass ich im Grunde immer noch Jude war.

Ich sagte: »Ich will dich nicht länger von der Arbeit abhalten.« Unsicher legte er mir einen Arm um die Schulter. Es war ein Versuch, mich zu trösten, aber er wusste nicht recht, wie er es anstellen sollte.

Ich wanderte am Ufer entlang, bis ich zu einer Stelle kam, die dicht mit Tamarisken und Oleander bewachsen ist. Dort liegt mein kleines Boot. Ich zog es aus dem Gebüsch, schob es ins Wasser und stieg ein. Mit kurzen Schlägen ruderte ich über das ruhige, klare Meer und beobachtete einen Schwarm Sardinen, der in dichter Formation dahinschwamm, mal nach links, mal nach rechts, aber immer wie ein einziges Lebewesen, das aus aberhundert Gliedern bestand.

Ganz plötzlich wurden aus dem einen Lebewesen viele, die in Panik auseinanderstoben, jedes in eine andere Richtung. Den großen Fisch, der es auf sie abgesehen hatte, konnte ich nicht sehen, nur seinen Schatten. Das Wasser hatte sich eingetrübt. Die Sardinen schossen an die Wasseroberfläche und versuchten, sich in ein Element zu retten, das ihnen wesensfremd ist – wie Menschen, die sich auf der Flucht vor Gefangennahme oder dem Tod ins Meer stürzen.

Dann war plötzlich alles wieder ruhig. Die Wellen rund um mein Boot glätteten sich, und das Wasser wurde wieder klar. Der Angreifer hatte seinen Hunger gestillt und sich zurückgezogen, die kleinen Fische schlossen sich wieder zu ihrer Formation zusammen, einer silbernen, wogenden Unterwasserwolke.

Eine Weile saß ich gedankenverloren da und spürte meinen Gefühlen und den Elementen nach, der Gegenwart und der Vergangenheit. Dann tauchte plötzlich dieser Text auf. Irgendwo in meinem Hirn muss er all die Jahre gesteckt haben, dieser Psalm, der unseren sanften Lehrer wegen seiner »gnadenlosen Härte«, wie er sagte, arg bekümmerte, seinen Lieblingsschüler aber freudig erregte:

An den Wassern zu Babel saßen wir und weinten, wenn wir
an Zion gedachten.
Unsere Harfen hängten wir an die Weiden dort im Lande.
Denn die uns gefangen hielten, hießen uns dort singen
und in unserm Heulen fröhlich sein: »Singet uns ein Lied
von Zion!«
Wie könnten wir des HERRN Lied singen in einem fremden
Lande?

Vergesse ich dich, Jerusalem, so verdorre meine Rechte.
Meine Zunge soll an meinem Gaumen kleben, wenn ich deiner nicht gedenke,
wenn ich nicht lasse Jerusalem meine höchste Freude sein.
HERR, vergib den Söhnen Edom nicht, was sie sagten an dem Tage Jerusalems: »Reißt nieder, reißt nieder bis auf den Grund!«
Tochter Babel, du Verwüsterin, wohl dem, der dir vergilt, was du uns angetan!
Wohl dem, der deine Kinder nimmt und sie am Felsen zerschmettert!

Es sind harte Worte, und ich spürte wieder ihre Kraft, obwohl ich – anders als einst – nicht glauben konnte, dass das Unrecht, das dem Volke Israel oder jedem anderen angetan wird, je vergolten werden kann, indem Gewalt gegen Gewalt gesetzt wird.

Doch Jerusalem wird wiederauferstehen. Es gibt Überlebende. Unser Volk ist leidensfähig. Was mich jedoch betrifft, so bin ich Idas von Sidon, ein unjüdischer Jude, der Stammvater einer griechischen Familie und daher – wenn auch nicht durch Geburt und Erziehung, so doch durch eigene Wahl – Grieche.

Nach dem Essen führte Jesus uns aus der Taverne. Obwohl wir alle dort Betten hatten, folgten wir ihm fraglos, es war noch nicht spät. Er ging mit uns ins Kidrontal, über den Fluss und hinauf zum Garten Gethsemane. Er hatte immer von diesem Garten gesprochen, wenn wir auf dem Weg in die Stadt daran vorbeikamen. Jetzt wollte er dort beten. Es war ein schöner, klarer Abend, aber die Stimmung war gedrückt. Wir waren besorgt und wagten keine Fragen zu stellen, als wir Jesus in Zweier- oder Dreierreihen folgten.

In einem Olivenhain blieb Jesus stehen und sagte, wir sollten uns ausruhen. Wir ließen uns nieder, wo wir zwischen den Steinen ein Fleckchen Gras entdeckten, und betteten unsere Köpfe auf flache, glatte Steine. Jesus aber ging weiter. Nach einigen Minuten folgte ich ihm. Ich fand ihn unter einem Baum, an dessen Stamm er sich lehnte, die Hände um die Zweige über seinem Kopf gelegt.

Er betete halblaut, seine Stimme klang heiser und verzweifelt. Unverkennbar hatte er große Angst.

Ich legte ihm eine Hand auf die Schulter, doch er schüttelte sie ab. Er wollte nicht, dass jemand ihn in dieser Gemütsverfassung sah. Also richtete er sich auf und riss sich zusammen. Als ich sprechen wollte, legte er mir eine Hand auf den Mund und sagte: »Sag nichts … es sei denn, du hast etwas zu sagen, das ich aus deinem Munde noch nicht gehört habe.«

Ich schwieg, aber mir war, als fände eine Gedankenübertragung zwischen uns statt. Stumm teilte ich ihm zum wiederholten Male mit, dass er drauf und dran sei, Selbstmord zu begehen, während er mir zum wiederholten Male stumm mitteilte, das sei der Wille des Vaters.

Dass er sich nicht umstimmen lassen und in Sicherheit bringen wollte, fand ich rechthaberisch und eigensinnig. Vielleicht wollte er aber einfach loyal sein. Loyal gegenüber seinen Anhängern, aber mehr noch gegenüber sich selbst, gegenüber Gott und der Botschaft, die er fast drei Jahre lang gepredigt hatte. Er hatte die Autorität der Tempelherren infrage gestellt und seine eigene dagegengesetzt. Wenn er damit ernst genommen werden wollte, durfte er nicht einfach davonlaufen.

Er atmete tief durch und fasste mich an der Schulter. »Ich möchte es schnell hinter mich bringen. Es vollbringen. Also lass uns den nächsten Schritt machen.«

Ich trat zur Seite, um ihn vorbeizulassen, dann folgte ich ihm zum Rastplatz der anderen. Er versammelte uns um sich und hielt eine kurze Ansprache, in der wieder die Rede davon war, dass er uns bald verlassen werde. Es war seine Abschiedsrede. Dann forderte er uns auf, das Gebet mit ihm zu sprechen, das er uns gelehrt hatte und das wir mittlerweile als unser ureigenstes betrachteten. Als wir es dieses Mal sprachen, lag mehr Inbrunst darin als je zuvor.

Danach bat er Petrus, Jakobus und Johannes, ihn in einen anderen Teil des Gartens zu begleiten und dort mit ihm zu beten, während wir anderen Wache halten sollten. Dass ich nicht mitgehen durfte, empfand ich als Zurückweisung, aber er hatte natürlich recht. Ich hätte nur gebetet, um ihm einen Gefallen zu tun, nicht um Zwiesprache mit einem Gott zu halten, der mir noch nie sein Ohr geliehen hatte und dessen Existenz ich mir bereits zu jener Zeit anzuzweifeln erlaubte.

Ich glaube, an diesem Abend kehrte keiner von uns zu der Taverne zurück, obwohl Bartolomäus eine Zeit lang vermisst wurde. Als er zu uns zurückkehrte, hatte er seinen jungen Juweliersfreund dabei. Wir legten uns unter die Bäume und schliefen bald ein, wenn auch unruhig. Als ich von Stimmen erwachte, war Jesus mit den drei Auserwählten immer noch ins Gebet vertieft. Dann sah ich, wie Menschen mit Laternen unten im Tal den Fluss überquerten. Ich stand auf und ging an eine Stelle, von wo ich sie beobachten konnte. Sie sprachen laut miteinander, während sie auf dem Zickzackpfad zwischen den Bäumen den Hang erklommen. Der »Gesuchte« sei mit seinen Anhängern in einer Taverne gesehen worden und dann in Richtung Gethsemane aufgebrochen.

Ich eilte zurück und fand Jesus unter seinen Jüngern. Er sprach zu ihnen, aber ich unterbrach ihn und packte ihn an den Armen. Diese Geste ist vermutlich gemeint, wenn es heißt, ich habe ihn geküsst, um damit zu verraten, welcher von uns der Prophet aus Nazareth war. »Sie kommen«, sagte ich zu ihm. »Wenn wir uns zwischen den Bäumen verstecken …«

Er schüttelte den Kopf, löste sich aber nicht aus meinem Griff. »Nein, Judas. Ich laufe nicht weg.«

Kurz darauf waren wir von Tempelwächtern, Herodes' Milizionären und jungen Leviten umringt. Petrus versuchte sie zu vertreiben, unterstützt von Jakobus und Johannes. Die anderen verschwanden klammheimlich in der Dunkelheit. Bartolomäus' Freund, nur mit einem Lendenschurz bekleidet, rannte in Richtung Landstraße davon. Ein Milizionär wollte ihn aufhalten, erwischte aber nur den Lendenschurz, der sich löste, sodass der Juwelier nackt in die Dunkelheit rannte.

Jesus befahl den Fischern, den Kampf zu beenden. Dann wandte er sich an seine Verfolger und fragte: »Warum kommt ihr bei Nacht und bewaffnet, wenn ihr mich bei helllichtem Tage im Tempel hättet haben können?«

Aber sie waren nicht gekommen, um sich mit Jesus auf ein Gespräch einzulassen. Sie banden ihm die Hände auf den Rücken, zogen ihn mit sich fort, malträtierten ihn mit Rippenstößen und Schlägen auf den Kopf, und er nahm alles hin. Er stöhnte vor Schmerzen, aber er protestierte nicht.

Im nächsten Moment war ich in dem Garten ganz allein. Alle Jünger – außer Petrus, der den Häschern und Jesus folgte – waren weggelaufen. Ich zögerte kurz, nahm mir dann aber an Petrus' Mut ein Beispiel und folgte ihm. Etwas Glänzendes fiel mir ins Auge, und ich bückte mich danach. Es war Bartolomäus' neue Gewandspange. Ich hob sie auf und habe sie noch heute – mein einziges Erinnerungsstück an jene Nacht.

Ich schloss zu Petrus auf, und wir folgten den anderen mit etwas Abstand. Es ging den Berg hinunter, über die Brücke und dann auf die Stadt zu. Bald erreichten wir den Tempel. Wir folgten den anderen die steinerne Treppe hinauf und durchquerten den Innenhof. Nach einer weiteren Treppe führte ein breiter Korridor auf eine Doppeltür zu. Dahinter lag ein geräumiger Saal. An der Tür fingen uns Wachen ab und verwehrten uns den Zutritt.

Petrus setzte sich im Korridor auf eine Bank, während ich an der Tür stehen blieb und mich verrenkte, um zu sehen, was im Saal vor sich ging. Es schien sich um eine Art Versammlungsraum zu handeln. An den Wänden hingen brennende Fackeln, und allerlei Priester und Schriftgelehrte waren anwesend. Wenigstens einige von ihnen mussten Sanhedrin sein. Ein Gesicht kam mir bekannt vor, und ich brauchte nur einen Moment, um zu erkennen, dass es mein Onkel war.

Ich sprach die Türwächter an, zeigte auf meinen Onkel und erklärte, das sei der Bruder meines Vaters. »Er hätte gegen meine Anwesenheit bestimmt nichts einzuwenden«, sagte ich. Die Männer zögerten, und ich fügte – hoffentlich akzentfrei – hinzu: »Er wünscht mich zu sprechen, sobald diese Sache hier erledigt ist.«

Die Männer sahen einander an, dann ließen sie mich durch.

Ich nahm hinten im Saal Platz. Der Hohepriester, Kaiphas, hörte gut zu, als Jesus wegen Unruhestiftung und Tempelschändung angeklagt wurde; außerdem habe er blasphemische Äußerungen von sich gegeben und die Autorität der Priesterschaft infrage gestellt.

Jesus schwieg dazu.

Dann übernahm Kaiphas. »Bist du Jesus von Nazareth?«

Als er keine Antwort bekam, fuhr er fort: »Du bist auf einem Esel in Jerusalem eingeritten und hast dich als ›Sohn Davids‹, als Messias bejubeln lassen. Du hast diesen gotteslästerlichen Willkommensgruß geradezu herausgefordert.«

Jesus sagte nichts.

Kaiphas zitierte die betreffende Prophezeiung: »›Fürchtet euch nicht, Töchter Zions, denn euer König wird kommen, und er reitet auf einem Esel.‹«

Jesus sagte: »Ich kenne diese alte Prophezeiung. Aber bedeutet sie, dass niemand auf einem Esel reiten darf?«

»Du hast vorgegeben, die Erfüllung dieser Prophezeiung zu sein.«

»Der Einzige, der hier von Prophezeiungen spricht, bist du. Ich hingegen habe lediglich einen Esel geritten.«

»Bist du der König der Juden? Bist du der Messias?«

Jesus schüttelte den Kopf. »Das sind deine Worte.«

»Was sollte es bedeuten, als du sagtest: ›Ehe Abraham wurde, bin ich.‹?«

»Es bedeutet, dass die Seele zeitlos ist.«

»Deine Seele, Jesus von Nazareth?«

»Meine Seele. Und die Seele der Menschheit.«

»Hast du gesagt, du könntest den Tempel niederreißen und ihn binnen drei Tagen neu errichten?«

»Was ich sagte, geschah offen und vor jedermann, mitten im Tempel. Wenn es falsch war, warum habt ihr mich dann nicht gleich festgenommen, vor den Augen meiner Anhänger?«

Ein Wächter, der hinter Jesus stand, schlug ihm von hinten auf den Kopf und schrie: »Beantworte die Frage!«

»Es gibt Zeugen«, sagte Kaiphas.

»Wenn ihr Zeugen habt«, sagte Jesus, »so werdet ihr deren Aussagen den meinen vorziehen.«

Kaiphas sagte: »Ich frage dich ein letztes Mal: Bist du der Christus, der Gesalbte? Bist du Gottes Sohn?«

Jesus sah erst Kaiphas an, dann blickte er sich im Saal um. Der Schein der Fackeln zuckte über seine Gestalt und spiegelte sich in seinen Augen, die, wie ich fand, Tapferkeit ausstrahlten, aber keine Furchtlosigkeit. »Das sind deine Worte«, sagte er wieder. »Aber ich sage dir: Du wirst sehen, wie der Menschensohn, der zur Rechten Gottes sitzt, aus dem Himmel herabsteigt, du wirst die Wahrheit meiner Worte erkennen und die Konsequenzen deines Handelns wider mich tragen.«

Sein Mut ließ mein Herz höher schlagen. Wie wunderbar wäre es, wenn er zudem noch recht hätte! Und wie unübertrefflich, wenn er wusste, dass es nicht stimmte, und es trotzdem sagte!

Kaiphas lächelte kühl. Er hatte genug gehört. Er wandte sich an die Sanhedrin. Sie berieten sich kurz, dann nickten alle, und Kaiphas wandte sich wieder dem Angeklagten zu.

»Jesus von Nazareth, wir sind übereingekommen, dass dein blasphemisches Verhalten nur eine Strafe kennt. Gleich am Morgen werden wir dich vor den römischen Statthalter bringen. Nur Pontius Pilatus ist befugt, diese Strafe zu vollziehen.« Er nickte den Wachen zu. »Bringt ihn fort!«

Ich lief auf meinen Onkel zu, doch der drehte sich um und verschwand mit den anderen Mitgliedern des Hohen Rates in einem Hinterzimmer. Ich wusste, dass er mich schon während des Verhörs angesehen hatte. Ich sah meinem Vater sehr ähnlich und auch meinem Onkel, und ich nahm an, dass er von meiner Verbindung zu dem Propheten aus Nazareth bereits gehört hatte. Wahrscheinlich wollte er deswegen nichts mehr mit mir zu tun haben.

Zusammen mit Petrus wanderte ich in dieser Nacht durch die leeren Straßen, und hier und da fanden wir in einem Torweg ein paar Minuten Schlaf. Ausgerechnet wir beide, der Verräter und der Verleugner, wie man uns bezeichnen sollte, durchwachten diese Nacht und fragten uns, was wir tun konnten, um Jesus doch noch zu retten, während die anderen zehn, über die nichts Ehrenrühriges überliefert ist, jedenfalls nichts, wovon ich hier in Sidon je gehört hätte, das Weite gesucht hatten. Manche waren offenbar sofort geflohen und waren die Nacht durchgelaufen, um möglichst bald heimische Gefilde zu erreichen. Hätte Jesus meinen Rat befolgt, hätte er das Gleiche getan.

Kürzlich habe ich Ptolemäus gefragt, was er nach Jesu Festnahme getan habe. Er sagte, man habe untertauchen müssen. »Wir waren ja alle in Gefahr. Keiner von uns war sicher. Und wenn Jesus sterben würde, sollten wir seine Botschaft weiter verbreiten. Das war sein Wille. Wir mussten also am Leben bleiben, um diesen Auftrag erfüllen zu können.«

Wie praktisch, dachte ich. Was für ein ausgezeichneter Grund, um zu überleben! Doch dieser Gedanke war nicht fair. Auch die anderen hätten nichts tun können, um Jesus zu retten.

Ich sagte: »Dann warst du bei der Kreuzigung also gar nicht dabei?« Ich wusste ja, dass es so war.

»Petrus war dabei«, sagte er. »Und wohl noch einer von uns.«

»Nur einer?«

Er nickte und tastete nach seinem Wanderstock. Ich stellte ihm die Sorte Fragen, denen er stets auszuweichen suchte. Seine Darstellung der Ereignisse sollte zu seiner Botschaft passen, und er fürchtete Auskünfte über Einzelheiten, die das Gesamtbild verzerren oder seine Glaubwürdigkeit infrage stellen könnten.

»Wer war dieser eine?«

»Welcher?«

»Der Jünger, der bei der Kreuzigung zugegen war. Du sagtest, da sei noch einer außer Petrus gewesen.«

Er schüttelte den Kopf. »Möglicherweise. Es ließ sich nie mit Bestimmtheit feststellen.«

Ich sagte, ich hätte gehört, Judas Iskariot sei bei der Kreuzigung dabei gewesen.

»Das kann nicht sein«, sagte er. »Ganz gewiss nicht.« Er sah dabei alles andere als sicher aus. Nach einer Weile fügte er hinzu: »Du weißt doch, dass Judas sich umgebracht hat.«

»Ach ja, das hatte ich vergessen.«

Einst lehrte uns
Andreas: »Die Griechen
streben nach Vernunft,

die Juden aber
wollen ein Zeichen.«
Ist der Fall

der Heiligen Stadt
ein Zeichen, dass
unser Volk das Sehnen

nach einem Messias,
das Sehnen nach Zion
einstellen sollte?

Ehrt die Steine
und lasst sie liegen,
wo sie liegen.

Hört auf den Wind,
die Wellen, die Sprache
der Jahreszeiten.

Und lasst Gott sterben,
altersschwach und ungestört
von unseren Gebeten.

Kapitel 21

Am Morgen wuschen Petrus und ich uns an einem Brunnen und tranken von dem klaren Wasser. Wir hatten nichts zu essen und kein Geld, aber da meines Wissens keiner von uns die Zimmer benutzt hatte, die wir in der Taverne gemietet hatten, hielt ich es für kein großes Risiko, dort hinzugehen und um etwas zu essen zu bitten. Der Wirt wunderte sich, warum die Zimmer unbenutzt waren, aber er war nicht unfreundlich und brachte uns ein gutes Frühstück. Dass Jesus verhaftet worden war, hatte er noch nicht gehört. Ich sprach so unaufgeregt wie möglich darüber und ließ es wie eine reine Formsache klingen. Die Hohepriester, so sagte ich, hätten etwas in den Predigten zu beanstanden gehabt und Jesus dem römischen Statthalter überantwortet.

Als ich den Statthalter erwähnte, schüttelte der Wirt den Kopf. Das, sagte er, habe nichts Gutes zu bedeuten. Pontius Pilatus sei nicht nur brutal, sondern zeige es auch gern. Deswegen halte er im Freien Gericht, auf dem Vorplatz der Antoniaburg. »Die Leute werden vor Angst ganz kirre und versuchen gleich, sich anständig zu benehmen. Es heißt, er hat Heimweh nach Rom, hasst Herodes und die Priester. Deswegen lässt er seine schlechte Laune an kleinen Leuten wie uns aus.« Der Wirt nickte und zog ein angewidertes Gesicht. »Und er liebt das Auspeitschen. Das ist sein Frühsport.«

Als Petrus und ich die Burg erreichten, war dort bereits eine Menschenmenge versammelt. Bald kam auch Kaiphas, begleitet von einigen Priestern. Dann wurde Jesus hergeführt. Er hielt den Blick gesenkt und sah müde, geschunden, schmutzig und unglücklich aus. Man hatte ihm sein Gewand und die Sandalen abgenommen, sodass er von der Hüfte aufwärts nackt war. Er tat mir entsetzlich leid, und ich wollte ihm etwas zurufen, um ihn wissen zu lassen, dass wir da waren, aber dazu fehlte mir der Mut.

Pilatus ließ alle warten. Als er endlich erschien, wurde er von bewaffneten Wachen in glänzenden Rüstungen eskortiert und nahm den Salut entgegen, der ihm als Repräsentanten Roms gebührte. Dann setzte er sich auf den Richterstuhl. Nach seinem glanzvollen Einmarsch verlor er keine Zeit und nur wenige Worte.

»Ich habe diesen Fall geprüft«, sagte er und sah dabei Kaiphas an, sprach aber so laut, dass die Menge ihn verstehen konnte. »Ich habe mir sogar die Mühe gemacht, heute Morgen mit dem Fürsten von Galiläa zu sprechen, Herodes Antipas, der Jerusalem gerade einen Besuch abstattet. Der Fürst – kein Freund von Möchtegern-Propheten, die in seinem Hoheitsgebiet Unruhe stiften – ist mit mir einer Meinung, was diesen Nazarener betrifft …« Er unterbrach sich und sah einen Untergebenen an, der sich zu ihm vorbeugte und ihm den Namen des Angeklagten zuflüsterte. Ich hatte den Eindruck, dass es Teil der Inszenierung war und Pilatus den Namen sehr wohl kannte.

»Diesen Jesus von Nazareth«, fuhr er fort, »der, soviel wir wissen, außer einigen gewagten Thesen und einer vorlauten Stimme nichts vorzuweisen hat. Er ist zwar ein irregeleiteter Vagabund, aber kein Verbrecher und verdient nicht mehr als einige Peitschenhiebe. Die jedoch kann er gerne haben, von mir persönlich.«

Er lächelte und zeigte, ohne sich umzudrehen, gelangweilt hinter sich, wo ein Zenturio mit einer Peitsche stand. Diese Peitsche – sie wurde wie eine Insignie gehalten – hatte einen Griff mit silbernen Intarsien, der auf den kräftigen, sonnengebräunten Unterarmen des Zenturios ruhte. Ihre Lederriemen waren so lang, dass sie bis auf den Boden herunterhingen, und mit Widerhaken bestückt, die in der Sonne blitzten.

Pilatus sah Kaiphas an, als warte er auf dessen Einverständnis. Offenbar gab es zwischen den beiden Kompetenzstreitigkeiten. Ich wusste nicht, worum es dabei ging, aber dass Jesus in diesem Fall der Zankapfel war, verhieß nichts Gutes.

»Bei allem Respekt, Exzellenz«, sagte Kaiphas, »dieser Jesus von Nazareth hat den Tempel geschändet und die Autorität der Priesterschaft infrage gestellt. Mit dieser Strafe wird das Volk nicht einverstanden sein.«

Wieder lächelte Pilatus. Es war ein unangenehmes Lächeln. Ich fragte mich, ob er überhaupt in der Lage war, warmherzig zu lächeln, und bezweifelte es. Er schien zu überlegen, oder wenigstens sollte es so aussehen, als überlege er.

»Dann soll er gekreuzigt werden.« Die Menge applaudierte. Pilatus richtete sein falsches Lächeln nun direkt auf die Zuschauer und sagte: »Ah, die Blutrunst … wie berechenbar sie ist.«

Dann wandte er sich wieder an den Hohepriester und sprach ihn an, ohne die Stimme zu senken. Er kam mir wie ein deklamierender Schauspieler vor. »Im Rahmen der Passahfeierlichkeiten ist es, wie Ihr wisst, Tradition, dass ich einen verurteilten Verbrecher freilasse und ihn dem Volke aushändige. Abgesehen von zwei Wegelagerern, die niemanden interessieren, gibt es zwei weitere Verurteilte – Barabbas, einen Rebellen, und nun diesen Jesus von Nazareth, den Gotteslästerer. Ich schlage vor, dass ich Euch den Gotteslästerer überlasse. Er wird ausgepeitscht und dann freigelassen.«

Die Menge protestierte. »Kreuzigt Jesus!«, rief jemand. »Gebt uns Barabbas!«

Plötzlich riefen alle: »Kreuzigt Jesus, gebt uns Barabbas! *Kreuzigt Jesus, gebt uns Barabbas!*«

Pilatus hob die Hand, und die Menge verstummte. »Das ist der König der Juden, und ihr wollt ihn nicht haben?«

»Nein!«, rief jemand.

»Du kannst ihn behalten«, rief ein anderer, und alles lachte.

»Bei allem Respekt, Exzellenz«, sagte Kaiphas, »dieser Mann ist kein König. Er ist ein Zimmermannssohn aus der Provinz.«

»Und wer ist dieser Barabbas?«, fragte Pilatus. »Warum wollt ihr ihn? Er ist ein Mörder, der sich gegen Rom aufgelehnt hat.«

»Er ist zweifellos ein Verbrecher, Exzellenz, ein Unwürdiger, aber kein Gotteslästerer.«

Pilatus spottete: »Ihr meint, er greift eure Autorität nicht an?«

Kaiphas antwortete wohlüberlegt: »Es ist Eure Autorität, Exzellenz, die Autorität Roms, die von diesem ›König Jesus‹ angegriffen wird. Denn wer kann die Herrschaft über die Juden für sich beanspruchen, wenn nicht Kaiser Tiberius? Daher sage ich: Wenn

Ihr dem Volk einen dieser Männer aushändigen wollt, wäre es eine fragwürdige Wahl, denjenigen zu nehmen, der sich Eurer Herrschaft so offen widersetzt.«

Kaiphas blickte in die Menge, die wieder zu skandieren begann: *»Kreuzigt Jesus, gebt uns Barabbas!«*

Pilatus fühlte sich sichtlich unwohl auf seinem Richterstuhl, kaute nachdenklich an seinem Daumennagel und blickte stirnrunzelnd in die Menge. Ich fragte mich, ob er Jesus nur zum Tode verurteilt hatte, um ihn dann wieder freilassen und den Schwerverbrecher Barabbas hinrichten zu können.

Die Menge hörte nicht auf, Jesu Kreuzigung zu fordern, und Pilatus schien zu dem Schluss zu kommen, dass es klüger war, dieses Mal nachzugeben. Abrupt stand er auf, stemmte die Hände in die Hüften und starrte grimmig in die Menge. Reglos blieb er so stehen, bis die Leute sich beruhigten und schließlich ganz still wurden.

»Es ist eines Repräsentanten Roms nicht würdig, mit Euch Haarspaltereien zu betreiben, Hohepriester. Wenn es das ist, was Jerusalem will, so soll Jerusalem es bekommen. Barabbas ist frei, Jesus von Nazareth soll sterben.«

Ein zufriedenes Raunen ging durch die Menge. Pilatus drehte sich um und ließ sich die Peitsche reichen. Ohne jede Vorwarnung schwang er sie durch die Luft und ließ sie auf Jesu nacktem Rücken niederschnellen. Der Schlag kam so überraschend und war so heftig, dass Jesus stürzte und der Länge nach in den Staub fiel. Als er wieder aufstehen wollte, traf ihn ein zweiter Schlag. Vor Schmerz schrie er laut auf, vor Schmerz und Überraschung. Was ihn überraschte, war jedoch weniger, *dass* er ausgepeitscht wurde, sondern dass er dabei Schmerzen empfand. Ich spürte es ganz genau. Als das Blut aus lauter Wunden in seinen Schultern spritzte, tauchte er in eine Welt der kruden Körperlichkeit ein, die ihm völlig neu war.

Der dritte Hieb traf ihn, dann der vierte. Die Menge zählte laut mit: »Drei, vier.« Zwischen den Schlägen hörte ich Jesus stöhnen: »Nein, bitte …«

Er kauerte auf Händen und Knien. »Fünf.« Beim fünften Hieb sackte er zusammen. Pilatus hielt kurz inne, um sich den Arm zu reiben. Es sah ganz so aus, als sollte noch ein sechster Schlag kommen, aber als die Menge »Sechs« rief, warf Pilatus die Peitsche einem Soldaten zu und wandte sich angewidert ans Volk. *»Meine* Strafe hat euer König erhalten. Meine Soldaten werden eure an ihm vollziehen. Genießt das Passahfest.«

Er drehte sich um und ging, gefolgt von seiner Eskorte. Jesus kam wankend auf die Füße, sein Rücken triefte vor Blut, sein Gesicht war von Tränen überströmt. Soldaten packten ihn und führten ihn durch die johlende Menge ab. *»König der Juden. König der Juden.«*

»Jetzt kannst du nur noch dich selber retten, Prophet aus Nazareth«, rief jemand.

»Ich hab Zahnschmerzen. Heile mich, Wundermann!«, rief ein anderer.

Dann eine hasserfüllte Stimme: »Tempelschänder! Du verdienst den Tod.«

Jesus verschwand in der Menge. Als ich ihn wieder erblickte, wurde er von zwanzig oder mehr Soldaten durch die Straße getrieben. Neben ihm ging ein stämmiger Mann, der ein Holzkreuz trug. Die Soldaten machten sich einen Spaß daraus, Jesus zu quälen. Sie hatten einen Kranz aus Rosenstielen geflochten und ihn wie eine Krone so fest auf seinen Kopf gedrückt, dass seine Stirn und Schläfen bluteten. In diese »Krone« hatten sie einen Zettel gesteckt, den ich nicht lesen konnte. Später erfuhr ich, dass darauf geschrieben stand: »Jesus von Nazareth, König der Juden«.

Dann verlor ich ihn wieder aus den Augen. Viele Menschen waren in den Straßen unterwegs, und viele, die jetzt erst hörten, dass eine Kreuzigung stattfinden sollte, schlossen sich dem Zug zur Hinrichtungsstätte an.

Ich war verzweifelt und wollte mir die Kreuzigung nicht ansehen, aber ich musste es tun. Einmal verließ mich jedoch der Mut, ich drückte mich in eine enge Seitenstraße und ließ die Menge vorüberziehen. Ich hockte mich in den Staub und versuchte zu beten, obwohl ich wusste, dass Gott mich nicht erhören würde. Ich sprach das Gebet, das Jesus uns gelehrt hatte, und empfand es als tröstlich. Doch mit dem Trost kamen die Tränen.

Mein Schmerz war nicht wichtig, aber die Vorstellungskraft des Menschen ist mächtig und gnadenlos, und während Jesus den Schmerz an Händen und Füßen spürte, spürte ich ihn in meinen Gedanken, in der Seele – und zwar so stark, dass es mir noch heute vorkommt, als sei auch ich an jenem Tag gekreuzigt worden.

Ich weiß nicht, wie lange ich dort hockte – ein weinender junger Mann, der vor sich hin murmelte, sodass die schmutzigen Kinder in der Straße zu spielen aufhörten und ihn anstarrten, genau wie die Frauen, die auf Balkonen standen und Fußmatten ausschüttelten oder Wäsche aufhängten.

Als ich mich wieder in Bewegung setzte, reihte ich mich unter den Letzten ein, die dem Kreuzigungszug folgten. Wir verließen die Stadt durch das Damaskustor gegenüber dem Ölberg, bogen in eine breite Landstraße ein und dann in eine kleinere, die auf einen Hügel führte, die Hinrichtungsstätte Golgatha, den heutigen Kalvarienberg. Auf dem Gipfel standen drei Kreuze, die bereits ihre geschundenen Opfer trugen. Die Zuschauer standen in der sengenden Sonne, unterhielten sich miteinander, manche ernst und bedrückt, andere entspannt oder gar vergnügt. Händler boten Wasser und Obstsäfte feil, andere verkauften Zimt- oder Honiggebäck. Die Hinrichtungen sollten im Volk Angst und Schrecken verbreiten und es somit gefügig machen. Im Großen und Ganzen erfüllten sie diesen Zweck auch. Doch die wenigsten hier schienen es für möglich zu halten, dass römische Nägel dereinst ihre eigenen Hände und Füße durchbohren würden. Heute frage ich mich, wie viele der damals Anwesenden wohl inzwischen die jüngste Belagerung miterlebt haben und auf dieselbe Weise gestorben sind.

Im Näherkommen sah ich, dass Jesus am mittleren Kreuz hing, nackt, gekrümmt, stöhnend. Sein Kopf fiel von einer Seite auf die andere. Er hielt die Augen geschlossen, seine Tränen vermischten sich mit seinem Blut. Er war noch am Leben und litt bei vollem Bewusstsein unsägliche Qualen. Nur einmal wagte ich es, einen kurzen Blick auf den mächtigen Nagel zu werfen, der ihm durch die übereinandergelegten Füße getrieben worden war. Ich ertrug diesen Anblick nicht.

Ich war wütend, enttäuscht und verzweifelt. Warum hatte er

sich das angetan? Warum hatten wir, seine Freunde, es zugelassen? Am wütendsten war ich auf mich selbst, denn ich hatte es kommen sehen und war zu schwach und unentschlossen gewesen, um ihn davon abzubringen. Ich hatte ihn nicht vor sich selbst retten können oder, auch so kann man es sehen, vor dem allmächtigen Peiniger, dem Schöpfer des Himmels und der Erde, dessen Sohn zu sein er sich eingebildet hatte.

Ich suchte in der Menge nach den Gefährten der letzten Jahre. Von den Jüngern war nur Petrus da. Mit versteinerter Miene starrte er auf das Kreuz, als gäbe es ihm ein Rätsel auf, das zu lösen er wild entschlossen war. Die Schwestern Maria und Martha standen in seiner Nähe. Maria brach gerade in Heulen und Wehklagen aus, warf den Kopf in den Nacken, zerrte an ihren Kleidern und schlug sich ins Gesicht. Martha weinte auch, versuchte aber, die Schwester zu beruhigen. Maria Magdalena war ebenfalls da. Sie weinte nicht, und ihre Miene konnte ich nicht deuten.

Die beiden Gekreuzigten neben Jesus waren Räuber und Wegelagerer, sie waren vor ihm ans Kreuz genagelt worden. Auch sie waren noch bei Bewusstsein und litten große Qualen. Ihre Familien standen weinend unter ihren Kreuzen. Doch es gab auch Spötter. Einer rief Jesus zu, er solle beweisen, dass er Wunder vollbringen könne, und vom Kreuz herabsteigen. »Lass uns nicht warten, Jesus«, tönte er. »Zeig, was du kannst! Wenn du dich beeilst, kannst du noch zum Abendessen zu Hause sein.«

In den folgenden Stunden dieses heißen Tages konnte ich immer nur eines denken: dass es bald vorbei sein möge und Jesus schnell stürbe. Bei Kreuzigungen dauert es lange, bis der Tod eintritt. Ich hatte von Männern gehört, die drei ganze Tage leiden mussten, ehe es so weit war. Doch diejenigen unter den Schaulustigen, die sich mit Kreuzigungen auskannten, sprachen davon, dass es heute schneller gehen würde, weil am Abend der Sabbat begann und die Tempelherren nicht duldeten, dass die Sterbenden noch nach Sonnenuntergang zu sehen waren. Deswegen würde man den Gekreuzigten die Beine brechen, um ihren Tod zu beschleunigen. Ich erschrak, als ich das hörte. Doch es kam anders: Jesus starb durch eine Lanze.

Es passierte im Laufe des Nachmittags, als sich eine Wolke vor die Sonne schob. Ich stand ganz in der Nähe des Kreuzes und hatte kurz zuvor den Eindruck gehabt, dass Jesus mich sah und erkannte. Ich hoffte, dass er bei aller Qual, die er durchmachte, wenigstens wusste, dass sein ältester Freund aus Kindertagen bei ihm war. Danach wurde sein blutiger Leib so von Fliegen umschwirrt, dass ich seine Miene nicht mehr deuten konnte, aber ich wusste, dass er noch nicht ohnmächtig war, weil er zuckte und stöhnte, wenn auch nicht mehr so häufig. Dann krümmte er plötzlich den Rücken, als wollte er sich vom Kreuz abstoßen, warf den Kopf in den Nacken und rief: »Gott im Himmel, warum hast du mich verlassen?«

Es war ein Protestschrei und das letzte Mal, dass ich seine einzigartige Stimme hörte. Noch heute höre ich ihn diesen Satz sagen, wenn ich meine Gedanken schweifen lasse oder träume. Dieser Satz hat mich gelehrt, dass es keinen Gott gibt. Hätte es je einen gegeben und hätte Er seinem treuen Sohn und Diener ein solches Ende bereitet, so wäre Er in diesem Moment vor Scham gestorben. Oder es hatte damals tatsächlich noch einen Gott gegeben, der in diesem Moment jedoch starb. In dem Fall wäre alles, was uns blieb, eine Erinnerung, ein Gerücht, der Schatten einer Erinnerung an Vergangenes, in die Welt getragen von Männern wie Ptolemäus und Paulus – fliegende Händler, deren Ware das Unfassbare, das Göttliche, das Ewige, das Erloschene ist.

Tief und langsam wurde Jesus die Lanze ins Herz gestoßen, beinahe ehrfürchtig, als wollte der römische Soldat, der sie führte, seine Sache besonders gut machen und dem Verurteilten seinen Respekt zollen, falls es denn wirklich der Sohn Gottes sein sollte, dem er den Gnadenstoß gab. Es kam mir wie eine Ewigkeit vor, bis sie ganz in Jesu Brust steckte. Als sie eingeführt wurde, blitzte und blinkte die Spitze noch, und als der Soldat sie wieder herauszog, hatten Blut und Schleim ihr jeglichen Glanz genommen. Blut und eine wässrige Flüssigkeit rannen aus der frischen Wunde. Jesus atmete noch einmal tief ein, und als er wieder ausatmete, sagte er etwas, das ich nicht verstehen konnte. Dann war er tot. Ich dankte Gott – wem sonst hätte ich danken sollen –, dass es vorbei war.

Die Soldaten beeilten sich, die Toten von den Kreuzen zu holen, weil sie mit der Arbeit schnell fertig werden und in ihre Kaserne zurückkehren wollten. Als sie Jesus herunternahmen, wurde Martha, die ihre Schwester vorher so tapfer beruhigt hatte, selbst von einem Weinkrampf überwältigt. Sie kreischte den diensthabenden Zenturio an und wollte mit den Fäusten auf ihn losgehen. Er hielt sie in Armeslänge auf Abstand, blieb ganz ruhig und versuchte sie zu beruhigen. Er war mittleren Alters, pockennarbig und hatte wahrscheinlich schon manche Schlacht und auch Kreuzigung mitgemacht. In gebrochenem Aramäisch redete er auf sie ein, warf hier und da einen Brocken Griechisch dazwischen und sagte so etwas wie: »Wir machen hier nur unsere Arbeit, gute Frau. Auch wenn wir so was wie das hier nicht gern tun, müssen wir die Gesetze befolgen.«

Martha schien zu merken, dass er es gut mit ihr meinte, und ihre Wut wandelte sich in Tränen. Dann fiel sie ihrer Schwester schluchzend in die Arme.

Maria Magdalena kam auf mich zu und sprach mit mir, als sei ich ein einfaches Mitglied der Trauergemeinde und sie die Hauptleidtragende, eine Repräsentantin der Familie oder gar Jesu selbst. Ich dachte schon, sie würde so etwas sagen wie: »Danke, dass du gekommen bist.« Ihr Gesicht hatte denselben Ausdruck, den ich zuvor aus der Ferne nicht hatte deuten können. Ihre Augen strahlten. Sie war nicht unglücklich, sie war völlig exaltiert.

Meine Wut kochte wieder hoch. Ich erinnerte mich an ein Gespräch mit ihr, bei dem ich sie um Unterstützung dafür bat, Jesus die Rückkehr nach Galiläa nahezulegen. Sie hatte es abgelehnt und gesagt, vielleicht sei es seine Bestimmung, zu sterben. »Bist du jetzt zufrieden?«, fragte ich sie und zeigte auf den geschundenen, nackten, blutenden, bleichen Leichnam, den ein schwitzender Soldat gerade vom Kreuz abnahm. »Er ist tot. Ist es das, was ihr wolltet?«

Sie war merkwürdig ruhig und sagte: »Ja, er ist tot. Aber er wird leben.«

Das besänftigte mich nicht im Geringsten, und dass sie mit mir sprach wie mit einem Kind, machte es nicht besser. Sie sagte: »Jesus wird wieder auf der Erde wandeln. Du wirst es mit eigenen Augen sehen, Judas.«

Was hätte ich darauf erwidern sollen? Ich drehte mich um und ging. Als ich mich etwas beruhigt hatte und zurückkehrte, erklärte ein Mann den drei Frauen und Petrus, er habe von den Römern die Erlaubnis erhalten, Jesu Leichnam zu bestatten. Es war ein wohlhabender Kaufmann, der Jesus predigen gehört hatte und von seiner göttlichen Mission überzeugt war. Ursprünglich stammte er aus Arimathäa, wohnte aber schon länger in Jerusalem und hatte sich im Garten seines Hauses eine Grabstelle zugelegt, eine in den Fels gehauene Gruft. Das sei ein angemessener Ruheort für den Leichnam eines Propheten, sagte er. Für sich selbst werde er eine zweite Gruft anlegen lassen, sodass er dereinst neben dem großen Jesus von Nazareth die ewige Ruhe fände.

Genau wie Maria Magdalena umgab ihn eine Aura des Entrücktseins. Seine Diener hatten Leinentücher, Gewürzkräuter und eine Trage besorgt und warteten bereits darauf, den Leichnam zum Grab zu bringen, wo sie ihn salben und in das Leinen hüllen würden. Die Frauen, Maria, Martha und Maria Magdalena, wollten sie begleiten.

Ich sah zu, wie sie ihn forttrugen. »Jesus ist tot«, murmelte ich immer wieder fassungslos vor mich hin. Außer zweien waren alle seine Jünger verschwunden. Das gesamte Unterfangen war beendet. Was immer wir uns dabei gedacht hatten, was immer Jesus sich dabei gedacht hatte – es hatte zu nichts als Schmerz, Tränen und einer ebenso unnötigen wie brutalen Hinrichtung geführt. Ich musste daran denken, wie er immer zu uns gesagt hatte, wir sollten »den Staub von unseren Füßen abschütteln« und weiterziehen, wenn wir an einen Ort kamen, wo wir nicht willkommen waren. Genau das musste ich jetzt tun. Ich musste ein neues Leben beginnen. Doch zuerst musste ich Geld auftreiben, um die Stadt verlassen und die Heimreise antreten zu können, denn ich konnte ja nicht mehr damit rechnen, von einer jesusbegeisterten Bevölkerung aufgenommen und verköstigt zu werden.

Wie aber sollte ich das anstellen? Ich würde wohl meinen Stolz hintanstellen und meinen Onkel um Hilfe bitten müssen. Das erwies sich jedoch als unnötig. Als ich durch das Damaskustor in die Stadt zurückkehrte, nahmen mich plötzlich zwei Männer in ihre Mitte. Da es Tempelwächter waren, bekam ich schreckliche Angst. War nun auch ich festgenommen?

Sie verneinten, und einer sagte: »Dein Onkel verlangt nach dir.«

»Wir bringen dich zu ihm«, sagte der andere.

Ich widersetzte mich nicht. Schließlich blieb ich einige Tage bei meinem Onkel. Er war noch genauso eingebildet und selbstgerecht, wie ich ihn als Kind erlebt hatte, besaß aber Humor und war meinem Vater so ähnlich, dass ich ihm respektvoll gegenübertrat. Mich behandelte er mit Nachsicht, wie einen Sohn aus gutem Hause, der vorübergehend einen falschen Weg eingeschlagen hatte – aus verständlichen Gründen, wie er mir versicherte. Dass ich Jesus gefolgt war, hielt er für ein Zeichen tiefer Religiosität. Er könne gut verstehen, sagte er, dass ein junger Mensch nach spiritueller Erfüllung und Wahrheit suche und von der etablierten Priesterschaft enttäuscht sei. Da liege es nahe, falschen Propheten nachzulaufen, die einem den Himmel auf Erden und nach dem Tode versprächen, ohne auch nur eines von beidem halten zu können.

Ich ließ ihn in diesem Irrglauben. Er war der Schlüssel zu meinem Neuanfang. Was hätte ich auch erreicht, außer mittellos vor die Tür gesetzt zu werden, hätte ich ihm gestanden, dass ich Jesus nicht nur nicht für Gottes Sohn hielt, sondern nicht einmal mehr an »seinen Vater« glaubte?

Er wusste, dass ich bei der Kreuzigung zugesehen hatte und verzweifelt war, und er verzichtete darauf, mich seine Genugtuung über den Tod meines Freundes spüren zu lassen. Trotzdem betrachtete er die Kreuzigung Jesu anstelle von Barabbas als einen Sieg Kaiphas' über den römischen Statthalter. Als ich ihm gleich am ersten Abend erzählte, dass ein wohlhabender Kaufmann Jesus in der Gruft seines Gartens hier in der Stadt beerdigen wollte, sagte er: »Das können wir nicht zulassen.«

Ich fragte ihn, wer das verhindern solle. »Der Mann hat die Erlaubnis vom Statthalter persönlich bekommen.«

Mein Onkel lächelte still und nickte. »Wenn es so ist, kann man dagegen nichts machen.«

Doch mich konnte er nicht täuschen. Ich spürte genau, dass er keine Sekunde glaubte, man könne »dagegen nichts machen«. Als ich zwei Tage darauf hörte, dass der Stein vor der Gruft des Nachts entfernt worden und der Leichnam verschwunden war, wusste ich, dass es das Werk der Tempelpriester und der Sanhedrin war. Wenn sie es nicht selbst getan hatten, so hatten sie es zumindest veranlasst. Rückblickend betrachte ich es als eine Ironie der Geschichte, dass die Priesterschaft, die mit diesem Akt der Grabräuberei eine Ausweitung des Jesuskults verhindern wollte, in Wahrheit für dessen Triumph sorgte, indem sie den Mythos von Jesu Auferstehung schuf.

Natürlich »sahen« seine Anhänger ihn nach der Kreuzigung wieder. Überall kursierten Geschichten von solchen Begegnungen, in allen erdenklichen Varianten. In der Nähe des Grabes wurde er gesehen, in Galiläa, auf der Straße nach Emmaus, manchmal von einer Person, manchmal von mehreren, einmal sogar von fünfhundert. Je nach Bericht sah er ganz anders aus oder genauso wie früher – immer aber war es eindeutig er. Manchmal sprach er, manchmal schwieg er. Einem Manne befahl er, ihn anzufassen, einem anderen, seine Wundmale zu berühren. Ptolemäus erzählt seinen treuen Zuhörern die rührende Geschichte – die er vom Hörensagen kennt –, wie Jesus, ganz in Weiß gekleidet, gen Himmel fährt, zum Vater, und auf dem Weg nach oben immer kleiner wird, bis nur noch ein leuchtender Punkt zu sehen ist, der langsam verblasst und schließlich ganz verschwindet.

Auch ich habe Jesus nach seinem Tode wiedergesehen. Als die Erinnerung an die Kreuzigung noch frisch war und mich nachts nicht schlafen ließ, sah ich ihn bald auf der Straße, bald in einer Menschenmenge, hörte seine Stimme aus einem offenen Fenster – genauso wie ich Judith nach ihrem Tod überall zu hören und sehen glaubte. In meinen Träumen sehe ich die beiden immer noch, wenn auch nie zur gleichen Zeit. Die Toten begleiten uns überallhin. Doch sie sind tot, und wir täten gut daran, das zu akzeptieren.

Je mehr Zeit verging, desto mehr linderte die Trauer meine Wut. Mein Onkel hatte Mitleid mit mir. Er kaufte mir neue Kleider und gab mir Geld, nicht einmal wenig. Er war wirklich sehr großzügig. Er riet mir, eine Reise zu machen und mich gründlich zu erholen. Ich folgte seinem Rat und gelangte nach mancherlei Abenteuern nach Tyros. Nach noch mehr Abenteuern, inklusive des Blitzschlags, der den Ochsenkarren mit all meinen Habseligkeiten (außer meinem Geldbeutel und der Gewandspange) in Flammen aufgehen ließ, erreichte ich schließlich dieses schöne Dorf am Meer, südlich von Sidon, wo ich meine zweite Frau kennenlernte.

Aber das ist eine andere Geschichte.

Heute nährt
der Regen
meinen Obstgarten.

Hektor ist
draußen und
spielt Soldat.

Ich sehe ein
Fischerboot reichen
Fang anlanden.

Gewiss ist Elektra
dort und kauft
frischen Fisch für uns.

Warum muss ich
weinen? Es ist
doch lange her, und

die Dinge nehmen
ihren Lauf, so oder
so. Die Zeit heilt

Wunden, heißt es.
Beweine ich mich selbst
und nicht den Freund?

Der Schmerz ist
groß. Doch der
Regen schön.

Kapitel 22

Früher dachte ich, Jesu Geschichte hätte mit dem Kreuzestod meines Freundes geendet, doch das scheint nicht der Fall zu sein. Die Jahre vergehen, und der Strom der Evangelisten reißt nicht ab. Je mehr Zeit vergeht, desto größer wird diese Geschichte. Heute glaubt man zu wissen, dass Jesus seine Göttlichkeit mit zahlreichen »Wundern« unter Beweis gestellt hat, die auch jetzt noch jederzeit geschehen können. Als sicher gilt auch, dass es nichts weiter als »Glaube« braucht, um das ewige Leben zu erlangen – unwiderstehliche Angebote in einer Welt voller Armut, Elend, Schmerz und Tod. Natürlich begegnen Bartolomäus und die anderen »Christen«, wie sie sich nun nennen, immer wieder Zweiflern und Spöttern, doch sie treffen auch auf offene Ohren, und mehr und mehr Menschen bekennen sich zu dem neuen Glauben. Für mich bedeutet es, dass mein früherer Name, Judas Iskariot, immer bekannter wird, im Westen und Norden und wo immer die neuen Jünger die Botschaft verbreiten. Es ist der Name des Mannes, der den Gottessohn verraten hat. Ich bin froh, dass ich Namen und Identität schon vor langer Zeit gewechselt habe und seither Idas von Sidon bin, Idas, der Grieche, Idas, der Poet.

Meine Hausgäste wollen weiterziehen, was immer Ptolemäus' Beweggründe sein mögen – der Wille Gottes, wie er wohl sagen würde. Zusammen mit seinem getreuen Diener Reuben will er sich am nächsten Morgen auf den Weg machen. Ich habe meine Schwiegertochter gebeten, uns ein Abschiedsmahl zu bereiten, ein letztes Abendmahl, wie ich es nannte, aber nicht Ptolemäus gegenüber. Gern war ich sein Gastgeber, aber es wird auch schön sein, das Haus wieder für mich allein zu haben.

Theseus leistete uns beim Essen Gesellschaft, und wir tafelten auf der Terrasse unter Palmen. Fledermäuse flatterten umher, und der Himmel war noch lange nach Sonnenuntergang violett, blau und grau. Als ich es erwähnte, sagte Ptolemäus, er vermisse die Farben dieser Welt schmerzlich. Dann kam der Prediger in ihm durch und verspielte das Mitleid, das diese Bemerkung hervorrief, indem er sagte, seit er blind sei, sehe er die Farben des Himmels umso deutlicher, und das bedeute ihm unendlich mehr.

Ich erzählte ihm, dass der Himmel in meiner Vorstellung schon früher farblos war und ich das heute, als alter Mann, durchaus logisch fände.

Er fragte, was daran logisch sei.

»Da nichts farblos ist«, erwiderte ich, »gibt es keinen Himmel. Er existiert nur in der Fantasie.«

Ptolemäus lächelte und trommelte mit den Fingern auf die Tischplatte. »Logik an sich hat ihre Grenzen.«

»Nur der Glaube – im Gegensatz zu allem anderen, was wir kennen – hat keine?«, sagte ich provokant.

Wir hatten gut gegessen und tranken Wein, der uns die Zunge löste, und ich fuhr fort: »Ich habe mich daran gewöhnt, dich Ptolemäus zu nennen, aber eigentlich bist du für mich Bartolomäus.«

»Ich war Bartolomäus.«

»Ich weiß«, sagte ich. »Ich kannte dich damals.«

Er schwieg, und seine toten Augen suchten nach mir, als versteckte ich mich im Weinspalier vor ihm. Dann sagte er: »Deine Stimme …«

»Du erkennst sie wieder?«

»Sie erinnert mich an eine, die ich kannte.«

»Es *ist* eine, die du kanntest.«

Wieder schwieg er. Vielleicht spürte er meiner Stimme nach. Sie hatte ihn ja schon vor Tagen stutzig gemacht.

Ich sagte: »Wir sind zusammen durch die Lande gezogen.«

Er saß stocksteif da.

»Mit Jesus.«

Leise, ernst und voll böser Vorahnung fragte er: »Wie war dein Name?«

»Mein Name war Judas.«

Er wusste, dass es die Wahrheit war. Ich konnte es seinem

Gesicht ansehen. Seine Ohren hatten es ihm schon lange verraten, aber er hatte sich gegen die Erkenntnis gewehrt. Selbst als ich es jetzt aussprach, konnte er es nicht akzeptieren. Es durfte nicht wahr sein. »Unmöglich«, sagte er.

»Doch. Judas Iskariot.«

»Nein.« Verärgert schüttelte er den Kopf. »Der ist tot.«

»Bist du dir sicher?« Ich hatte gehört, wie er in seinen Predigten über meinen Selbstmord sprach, den Selbstmord von »Judas, dem Verräter«. Er hatte sogar behauptet, mit eigenen Augen gesehen zu haben, wie mein Körper von dem Feigenbaum abgeschnitten wurde, den Jesus verflucht hatte.

»Ja, ganz sicher.«

»Dann bin ich wohl von den Toten auferstanden.«

Er stand auf. Mit einer Hand griff er nach dem Kreuz, das er an einer Kette um den Hals trug, mit der anderen tastete er nach Reubens Schulter.

Ich sagte: »Du glaubst an Jesu Auferstehung. Warum nicht an meine?«

Auch Reuben stand auf, und Ptolemäus folgte ihm zur Tür. Dort drehte er sich noch einmal zu mir um. »Das hättest du mir sagen sollen, bevor du mich in dein Haus einludest.«

»Und du hättest mir sagen sollen, dass du Bartolomäus bist.«

»Verdammt seist du«, zischte er. »Immer hattest du auf alles eine Antwort, selbst wenn du nichts wusstest.«

»Du fühlst dich hintergangen? Tut mir leid, Bartolomäus. Ich dachte, ich hätte dir einen Gefallen getan.«

Mit bemühter Höflichkeit sagte er: »Morgen bist du mich los. Vielen Dank für die Gastfreundschaft.«

Er war so blass vor Wut, dass ich lachen musste. »Sollte ich nicht derjenige sein, der sich hintergangen fühlt? Immerhin diffamierst du mich in aller Welt als den Verräter Jesu.«

Er drohte mir mit dem Finger. »Schluss jetzt, Judas! Du hast mich getäuscht.«

»Indem ich lebe? Wäre dir mit meinem Tod mehr gedient? Würde das deine Jesusgeschichte weniger unwahr machen?«

Seine Miene verdüsterte sich noch mehr, doch dann schien er

eine Eingebung zu haben. »Ich kenne dich«, sagte er. Er verdrehte die Augen, bis nur noch das Weiße zu sehen war. »Obwohl du die ganze Zeit bei uns warst, wussten wir nicht, wer du warst. Doch *er* wusste es. Er muss es gewusst haben. Das gab ihm Macht über dich. Jetzt habe ich diese Macht über dich. Ich fürchte dich nicht, Judas, denn ich kenne die Wahrheit.«

Er umklammerte das Kreuz an seiner Kette, richtete es auf mich und schrie: *»Du bist der Teufel.«*

Ich muss zugeben, dass ich wieder lachte. Wahrscheinlich hat ihn das in seiner Überzeugung nur noch bestärkt. Heißt es nicht immer, dass der Teufel viel zu lachen hat? »Wenn Jesus der Sohn Gottes ist«, sagte ich, »warum sollte ich dann nicht der Teufel sein? Er und ich hatten denselben Lehrer. Denk mal darüber nach ...«

Zitternd stand er an der Tür und versuchte, die Ungeheuerlichkeit seiner neuesten »Erkenntnis« zu fassen. Kein Jota würde er davon abweichen. Ich sah, wie es in seinem Kopf arbeitete: Wenn ich, Judas, der Teufel war, müsste es mir ein Leichtes sein, zum Schein zu »sterben«, durch »Selbstmord«, um dann in neuer Gestalt wieder zu erscheinen und die Anhänger Jesu in Versuchung zu führen. Eigentlich ein hübscher Gedanke. Immerhin hätte ich nach dieser Lesart einen gewissen Status – weit unter Jesus natürlich, aber ich wäre eine ernstzunehmende Figur in einem metaphysischen Drama. Auf gewisse Weise fühlte ich mich geehrt.

All das hätte ich ihm gern gesagt. In jüngeren Jahren, als mein Kampfgeist noch größer war, hätte ich es vermutlich getan. Doch im Alter lernt man, zur rechten Zeit zu schweigen und die besten Scherze für sich zu behalten. Außerdem bedauerte ich, so missgestimmt von ihm Abschied zu nehmen. Musste das wirklich sein?

»Bartolomäus, alter Freund«, sagte ich und ging auf ihn zu. Doch seine Miene entspannte sich nicht, und er streckte die Hand mit dem Kreuz noch weiter nach mir aus, als könne es mich davon abhalten, ihm zu nahe zu kommen.

»Jesus beschütze mich!«, betete er und verdrehte wieder die Augen gen Himmel.

Für ihn durfte ich kein Mensch sein – weder ein Besserwisser noch ein Skeptiker und schon gar kein Freund. Nein, ich war der Teufel, und er fürchtete sich vor mir.

Dann fiel mir etwas ein, das ich von einer jüdischen Familie gehört hatte, Flüchtlingen aus Betfage, die kurz nach den Kameltreibern nach Sidon gekommen waren. Man hatte sie gebeten, allen Jesusanhängern, denen sie unterwegs begegneten, eine Nachricht zu überbringen. Ich hatte diese Nachricht schon gehört, sie an Ptolemäus aber noch nicht weitergegeben, weil ich wusste, dass sie ihn noch mehr beunruhigen würde als mich.

»Eins noch, Bartolomäus«, sagte ich in einem Befehlston, der mir seine Aufmerksamkeit sicherte. »Ich habe etwas aus Jerusalem erfahren, das für deine Ohren und die deiner Freunde bestimmt ist. Ich konnte es dir noch nicht sagen, aber jetzt ist die rechte Zeit dafür. Es geht um die Söhne des Zebedäus.«

»Jakobus und Johannes«, sagte er und ging einen halben Schritt auf mich zu. Erst hielt er mir das Kreuz noch entgegen, aber dann ließ er die Hand langsam sinken. »Du willst doch nicht etwa sagen …« Er sprach nicht weiter.

»Doch«, sagte ich. »Sie sind tot. Es tut mir sehr leid.«

Er nickte. »Ich verstehe. Wenn sie zu dem Zeitpunkt in der Stadt waren … Natürlich haben sie sich dem Kampf gestellt.« Er kam weiter auf mich zu.

»Jakobus ist tatsächlich im Kampf gestorben«, bestätigte ich.

»Und Johannes?«

Ich wusste nicht, wie ich es ihm schonend beibringen sollte. »Er wurde gekreuzigt.«

Er zuckte zusammen und brach in Tränen aus. Dann ließ er sich vom Teufel umarmen.

Eine ganze Weile standen wir so da. Theseus entfernte sich diskret und zeigte auf den Hügel, um mir zu verstehen zu geben, dass er nach Hause ging. Reuben beugte sich über das kunstvolle Mosaik, mit dem mein Sohn den Fußboden gefliest hatte.

»Geh schlafen, Bartolomäus«, sagte ich schließlich. »Morgen bekommst du ein gutes Frühstück, bevor du dich auf den Weg machst.«

Er nickte und bedankte sich. In diesem Moment kam er mir völlig verloren vor, aber er war mutig, tätschelte mir den Arm und fand sich damit ab, dass ein Blinder und der Teufel die letzten Überlebenden der Geschichte waren, die Jesus geschrieben hatte.

Heute geht er,
und ich gebe ihm
die Spange von seinem Freund,

dem Juwelier.
Er verlor sie
im Garten Gethsemane.

Dass ein Blinder
das Licht sucht,
ist verständlich.

Wer sehen kann,
hält Ausschau nach
dem Horizont.

Unser Freund war
nicht der Messias.
Es gibt keinen.

Das ist die Wahrheit.
Es schmerzt nicht,
sie zu verstehen.

Danksagung

Der Hunger Neuseelands nach Kreativität hat mir 2005 den Michael-King-Preis beschert, der es mir ermöglichte, dieses Buch zu schreiben. Dafür danke ich.

Mein Dank gilt auch Paul Morris, Professor für Theologie an der Universität von Wellington, der auf meine Frage, ob ich diese Romanidee verfolgen sollte, sagte: »Das sind unsere Geschichten. Sie müssen wieder und wieder erzählt werden.«